구선모 新무협 판타지 소설

혼열지도
混亂之道

호열지도 5

구선모 新무협 판타지 소설

초판 1쇄 찍은 날 § 2003년 2월 7일
초판 1쇄 펴낸 날 § 2003년 2월 15일

지은이 § 구선모
펴낸이 § 서경석

편집장 § 문혜영
편집책임 § 장상수
편집 § 박영주 · 김희정 · 유경화
마케팅 § 정필 · 강양원 · 이선구 · 김규진 · 홍현경

펴낸곳 § 도서출판 청어람
등록번호 § 제1081-1-89호
등록일자 § 1999. 5. 31
어람번호 § 제2-0181호

주소 § 경기도 부천시 원미구 심곡1동 350-1 남성B/D 3F (우) 420-011
전화 § 032-656-4452 팩스 § 032-656-4453
E-mail § eoram99@chollian.net

ⓒ구선모, 2002

값 7,500원

ISBN 89-5505-427-0 (SET)
ISBN 89-5505-606-0 04810

구선모 新무협 판타지 소설

호열지도

號熱之道

5 군웅대회

도서출판

청어람

목

차

제가 이렇게 글을 쓰게 될지는 정말 상상도 하지 못했었습니다. 지금 이렇게 작가의 말이란 글을 쓰면서도 '내가 정말 책을 쓰는 건가?', '내가 정말 무협이라는 한 장르의 책을 쓰는 작가가 된 것인가?' 하는 생각에 입가엔 황당함과 함께 기쁨보다는 씁쓸한 웃음이 배어 나옵니다.

오늘도 이렇게 글을 쓰면서 스스로를 탓하고 있습니다.

많은 노력을 기울이고 있지만 역시 초보는 초보인가 봅니다. 책이란 독자들이 평가하는 것입니다. 제가 독자였을 때는 편한 마음으로 책을 접했는데, 막상 이렇게 작가의 입장에서 책을 쓰다 보니 많은 부분에서 부족하다는 것을 느낍니다.

호열지도를 처음 구상하면서 많은 자료들을 찾아보았고, 또 나름대로 정리도 해보았습니다. 하지만 역시 많은 부분이 부족했습니다. 아니, 자료뿐만 아니라 제 글도 많은 부분에서 부족함이 여실했습니다.

글을 쓴다는 것이 얼마나 힘든 일인지 요즘 들어 새삼 깨달았습니다. 하고 싶은 이야기는 많은데 이야기 전개상 써야 하는 부분은 한정되어 있고, 그렇다고 모른 척하기에는 더욱 힘이 들었기 때문입니다.

함축, 요약, 절제…….

제겐 이런 단어들이 너무나 힘들었습니다. 언제나 제대로 된 글을 쓸 수 있을지…….

그것은 제가 많은 노력을 해야 하는 것일 겁니다. 제가 천재였으면 좋겠지만 그렇지 않기 때문에 어쩔 수 없는 일이겠지요. 하지만 끝까지 노력하다 보면 언젠가는 되지 않을까 하는 바람으로 열심히 하겠습니다.

사실 호열지도의 시작은 지금부터라 할 수 있습니다. 앞의 이야기는 전체적인 내용에 좀 더 재미있게 할 수 있는 방안이 없을까 생각하며 쓰게 된 것이었습니다. 어찌 보면 사족이라고 할 수 있는 부분이지만, 그래도 제 나름대로 열심히 쓰려고 했는데 그것이 잘 안 되었나 봅니다.

전 사실 호열지도를 구상하면서 이런 생각을 해보았습니다. 과연 그 당시 중원인들은 우리 민족을 어떻게 생각하고 있었을까? 또한 어떠한 관계를 형성하고 있었을까?

그런 부분을 다루어보고 싶었는데 그것이 잘 진행이 되어질지 아직 저도 잘 모르겠습니다. 하지만 앞으로 발전될 것이란 믿음을 가지고 열심히 하겠습니다.

요즘엔 학생들이 판타지나 무협지와 같은 책을 많이 읽는다고 합니다. 기쁜 일입니다. 사실 제가 고등학교를 다닐 땐 주변에 무협지와 같은 책을 읽는 친구들이 없었습니다. 있기는 있었지만 보기 어려웠지요.

고등학교를 졸업한 후 친구의 권유로 김용님의 '영웅문'이란 책을 처음 접했었습니다. 그때의 제 생각은 '이런 종류의 문학책도 있구나' 하는 놀람과 즐거움이었습니다.

아마도 입시 위주의 딱딱한 책만을 보아오던 상황이었에 그동안 제 가슴 밑바닥에 차곡차곡 쌓여 있던 불만이 무협이라는 흥미로움을 유발하는 책을 접하면서 새롭게 눈을 떴었나 봅니다. 그러나 그때는 주변의 따가운 시선 때문에 마음 놓고 편안하게 읽지 못했던 기억이 납니다. 왜 그랬는지는 모르지만, 아마도 그땐 부끄럽게도 제 가슴속에 조금은 거부하는 생각이 자리를 잡고 있었던 것 같습니다.

그렇게 편협한 생각을 가지고 있던 제가 편안하게 책을 읽을 수 없었다는 것은 부인할 수 없습니다. 하지만 그때의 무협은 딱딱한 교과서적 성향이 강한 일반 소설과는 다르게 제게 친근하고 편안하게 다가왔었습니다.

하지만 지금 이렇게 글을 쓰면서도 그때 제게 웃으며 책을 권했던 김영희라는 친구가 생각이 나서 씁쓸한 마음을 금할 수가 없습니다. 지금은 어디서 무엇을 하며 살고 있는지, 왜 그렇게 우리들 곁을 떠나갔는지…….

그러나 지금 어디에선가 씩씩하게 잘 살고 있을 것이라 생각합니다. 하지만 그립고 보고 싶은 마음은 감출 수가 없습니다. 자신의 일로 많이 힘들고 고단한 날들을 보내면서도 단순하고 직선적인 제 성격을 무난히 받아주던 고마운 친구였는데…….

아직도 고등학교 때의 모습과 마지막 만났을 때의 모습이 기억에 생생하게 떠오릅니다. 그때는 마지막이란 만남일 줄 꿈에도 몰랐었는데…….

그러나 아직 젊기에 다시 웃으며 만날 희망은 있다고 생각합니다. 혹시 어디에선가 이 글을 읽을 기회가 있다면 연락을 줄지 모르기에. 만약 다시 만나면 꼭 '친구야! 고맙다. 그리고 보고 싶었다' 란 말을 해주고 싶습니다.

그리고 지금 제가 가장 고마움을 가지고 있는 분은 바로 제 지도 교수님인 정무웅 교수님이십니다. 사실 처음 교수님이 제가 이런 책을 쓴다는 것을 아시면 어쩌나 하는 마음이 컸었습니다. 교수님께선 건축 하나에 평생을 바치신 분이기에 어찌 보면 외도라고 할 수 있는 이 길을 인정해 주실지 의문이었습니다. 그러나 제 우려와는 달리 너무나 기분 좋게 인정해 주셨습니다. 아마 다른 분 같았으면 그 시간에 책 한 자라도 더 보라고 하셨을 텐데 말입니다.

교수님, 감사합니다.

또한 미비하고 보잘것없었던 제 글을 좋게 보시고 출판하게 도움을 주신 서경석 사장님과 항상 전화를 하면 웃으며 아낌없는 조언과 도움을 주신 장상수님(어서 빨리 좋은 분을 만났으면 합니다), 그리고 청어람 식구 여러분들께 고마움을 느낍니다. 정말 고맙습니다.

제가 처음 글을 쓴다고 했을 때 지금까지 제가 건축가로서의 삶을 살 것이라 생각하던 분들이셨기에 처음엔 놀랍고 충격이 크셨으면서 아무런 내색 없이 저를 믿고 웃으시며 열심히 쓰라고 하셨던 고마우신 아버지, 어머니… 그리고 오늘도 땡볕에서 열심히 일하실 아저씨와 어쩌다가 집에 들어가면 반갑게 맞아주시는 아주머니, 정말 고맙습니다.

그리고 출판을 하시는 분들보다 항상 옆에서 빨리 글 쓰라고 닦달만 하고 도움은 주지도 않았던 제 고마운 친우들인 김영욱, 박성열, 송봉호, 정말 고맙다.

영욱아, 봉호야, 너희들 어서 빨리 예쁜 아가씨 만났으면 좋겠다. 성열인 술 그만 먹고 현옥 씨 잘 챙겨줘라.

또한 회사 생활을 하는데도 같이 밤잠을 설치며 고생해 준 동생 정모, 정말 고맙다.

그리고 같은 연구실의 여러 선배님들과 찬용 형, 양회, 명근. 고맙다는 말밖에는 할 수가 없네. 내가 이 핑계 저 핑계를 대며 연구실 일에 등한시해도 아무런 말 없이 지켜봐 줘서 정말 고맙다.

그리고 준근이, 병욱이, 수연이, 진국이… 별반 재미없는 내 책을 구입하느라 고생해 주어 정말 고맙다.

또한 예전에 같이 일했던 범행, 면수, 혁재, 기태, 학채 선배… 고맙습니다.

그러나 제가 이렇게 긴 감사의 글을 쓰게 된 이유는 다른 곳에 있습니다.

제가 너무나 사랑하는 이쁜이 남기순.

너무나도 많이 부족하고 모자라는 저를 믿고 따라주는 것에 항상 고마움을 느끼면서도 제대로 표현하지 못했던 것 같아 미안함을 가지고 있었는데 이렇게 글로나마 고맙다는 말을 남기게 되어 기쁩니다.

정말 고맙다. 그리고 기순아, 사랑한다…….

사랑해…….

제 1 장

한족(韓族)의 앞날을 밝힌 횃불이란 말이지. 출구

제1장 한족(韓族)의 앞날을 밝힌 회합이란 말이지. 좋군

중원을 다스렸던 많은 나라들의 수도로서 지금까지 그 명성이 자자한 곳들이 여러 곳 있다. 그 예로 수나라 때 국가의 총력을 모아 대대적인 황성을 건설하였는데, 그곳이 바로 대흥성(大興城)이다. 대흥성은 지금의 장안(長安)으로 지금까지 중원 서쪽의 도심지로서 그 역할을 다하고 있었으며, 한나라 때의 낙양은 장안보다 더 유명한 곳이었다. 그러나 금릉의 황성은 장안이나 낙양에 못지않게 너무나도 잘 계획되어진 고성이다.

극히 미천한 신분에서 황제라는 지존의 자리에 올랐던 주원장은 박력있게 모든 일을 추진시켰다. 그에게는 전통의 속박이 별로 문제가 안 되었기 때문에 비교적 자유롭게 자신의 포부를 실천에 옮겼던 것이다. 벼락부자가 무조건 비싸고 고급스러운 것을 찾듯, 주원장도 수도 남경의 성벽을 웅장하게 개축하기 시작한 것이다.

황성은 도시의 중앙보다 약간 서남쪽에 치우쳐 있었으며 황성의 안쪽에는 궁성이 자리하고 있었다. 거기다 황제가 기거하는 궁성의 바깥에 철의 장벽처럼 서 있는 황성의 성벽은 그 둘레의 길이가 무려 백이십 리(里)가 넘었다.

황성은 정방형에 가깝되 동서가 남북보다 조금 길었다. 황성의 남북 주축선은 황성 밖에 형성되어 있는 도시 전체의 주축선으로서 방리(坊里)는 이 주축선에 연하여 궁성의 주변을 형성하며 배열되어 있었다.

황성의 정남문인 선양문(宣揚門) 안에는 치도(馳道)를 열어 곧바로 궁성 정남의 단문(端門)에 이르렀으며 치도의 동쪽에는 문루(文樓), 서쪽에는 무루(武樓)가 있었다. 이것은 다시 말해 황성의 남북 앞에 관서가 배치된 관계로 육경이 좌측에 있어 문(文)으로 경위를 삼고, 오부(五部)가 서쪽에 있어 무(武)로써 진정하고 있는 것이었다.

또한 주요 문(門)과 전(殿)은 모두 남쪽에서 북쪽으로 위계질서를 가지며 차례로 주축선상에 배치되어 있었는데, 이것이 궁성의 중로(中路)였다. 중로의 동쪽에는 동내(東內) 서쪽에는 서내(西內)로 불리고 있었으며, 태자와 태후는 물론 비빈(妃嬪)이 나누어 거처하고 있었다.

황제인 영락제가 국가의 제반 사항을 결정하고 명을 내리는 집정천은 궁성의 중심에 위치하고 있었으며, 무엇보다 호열이 기거하고 있는 철혈금부는 집정천에서 서북쪽으로 오 리 정도 떨어진 궁성 외곽에 자리 잡고 있었다.

"젠장, 정말 생각할수록 어이가 없네. 내 말을 누가 믿을까? 아마 내가 이런 말을 하고 다니면 세상 사람들은 날 미친놈이라고 할 거야. 세상에, 황궁 무고가 텅텅 비었다니. 이것 참……."

호열은 초 제독과 헤어진 후 철혈금부 집무실에 들어와서도 답답한 마음이 가시질 않아 한시도 가만히 있지 못했다. 평소 때라면 벌써 잠자리에 들어야 할 시간인데도 불안한 마음에 편안하게 잠자리에 들지 못하고 있는 것이다.

"앞으로 어떻게 하지? 내가 아무 일도 안 하고 이렇게 자리를 차지하고 있는 걸 가만히 보고 있을 황제가 아닐 텐데… 정말 미치겠구먼."

시간은 계속 흐르고 있었다. 당장 내일이면 황제는 호열이 황궁 무고에 갔었다는 것을 알게 될 것이다. 초 제독이 하는 일이 주로 그런 일이니 보지 않아도 뻔한 일이었다.

비록 호열이 초 제독과 깊게 얘기를 나누어보지는 않았지만 황제의 눈과 귀를 담당하는 동창의 수장으로서 너무나도 알맞은 사람이었던 것이다.

"그나저나 현운 장문인이 이 사실을 알면 얼마나 황망한 표정을 지을까? 후후… 참나, 내가 지금 무슨 생각을 하는 건지. 지금 이럴 때 현운 장문인이나 박 장군이 있었으면 좋았을 텐데… 아니, 하륜 공이나 한기라도 있었으면…….."

호열은 자꾸만 떠나간 사람들이 그리워졌다. 정작 힘이 필요할 때 곁에 사람이 없다는 것이 이렇게 스스로를 힘들게 할 줄 몰랐던 것이다. 떠나보낼 때는 어떻게든 되겠지 하는 심정으로 보냈는데, 지금에 와선 그것이 한심스럽게 느껴지고 있었다.

"휴~ 어쩔 수 없지. 그나저나 정말 어떻게 하나… 내가 가르칠 놈들은 백 명이나 되고, 그렇다고 텅텅 비어 있는 황궁 무고를 채울 수도 없으니. 정말 미치겠군. 이럴 때 차라리 그놈들이 내게 배울 수 없다고 황제에게 말을 하면 좋을 텐데…….."

어두워져 아무것도 보이지 않는 하늘, 호열은 답답한 마음에 시원한 바람이라도 쏘여 머리를 식히려는 생각에 창문을 통해 밤하늘에 밝게 빛나는 별들을 바라보았다.

"그렇지, 가만? 음… 썩 좋은 생각은 아닌 것 같은데? 그래, 확실히 좋은 방법은 아니야. 하지만 방법이 없으니 우선은 그 방법대로 해야겠구나. 우선은 그렇게 하자. 그래……."

*   *   *

육지가 멀지 않은 곳이기에 망망대해엔 몇 척의 작은 어선들이 있었지만 그것은 광활하게 펼쳐진 바다 앞에선 너무나도 미약한 존재에 불과할 뿐이었다.

평생을 바다에서 살아왔고, 또 앞으로도 살아갈 사람들을 일컬어 바닷사람이라고 부른다.

바닷사람.

바닷사람이란 말은 사나이의 다른 말이라고 해도 과언이 아닐 것이다. 평소엔 너무나 평화스러워 사람들의 사랑을 받는 곳이지만 때론 흉포함과 광기가 지나쳐 많은 사람들의 목숨을 요구하는 바다. 그런 바다를 헤쳐 나가는 사람들만이 가질 수 있는 이름이기 때문이다.

그러나 바닷사람들의 면면을 살펴보면 너무나도 순수한 마음들을 가지고 있다. 거친 바다에서 살아가는 사람들답게 겉으로만 보면 불굴의 의지를 지닌 투박함과 강인함을 지니고 있지만 속마음은 여염집 아낙보다 더욱 섬세한 마음과 인정을 지니고 있는 것이다.

"영차, 영차… 아이고, 이거 이번에도 영 아니구먼."

"그러게 말이야. 이거 정말 큰일이야. 계속 이렇게 안 잡히면 큰일인데……."

농부가 가을의 풍성한 수확을 기대하며 봄에 씨를 뿌리듯 이른 아침부터 해가 지기 시작하는 시각까지 바다에 촘촘한 그물을 던지길 여러 번, 하지만 돌아오는 것은 허탈함뿐이었다. 배운 것이 그물을 던지는 것과 배를 모는 일밖에 없어 다른 일은 하고 싶어도 할 것이 없는 사람들인지라 매일 똑같은 일이 반복되어 지겹고 힘들어도 꿋꿋하게 하루하루를 살아가는 것이다.

"휴, 이거 올해엔 아들놈 장가를 보내야 하는데 이렇게 가다간 그것도 힘들겠구먼."

배의 주인으로 보이는 어부는 옆에서 그물에 걸려 있는 고기를 열심히 고르는 친우를 바라보며 한숨을 쉬었다.

평생을 바다에서 같이 지내온 처지인지라 그물에 걸려 있는 고기들을 바라보며 한숨을 쉬는 것은 둘 다 마찬가지였다.

"그러게 말이야. 올해엔 유난히도 걸리지 않는구먼. 올해엔 좋은 일만 있을 줄 알았는데 이래서야… 휴, 이래선 공납도 못하겠네."

"그러게 말이야. 음……."

"나야 크게 공납을 하지 않아도 되지만 선주인 자네는 걱정이 아닌가. 아무리 잡히는 것이 없다고 해도 그걸 관리들이 곧이듣겠는가? 이놈의 나라가 어떻게 되려는지 원… 큰일이야……."

"음……."

정말 큰일이었다. 하지만 이런 형편은 어느 선주나 마찬가지였다. 그 잘난 배 하나 가지고 있다고 꼬박꼬박 공납을 올려야만 했기 때문이다. 하지만 공공연하게 들리는 소문에 의하면 한해를 죽도록 일해 나라님에게 올리는 진상품을 중간의 관리들이 빼돌린다는 것이다. 나

한족(韓族)의 앞날을 밝힌 회합이란 말이지. 종군 17

라의 기강이 해이해져 있기에 당연한 결과였지만, 죽어나는 것은 백성들뿐이니 나라로서는 큰 문제가 아닐 수 없었다.

"하지만 나라님을 원망하면 뭐 하겠나. 소문을 들어보니 나라님도 요즘 정신이 없다고 하네."

"응? 그것이 무슨 말인가? 나라님이 정신이 없다니?"

"이런, 자넨 아직 모르고 있었는가? 왜, 명나라에로 많은 사신들이 떠나지 않았는가."

"아, 그걸 왜 모르겠는가. 그런데 그건 왜 물어보는가?"

"왜 물어보긴, 만약 이번에도 명나라에서 고명과 인장을 받아오지 못한다면 어찌 되겠는가? 가뜩이나 이번에 등극하신 나라님은 아직까지 태상왕(太上王)이신 태조대왕님의 인가도 받지 못하지 않았는가. 정말 걱정이야……."

선주는 정말 걱정스럽다는 표정을 지어 보였다.

"그것이 무슨 말인가? 작년 십이월에 한양으로 돌아오시지 않았는가. 그런데 인가를 받지 못했다니?"

"하긴 돌아오시긴 했지. 그런데 그것이 웃기단 말이지. 자네도 함흥차사(咸興差使)에 관한 얘기를 알고 있겠지?"

"알지, 알다 뿐인가. 나라님이 태상왕이신 아버님께 문안사(問安使)를 보낼 때마다 그 차사(差使)를 죽여 버렸다는 이야기가 아닌가. 그래서 요즘 어디에 가서 소식이 없을 경우에 우스갯소리로 함흥차사라는 말을 쓰지 않나. 하하하."

"이런, 자네 정말 어쩌려고 그러는가. 제발 소리 좀 죽이게. 그러다 들키기라도 하게 되면 경을 칠 걸세."

"여긴 자네와 나 둘뿐인데 무에 걱정인가?"

"그런 소리 말게나. 발 없는 말이 천 리 간다고, 항시 조심하는 게 좋아."

선주는 친우의 행동에 여간 신경이 쓰이는 것이 아니었다. 하지만 이러한 일이 하루이틀이 아니었으니…….

"알았네, 그런데 그거하고 무슨 상관이 있기에 그러는가?"

"상관이 있어도 많이 있지. 아무리 나라님이 되었다고 해도 아버지가 자식을 인정하지 않고 있는데 어찌 명나라의 황제가 인정을 하겠는가. 안 그런가? 걱정은 걱정이겠지."

"이 사람아, 큰일 날 소리 하지 말게. 음… 나도 나지만 여기가 바다 한가운데였기에 망정이지, 육지에 오르면 절대 그런 소리 말게."

친우는 선주의 말을 듣자마자 얼른 주변을 살폈다. 아무도 없는 바다 한가운데 떠 있다고 해도 불안한 마음이 들었던 것이다. 밤 말은 쥐가 듣고 낮 말은 새가 듣는다는 말이 있듯이, 언제 어디서 불행이 시작될지 아무도 모르는 일이기 때문이다.

"하하, 알겠네. 내가 미쳤다고 그런 소리를 떠벌리고 다니겠는가? 난 아직 죽고 싶지 않다네."

"원, 사람하고는……."

선주의 농담 섞인 말을 듣고서야 안심이 되었는지 놀란 가슴을 쓸어내렸다. 하지만 그렇게 안심이 되지는 않았다. 워낙에 술을 좋아하는 사람인지라 언제 어디서 실수를 할지 몰랐기 때문이다.

"자, 어서 나머지 그물도 끌어 올리세. 벌써 날이 어두워지기 시작하는구먼."

언제 그랬냐는 듯 정말 날이 어두워지고 있었다.

"허, 꼭 자네가 선주 같구먼."

"하하하……."

잘못하면 크게 의를 상할 수도 있는 말이었지만 선주와의 허심탄회한 농담이 하루이틀이 아니었기에 두 사람은 크게 신경 쓰지 않았다.

"응? 가만, 저것이 뭔가? 여보게, 자네도 저길 좀 보게. 뭐가 보이지 않나?"

"뭘 말인가? 어디……."

푸른 물결이 넘실대며 미지의 세계가 펼쳐진 것처럼 끝없이 이어지는 지평선의 너머에 하나의 점이 서서히 보이기 시작했다. 처음엔 너무나도 작아 육안으로 보이지 않았지만 서서히 그 모습을 보이기 시작하자 그 형상을 뚜렷이 볼 수 있었다.

거대한 범선(帆船), 명나라의 선박(船舶)으로 보이는 범선이었다.

거친 물살을 헤치며 항해의 막바지에 점점 다가가는 선박의 갑판 위, 그곳엔 한 달 전 호열과 헤어진 박 장군과 하륜이 다른 사람들과 함께 자리하고 있었다.

"허허, 이제 얼마 남지 않았구먼. 이게 얼마 만에 돌아가는 것인가. 아……."

"그러게 말입니다. 정말 힘든 여정이었습니다. 음……."

하륜의 말을 들으며 박 장군은 부딪쳐 오는 바람에 한동안 온몸을 맡겼다.

왕명에 의해 조선을 출발한 후로 한시도 마음을 놓지 못했는데, 이렇게 당장 고국의 땅을 다 밟게 됐다는 것이 실감이 나지 않았던 것이다.

"형님, 정말 다행입니다. 누가 있어 우리가 이렇게 쉽게 일을 행하고 올 줄 알았겠습니까? 모두 주상전하의 은덕과 조상님의 보살핌인 것 같습니다."

"그렇겠지. 하지만 말이야, 난 그렇게 마음이 편하지만은 않구나. 임 대협을 꼭 사지에 남겨두고 온 것만 같구나. 하⋯⋯."

"그건, 음⋯⋯."

박윤승 부장은 형인 박 장군의 말을 충분히 이해할 수 있었다. 자신 또한 그러한 생각이 들어 불편한 마음이 들었기 때문이다.

"장군, 너무 그렇게 괴로워하지 마시지요. 솔직히 가슴이 아프지만 어쩔 수 없던 일이었습니다. 하지만 황제도 임 대협 같은 인재를 쉽게 어찌하진 않을 것입니다."

"음⋯ 공의 말대로 되었으면 얼마나 좋겠는가. 꼭 그렇게 되었으면 좋겠네."

박 장군은 자신을 위로하는 하륜의 말을 들으면서 시선은 가까워져 오는 해안선을 향했다.

이제 긴 여정의 막바지에 이른 것이다. 길고 힘들었던, 많은 아쉬움과 여운이 남았던 여행이 끝나가고 있는 것이다.

"장군, 제가 한말씀 드려도 되겠습니까."

박 장군의 뒤에 서 있던 조 무장이 한쪽 무릎을 굽히며 명을 기다렸다.

"응? 아니, 무슨 일이기에 자네가 내게 그런 자세로 청을 하는가?"

박 장군은 조 무장을 보며 이해할 수 없다는 표정이 되었다.

사실 군부의 위계질서를 생각하면 그리 크게 놀라게 할 만한 자세는 아니었지만, 보통 직속 수하들은 곤란한 일이나 크게 잘못한 일이 없으면 취하지 않는 자세였다.

"이보게, 자네 왜 이러나? 장군님께 무슨 잘못이라도 했나?"

윤 무장은 조 무장이 갑자기 무릎을 꿇고 고개를 숙이며 죄를 청하는 자세를 보이자 놀란 마음에 조 무장의 곁으로 다가왔다.

조 무장과 윤 무장은 비록 같은 주인을 보필하는 입장이었지만 그동안 서로 견제가 많은 관계였었다. 하지만 그런 관계는 대부분 윤 무장에 의해 일어났고 조 무장은 크게 신경 쓰고 있지 않았기에 둘 사이의 관계는 오랫동안 원만하게 지내고 있었다. 윤 무장도 그러한 것을 알기에 일을 함에 있어 요즘은 조금씩 양보를 하고 있었다. 요즘이라고 해봐야 금릉을 떠난 한 달 전부터였지만…….

얼마 전까지 조선의 군부는 각 장군들의 사병들로 이루어져 있었다. 하지만 이 년 전 새로운 임금이 보위에 오르면서 사병 제도를 철폐하고, 모든 사병들을 나라로 귀속시킨 일이 있었다. 조 무장이나 윤 무장도 그러한 일련의 과정을 거치며 박 장군의 수하로 들어간 것이다. 하지만 오래전부터 흠모하던 분이기에 기꺼운 마음으로 따랐었다.

"음… 형님, 우선 조 무장의 말을 들어보는 것이 좋을 것 같습니다."

"저도 그렇게 생각합니다. 제가 끼어들 만한 자리가 아니지만, 제가 생각하기에도 그리하시는 것이……."

박 부장과 하륜의 말을 들으면서 박 장군은 조 무장이 자신에게 흠이 될 만한 일을 한 적이 있는지 생각해 보았다. 하지만 아무리 생각을 해보아도 그러한 일은 없었다.

"흠… 자네가 왜 그러는지 모르겠지만 어디 한번 할 말이 있으면 해보게."

박 장군을 하륜의 말에 따라 우선 무슨 일인지 들어보기로 했다.

"장군께서도 아시겠지만 저는 전하(殿下)의 넷째 형님이셨던 방간(芳幹)님의 휘하에 있었습니다."

"그랬지, 당시 방간은 박포(朴苞)와 공모하여 역모를 꾀했었지."

박 장군도 이미 알고 있는 사실이기에 조 무장의 말을 들으면서 고개를 끄덕였다.

조 무장은 모르고 있었지만 사실 박 장군은 조 무장이 방간의 휘하에 있을 때 눈여겨본 적이 있었다. 보통의 무장들답지 않게 눈에 생기가 돌고 의기가 강해 보여 한눈에 들어왔던 것이다. 그래서 역적모의에 가담하여 처형에 처해질 죄인이었던 조 무장을 어렵게 주군을 설득하여 지신의 휘하에 둘 수 있었던 것이다.

"예, 그런 저를 지금까지 아무런 사심 없이 보살펴 주신 점 감사하게 생각하고 있습니다. 하지만……."

"음… 하지만 무언가? 뜸 들이지 말고 어서 말해 보라."

"네, 음… 사실 전 얼마 전까지만 해도 제 삶에 회의를 느끼고 있었습니다. 그런데 그런 제게 새로운 의지를 일깨워 주신 분이 계십니다."

"새로운 의지라… 혹, 그 사람이 내가 아는 사람인가?"

조 무장은 박 장군의 물음에 아무런 말 없이 고개를 숙여 보임으로 해서 대답을 대신하였다.

박 장군은 조 무장의 말을 들으면서 새롭게 다가온다는 느낌을 받았다. 그동안 아무런 말을 하지 않았지만 조 무장은 윤 무장과 달리 묵묵히 자신의 일을 충실히 행한다고만 생각하고 있었다. 삶의 회의를 느끼고 있다고는 생각도 해보지 못했던 것이다. 그런데 지금 조 무장은 그동안 무인으로서 새로운 삶의 의지를 찾은 것 같아 보였다.

"허허, 아마도 그 사람은 임 대협이겠구먼. 그렇지 않은가?"

"예, 그렇습니다. 그동안 제가 어리석어 보지 못하고 있던 것을 임 대협을 만남으로 해서 알게 되었습니다."

"음… 자네의 말을 들어보니 내 곁을 떠나려고 하는 것 같구먼. 꼭 그래야만 하겠는가?"

"……."

조 무장은 박 장군의 말에 대답할 수가 없었다.

그동안 무뚝뚝하고 부족함이 많은 자신을 호의로써 대해준 박 장군이기에 차마 '예'라고 대답할 용기가 나지 않은 것이다.

박 장군은 알 수 있었다. 조 무장의 성격을 잘 알기에, 또한 같은 무인으로서 호열의 기상과 의기, 대범함에 끌리기는 마찬가지였기 때문이다.

'허허, 이것 참… 하긴 내가 십 년만 젊었다면 저러했을지도 모르겠구먼. 음…….'

"뜻은 충분히 알았다. 하지만 조선으로 돌아가면 편한 삶을 살 수 있게 될 것인데 그래도 가겠다는 말인가?"

박 장군의 말을 사실이었다. 그 누구도 쉽게 할 수 없었던 일을 해냈기에 당연히 조선으로 돌아가면 후한 상금과 탄탄한 미래가 보장되어 있었다. 거기다 박 장군과 하륜 같은 든든한 후원자까지 덤으로 옆에 있었기에 편안한 삶과 부귀영화는 당연한 결과였다.

"장군님의 말씀 충분히 알고 있습니다. 부족한 저를 그렇게 생각해 주시는 것만으로도 저는 송구할 뿐입니다. 솔직히 저도 그러한 것을 바랬던 적이 있었습니다. 아니, 그러한 것을 목표로 살아왔다고 해도 과언이 아닐 것입니다. 하지만 음… 하지만 지금은 아닙니다. 임 대협을 만난 후로 진정한 무인의 삶이 무엇인지, 어떠해야 하는지를 알게 되었습니다. 그래서 이렇게 염치 불구하고 청을 드리는 것입니다."

자신의 속내에 있던 말을 다한 조 무장은 고개를 숙였다. 이제 더 이상 할 말이 없기에 자신의 상관인 박 장군의 처분을 기다린다는 것을 행동으로 보이고 있는 것이다.

"허……."

한동안 어떠한 말도 오가지 않았다. 또한 주변에서 쭉 상황을 지켜보고 있던 일행들도 이 상황에 대해 뭐라고 할 수 있는 입장이 아니었기에 박 장군의 입이 떨어지기만 기다릴 뿐이었다. 다만 하늘을 자유스럽게 날고 있는 기러기들만이 자유를 만끽하는 요란한 울음소리를 내고 있었다.

'이것 참, 정말 곁에 두고 싶은 아까운 인재인데… 하지만 임 대협에게 가겠다고 하니 나로서도 어쩔 수 없구나. 음… 임 대협 혼자 사지에 남겨두고 온 것 같아 마음이 찜찜했는데 오히려 잘된 일인지도 모르겠군. 임 대협 혼자보다는 조 무장이 곁에 있는 것도 좋겠지…….'

호열을 혼자 남겨두고 온 것이 항상 마음에 걸렸던 박 장군이었다. 그런데 막상 조 무장이 스스로 호열의 곁으로 가겠다고 하자 아쉬운 마음도 들었지만 한편으로 반가운 마음도 들었다.

"휴, 자네의 모습에서 확고한 의지를 읽을 수 있구먼. 어쩔 수 없겠지. 나도 그 심정을 충분히 알고 있으니까. 음……."

"……."

침묵의 시간을 깨며 박 장군의 입이 열리자 모든 이의 시선은 자연스럽게 박 장군에게 향했다.

사실 조 무장의 말은 모든 생사여탈권을 가지고 있는 주군을 배신하겠다는 말과 진배없는 것이다. 특히 엄격한 명령 체계의 군부에선 있을 수 없는 일인 것이다. 그런 만큼 지금 당장 박 장군이 조 무장을 처형할 수도 있는 사안인 것이다.

"허허, 어찌 보면 잘된 일인지도 모르겠군. 자네가 임 대협의 옆에서 보좌를 한다면 내 마음이 한결 편하겠지. 음… 그러나 이것만은 명심해야 할 것이야. 자네의 마음대로 주군을 선택할 수 있는 것은 이번이 마지막이라는 것을. 내 말 무슨 말인지 알겠나!"

"아……."

조 무장은 그동안 마음속에 담아두었던 말을 한 것만으로도 만족하다고, 아니, 죽어도 좋다는 생각까지 하고 있었다. 사실 가망성이 없다고 생각하고 있었기 때문이다. 그런데 박 장군은 서슴없이 승낙을 해준 것이다.

조 무장은 실감이 나지 않는지 한동안 입만 벌린 상태로 박 장군의 얼굴만 바라보았다.

"내 말을 알겠느냐고 물었다. 알겠나!"

"예, 알겠습니다. 임 대협께서 설사 저를 내치신다고 해도 제 목숨이 다하는 순간까지 옆을 떠나지 않겠습니다. 아니, 죽어서도 임 대협의 곁을 지키겠습니다."

"음……."

조 무장의 결의에 찬 대답이 마음에 들었는지 박 장군은 조 무장의 눈을 직시하며 고개를 끄덕여 보였다.

"음… 장군께서 어려운 결정을 하셨습니다."

"허허, 어려운 결정은 무슨. 나도 사실 임 대협의 곁에 아무도 없다는 것이 계속 마음에 걸렸네. 같은 민족이란 이유로 아무런 인연도 없던 우리를 도와주었는데, 우린 그런 임 대협에게 해준 것이 아무것도 없지 않은가."

"예, 그것만 생각하면 우린 임 대협에게 너무나도 큰 은혜를 입었습니다."

"그렇지, 음… 내가 조 무장의 뜻을 받아들인 것도 그것 때문이라네. 아직 명나라엔 태상왕 때부터 정총 등 십여 명이 억류를 당하고 있는데 혹시 임 대협도 그들처럼 되어 있지 않은가 하는 생각이 들어 여간 답답했던 것이 아니었다네. 그런데 조 무장이 간다고 하니 오히려 마음이 편해지는 것 같구먼."

박 장군은 자신의 부하들과 하나하나 인사를 나누는 조 무장을 바라보았다. 거기에는 그동안 보이지 않게 앙숙 관계에 있었던 윤 무장도 끼어 있었다. 그리 썩 좋아 보이는 얼굴이 아니었다.

하륜도 윤 무장과 조 무장의 사이를 어느 정도 짐작하고 있었기에 의아해했지만 그리 크게 신경 쓰지는 않았다.

"너무 신경 쓰지 않으셔도 될 겁니다. 아마 황제는 임 대협이 꼭 필요했을 겁니다. 그렇지 않았다면 우리가 보고 있을 때 처형을 했겠지요. 정총과 같은 일은 일어나지 않았을 것입니다."

하륜도 내심 명나라의 억지를 걱정하고 있었다.

태상왕인 태조 이성계가 등극을 한 후 조선은 명나라에 대해 사대의 성(誠)을 다하여 공경을 하였다. 그러나 그럼에도 불구하고 상국인 명나라는 도리어 문사를 트집 잡고 모욕하였다 하여 정총, 김약항, 인도, 유호 등을 잡아 가두었다. 또한 모욕, 간섭의 말을 하였다 하여 조서와 곽해룡 등을 잡아간 일도 있었다.

그 후로도 공부 등 삼 인을 압송하라는 명나라의 압력이 계속되었었으나 그동안 참고만 있던 조선의 조정이 강력하게 항소를 하자 명나라에서 조용히 물러났던 것이다. 하지만 그것이 전적으로 조선의 힘이라고는 할 수 없었다.

조선이 소국이란 생각에 아무 거리낌 없이 억지를 부리던 명나라가 조용해진 것은 바로 내부적 문제가 있었기 때문이다. 그러하였기에 조선과 같은 소국에 신경을 쓸 겨를이 없었던 것이다.

"허허, 그러면 오죽 좋겠는가. 음……."

박 장군을 씁쓸한 마음을 바다를 보며 달랬다.

"하하하, 아버님의 말씀대로 장군께선 대장부 중의 대장부이십니다. 솔직히 장군께서 어떤 결정을 내리실지 조마조마하고 있었는데, 정말 다시 보게 되었습니다."

"응? 허허, 대장부 중의 대장부라… 자네가 내 얼굴에 금칠을 하는구먼. 너무 큰 과찬이야. 어디 문열공 같으신 분이 나 같은 무부(武夫)의 이름을 입에 올리셨겠는가. 허허허……."

한기의 말이 싫지 않은 듯 박 장군은 점점 가까워지는 해안선을 바라보며 웃었다.

"참, 저도 이 참에 여러분께 말씀드릴 것이 있습니다."

"응? 기, 자네가 우리에게 할 말이 있다고?"

"우리에게?"

바다에서 한창 고기를 잡다 갑자기 나타난 거대한 범선을 보고 놀란 표정을 짓고 있던 어부들을 내려다보며 생각에 잠겨 있던 하륜을 비롯한 일행들 모두 한기의 갑작스러운 말에 고개를 돌렸다.

"예, 다름이 아니라… 이번에 우리들은 명나라에 다녀오면서 많은 인연을 접했다고 생각합니다. 그중에서도 임 대협과 장백검과의 현운 장문인 같은 분을 만난 것은 제 생에 다시없을 복인 것 같습니다."

"허허, 그렇지. 복이라고 할 만하지."

"예, 그래서 전 나중에 아들놈을 갖게 되면 오늘의 인연을 소중하게 생각하라는 의미에서 명회(明澮)라고 지으려 합니다."

"명회라……."

"예, 명(明)은 단순히 명나라에서 만났다는 의미에서 생각한 것이 아니라 광명을 생각한 것입니다. 또한 제남은 명나라의 양대 물줄기에 접해 있는 곳입니다. 그런 제남에서, 아니, 명의 강에서 회합을 가졌기에 수(水)에 회(會)를 붙여 회(澮)라 할까 합니다. 어떻게 생각하시는지… 아마 나중에라도 제 아들놈의 이름을 부를 때마다 오늘의 일이 생각날 것입니다."

"음, 한명회(韓明澮)라… 한족(韓族)의 앞날을 밝힌 회합이란 말이지. 좋군, 정말 좋은 뜻이네. 허허……."

"나도 좋구먼. 아마 우리 조선을 반석 위에 올려놓을 대장부가 될 것 같구먼. 좋아, 좋은 이름이야……."

"하하하, 아직 생기지도 않은 자식 이름을 짓기보단 빨리 만들 생각부터 하게. 그래야 그 이름을 맘껏 불러볼 것이 아니겠는가."

"그러게 말이야. 자넨 집에 돌아가는 대로 그 일부터 해야겠네. 알겠나?"

"하하하."

조 무장의 일이 잘 해결되었다고는 해도 몇몇 사람들에겐 불편한 감이 없지 않았다. 그동안 아웅다웅하며 지낸 윤 무장이라고 해도 막상 조 무장이 떠나게 되었다고 생각하니 착잡한 마음이 들었던 것이다. 또한 그동안 조 무장을 따르던 많은 부하들도 그런 마음이 드는 것은 마찬가지였다. 하지만 한기의 일이 있은 후 모든 사람들의 얼굴엔 아쉬움보다 웃음이 번지고 있었다.

결코 그들의 앞날이 우려하는 것보다 어둡지만은 않을 것이라는 생각이 든 것이다. 아니, 그렇게 되었으면 하는 간절한 마음으로 보내고 싶었다. 명나라로 가는 것 차체가 사지로 뛰어드는 일일지 모른다는 생각이 들었기 때문이다. 언제든지 방심을 하면 한순간에 죽음의 그림자가 드리워질 수 있는 곳이 명 황실이기에…….

　범선은 그렇게 해안선을 향해 점점 다가가고 있었다. 주변의 어선들 사이를 유유히 헤치며 그렇게 조선으로 향하고 있는 것이다.

제
2
장

송국의 국왕은 집이 신화라는 말이다

속국의 국왕은 짐의 신하라는 말이다

한 나라를 다스리는 황제나 관리들로부터 일반 백성에 이르기까지 가장 활발한 역사적 대응을 시도하는 경우는 외적의 침입을 받아 자신들이 사는 공동체의 운명이 위태로운 상황에 처해 있을 때이다.

명나라는 백여 년에 달하는 긴 세월을 원나라의 지배 하에 있었다. 그러한 관계로 정치적인 분야는 물론 경제적으로나 문화적으로 많은 탄압을 받은 것이 현실이었다. 그만큼 명나라의 백성들은 자신의 운명에 대한 급박한 선택을 강요받는 절박한 상황에 처했었다. 물론 그중에는 자신이 태어난 곳을 버리고 멀리 떨어져 있는 곳으로 떠나거나 깊은 산골로 숨어버림으로써 강요된 삶을 피한 사람들도 있었지만, 대부분의 백성들은 자신이 태어나고 살아가던 곳에 그대로 남아 피지배자의 슬픈 삶을 꾸려 나갈 수밖에 없었다. 그들 중 소수의 사람들은 목숨을 던져 정복자에게 항거한 반면, 또 다른 소수의 사람들은 점령국에 대한 협력이 불가피하게 필요하다고 믿거나 나아가 이러한 불가피한 상황을 자신들의 이익을 위한 발판으로 삼았다. 혹은 정복국의 힘에 심취하여 그들의 정복 수행을 위한 첨병의 역할을 한 소수도 있었다.

하지만 현재 무엇보다 명나라가 일관되게 행하고 있는 것은 원나라의 정복 하에 행해졌던 많은 것들을 청산하는 일이었다. 그러한 일련의 일들은 황실에서뿐만이 아니라 군부는 물론 황법이 미치지 않는 강호에서도 일어나고 있었다.

비록 명 황실에선 태조 주원장이 즉위를 하면서 시작해 현재의 영락제까지 수많은 사람들이 숙청을 당하고 처형을 당해 어느 정도 진정이 되었지만 원나라에 협력하여 자신들의 이득을 취했던 많은 무가(武家)들은 원나라가 물러가자 참고 있다가 분노해 일어선 다른 무가들에 의해 하루아침에 참변을 당하는 일도 있었고, 또한 지금도 그러한 일들이 종종 일어나고 있었다.

하지만 요즘은 어찌 된 일인지 강호가 너무도 조용했다. 아니, 한 달 뒤에 소림사에서 있을 무림군웅대회 때문에 하루도 조용한 날이 없었다. 손에 칼이나 검과 같은 무기를 들고 다니는 무림인들은 너도나도 할 것 없이 소림으로 향하고 있었기 때문이다. 백이십 년, 장장 백이십 년 만에 열리는 군웅대회였기 때문이다.

무림인들이 오랜만에 모이는 회합의 자리라는 것이 이유였지만 향후 이 회합을 통해서 앞으로 어떤 일들이 추진되고, 또한 어떤 일들이 벌어지게 될지 아무도 모르는 일이기에 호기심이 많은 무림인들의 발길이 멈추지 않고 있는 것이다.

낙양.

황하의 지류인 중국 하남성 서부 낙하(洛河) 유역에 위치한 곳이다. 중원인들의 생활과 사상에 영향력이 큰 곳으로 칠대고도(七大古都)로 꼽히며, 장안(長安)과 더불어 자주 국도(國都)가 된 곳으로 유명하다. 성도(省都)인 정주(鄭州)와의 거리는 삼백오십 리 정도 떨어져 있으며, 부근 일대는 낙하 연안의 소분지로 예로부터 화북평원(華北平原)과 위수(渭水) 분지를 잇는 교통의 요지다.

천사백 년 전에 주(周)나라 성왕(成王)이 동방 경영의 기지로 축성한 데서 비롯되며, 당시에는 낙읍(洛邑)이라고 하였다. 그 뒤 주 왕조가 현재의 섬서성(陝西省)의 호경(鎬京)으로부터 낙읍으로 천도한 뒤 동주(東周)의 국도로 번영하였고, 후에 후한(後漢)과 삼국의 위(魏), 서진(西晉)도 낙양에 도읍을 정하였는데 후한 때부터 도성의 규모가 남북으로 구 화리로 약 십 리가 넘었으며, 동서로 육 화리 정도였기 때문에 구륙성(九六城)이라고 하였다.

그 후 수(隋)나라가 중국을 통일한 후 당나라에 이르기까지 많은 번성을 하였지만, 서쪽의 장안이 정치도시인 데 대하여 낙양은 경제도시로 대운하를 따라 수송되는 강남의 물자 집산지로 번영하는 데 그쳤다. 거기다 안사(安史)의 난(亂)이 일어난 뒤 쇠퇴하게 되었으며 원나라를 거쳐 현재엔 지방도시로 전락하게 되었다.

하지만 무림인들에겐 다시없을 소중한 곳이 바로 낙양이었다. 그 이유는 바로 이곳에 중원 최초의 불교 사원인 백마사(白馬寺)가 자리하고 있었기 때문이다.

장백검과 일행은 제남에서 호열과 헤어진 후 낙양까지 배로 이동을 한 다음 말을 타고 소림사가 있는 등봉현으로 향했다. 비록 낙양에서 등봉현까지는 백삼십 리밖에 되지 않아 말을 타고 가지 않아도 될 정도로 날짜가 넉넉하게 남았지만, 한 문파의 장문인이 직접 행차하는 길에 말도 없이 걸어서 간다는 것은 말이 안 된다는 현검 도장의 말에 따라 모든 장백검과 도인들은 말을 타고 가게 된 것이다. 그러나 말을 타고 길을 가게 되었다고는 하지만 그 진행 속도는 걸어가는 것보다 더욱 느렸다.

"하하, 정 소협의 무공이 나날이 발전을 하는구려. 어제와 오늘이 이렇게 다르다니 참으로 놀랍네."

"아닙니다. 아직도 많이 부족합니다. 그러니 현검 도장님께서 많은 지도편달을 해주십시오."

현검 도장의 얼굴엔 그동안 볼 수 없었던 엷은 홍조가 피어올라 있었다. 낙양을 출발하면서 시작된 운영과의 대련에선 한 번도 볼 수 없었던 일이었다.

그러나 운영의 모습은 현검 도장의 모습과는 천지 차이였다. 온몸이 땀으로 흥건히 젖어 있었으며 군데군데 흙과 먼지도 보였다.

"여부가 있겠는가. 그건 걱정하지 말게. 요즘 정 소협과 검을 섞으면서 내가 다시 젊어진 것 같은 느낌이라네. 하하하."

"그렇게 말씀해 주시니 정말 고맙습니다."

"아니네, 오늘은 정말 괜찮았네. 특히 마지막에 보여준 그 변형은 정말 좋았어. 적절한 시간에 알맞은 빠름이란. 허허……."

"……."

십 일 전부터 계속된 현검 도장과의 대련, 하지만 오늘처럼 현검 도장의 웃는 모습을 본 것은 처음이었다. 운영은 계속되는 현검 도장의 칭찬에 시선을 어디에 두어야 할지 몰랐다.

대련.

대련 경험이 전무한 초절정고수. 오직 검만을 생각하며 살아온 절정의 고수.

현운 장문인은 낙양까지 오면서 많은 고민을 했었다. 자칫 잘못하다가는 자파의 위신이 땅에 떨어질지도 모르는 일이기 때문이었다. 아무리 대련 경험이 전무하다고는 하지만 그래도 운영은 초고수였기 때문이다. 그만큼 섣부른 대련은 제자들의 사기를 떨어뜨릴 수도 있는 중대한 일이었다. 하지만 운영의 정확한 실력을 알아야만 했기에, 또한 호열의 당부도 있었기에 과감한 결단을 내릴 수밖에 없었다. 사실 대련만큼 확실하게 실력을 늘릴 수 있는 방법도 없었기 때문이다.

그에 대련을 한다면 누구나 소기의 성과를 얻을 수 있는, 아니, 최대한의 성과를 얻을 수 있는 방향으로 계획을 하기 시작했다.

현운 장문인의 생각은 적중했다.

대련 첫날, 처음 호열에게 운영의 상태에 대해 들었을 때는 그래도 설마 하는 마음이었는데 그 설마가 현실로 나타나면서 고민을 하게 되었다. 하지만 그런 우려는 대련을 시작한 지 삼 일 만에 사라져 버렸다. 운영이 현검 도장과의 대련에서 하루가 다르게 변화된 모습을 보여준 것이다. 또한 처음의 의도와는 다른 방향이었지만 부수적으로 제자들에게 대련을 참관하게 한 목적도 어느 정도 달성할 수 있었다.

현검 도장과 운영의 대련이 시작될 때에는 항상 현운 장문인이 직접 지시를 내려 모든 제자들이 참관을 하게 한 후 대련의 상황을 처음부터 끝까지 지켜보게 했다.

운영과 현검 도장을 생각한다면 제자들의 참관을 허락해선 안 되는 일이었지만, 현운 장문인은 둘에게 미리 언질을 주었고 허락을 구할 수 있었다. 하지만 그리 쉬운 일은 아니었다.

사실 강호의 도리를 따진다면 있을 수 없는 일인 것이다. 아무리 현검 도장이 현운 장문인의 사제라고는 하지만 대련에 대한 것은 쉽게 이래라저래라 할 수 없는 입장이었기 때문이다. 거기다 운영은 장백검파의 문인도 아니었으니……

하지만 둘은 쉽게 허락을 했다.

현검 도장은 얼마 전에 운영의 실력을 직접 눈으로 보았기 때문에 찜찜한 마음이 들었지만, 문인들이 자신과 운영의 대련을 통해 더욱 발전할 수 있을 것이라는 장문인의 말에 동의를 한 것이었다. 하지만 운영이 쉽게 동의를 한 것은 강호의 관례를 모르고 있기 때문이었다.

처음엔 장백검파 문인들 역시 장문인의 행동을 의아하게 생각했다. 소림이 멀지 않은 곳에 있는데 늑장을 부리는 현운 장문인의 행동이 이해가 가지 않았던 것이다. 어서 빨리 목적지에 도착해서 여정으로 쌓인 피로를 조금이나마 풀고 싶은 마음들이었기 때문이다. 하지만 대련을 지켜볼 수 있다는 것에 불만을 토할 사람은 없었다. 자신들과 격이 다른 두 고수의 대련을 지켜본다는 것은 일생일대의 다시없는 기연이었기 때문이다. 더구나 한 사람은 자신들의 큰어른이었고, 다른 한 사람은 그토록 자신들이 꿈에 그리던 모습을 하고 있는 사람이었기에.

처음 현운 장문인이 제자들에게 대련을 지켜볼 수 있게 한 의도는 누구나 할 수 있는 그런 것이었다. 고수들의 대련을 통해 그동안 자신들이 보지 못했던 오의에 대해 생각할 시간을 주려는 의도였던 것이다. 하지만 크게 기대를 가지지는 않았다. 너무나도 현격하게 차이가 나는 상황이었기 때문이다. 그만큼 제자들의 안계(眼界)만이라도 넓혀주자는 의도가 다분했었다.

운영과 현검 도장과의 대련 첫날, 모두의 예상을 깨고 현검 도장이 압승을 했다. 운영의 온몸은 현검 도장에 의해 온통 흙과 먼지를 뒤집어써야만 했다.

장백검과 문인들은 대련이 끝난 운영의 모습을 보면서 이해할 수가 없었다. 이기어검을 쓸 수 있는 운영이 힘 한번 써보지 못하고 현검 도장에게 패한 것이다. 하지만 대련이 끝난 후 현운 장문인의 설명을 들은 후에야 그 이유를 알고는 고개를 끄덕일 수 있었다.

문인들은 운영과 현검 도장과의 대련에서 너무나도 큰 깨달음을 얻을 수 있었다. 바로 초식의 중요성이었다. 아무리 훌륭한 내공을 가지고 있더라도 제대로 활용할 수 없다면 무용지물과 같다는 것을 알게 된 것이다.

그러나 문인들이 얻은 것은 그 다음날부터 계속된 대련을 통해서였다. 운영의 변화되는 모습, 그것은 너무나도 경이로울 정도였기 때문이다.

끝없는 자기 반성과 노력.

십 일 동안 이어진 대련에서 문인들은 각고의 노력만이 최고를 만들 수 있다는 것을 알게 된 것이다. 하루가 다르게 변화하는 운영의 모습을 보면서 많은 자극을 받은 것이다.

"허허허… 정말 몰라보게 달라졌네. 오늘도 현검 사제가 이기긴 했지만 십 일 전을 생각한다면 놀라울 정도로 빠른 진보네. 마지막 초식, 정말 적절한 공격이었네."

"장문인의 말씀 감사합니다. 하지만 앞으로 더욱 노력을 하라는 것으로 듣겠습니다."

"허허, 하지만 너무 자신을 혹사시키지는 말게. 조금씩 천천히 해도 정 소협이라면 언젠가는 그 끝을 볼 수 있을 것이네."

"아닙니다. 휴··· 솔직히 제겐 지금 그런 것은 중요하지 않습니다. 다만 지금의 제 모습을 형님께서 보셨다면 아마 크게 꾸중을 들었을 겁니다."

운영은 호열의 얼굴을 떠올리자 가슴이 뭉클했다.

호열의 마지막 말, 마지막 모습, 모든 것이 어제의 일처럼 생생하게 기억할 수 있었다.

'형님의 말씀이 옳았다. 난 그동안 형님의 울타리 안에서 살고 있었던 거야. 형님이라는 거대하고 단단한 울타리 안에서······.'

"음······."

"장문인, 형님을 다시 만나게 되면 이런 모습을 보일 수 없지 않습니까? 그러니 앞으로 장문인께서도 많은 지도를 해주십시오."

"허허, 알겠네. 정 소협의 뜻을 충분히 알았으니 이제부터는 나도 돕도록 하지."

'좋아, 정말 좋은 일이야. 역시 대련을 시키길 잘했어.'

운영의 모습에서, 아니, 얼마 전부터 밤잠을 설치며 명상에 들기 시작하는 제자들을 보며 현운 장문인은 눈시울이 절로 젖어들었다.

'형님, 이제야 알겠습니다. 제가 무엇을 해야 하는지, 제가 어떻게 해야 하는지 말입니다. 걱정 마십시오. 지금은 비록 제가 보잘것없는 실력이지만 형님의 바람대로 장백검파에 최선을 다하겠습니다.'

호열의 의도가 그렇든 그렇지 않든 운영은 호열이 자신과 장백검파가 함께하기를 원한다고 생각했다.

지리상으로 조선인이 반을 넘게 차지하고 있는 장백검파, 거기다 현운 장문인도 조선인이었다. 이러한 것을 생각할 때 운영은 어려움에 처해 있는 장백검파에 자신을 딸려 보낸 것이 호열의 생각에 의해서일 것이라고 생각하고 있었다. 호열 자신이 못 가는 대신 의동생인 자신을 대신 보낸 것이라고…….

*　　　　*　　　　*

황궁의 중심이라고 할 수 있는 집정천, 그 집정천과 바로 접해 있는 곳에 동창의 수장인 초 제독의 집무실이 있었다.

비록 같은 환관 출신인 사례태감 정화와 공개적으로 경쟁하는 관계에 있는 초 제독이었지만, 그렇다고 정화를 크게 신경 쓰고 있지는 않았다. 십 년이 넘게 나는 나이 차이도 있었지만 초 제독에겐 정화가 갖지 못한 권력이 있었기 때문이다.

모든 권력의 핵심이라 할 수 있는 동창의 제독, 올해 사십오 세라는 한창인 나이에 황제의 명령도 없이 나름대로 군사를 동원할 수 있는 권력이 있다는 것은 엄청난 것이다.

"흐흐흐… 어젠 정말 재미있는 하루였어. 그 황당한 얼굴이란… 이렇게 되면 임 도독도 크게 위협이 되진 않겠군. 제아무리 무공이 출중하다고 해도 그 멍청한 햇병아리들의 실력을 끌어올리기란 쉽지 않을 것이니, 이제 이렇게 되면 손 도독만 신경 쓰면 된다는 것인데……."

초 제독은 어제 황궁 무고에서 보았던 호열의 황당해하는 얼굴을 떠올리며 한참 동안을 배를 잡고 웃었다. 도저히 웃지 않고는 못 배길 정도로 호열의 표정이 가관이었던 것이다.

"이런, 벌써 시간이 이렇게 됐군. 이제 슬슬 폐하를 접견하러 갈까나."

오늘따라 일찍 등청을 한 초 제독은 호열을 생각하며 시간 가는 줄 모르고 있었다. 영락제가 집무실에 나오는 시간이 아직 많이 남아 있었기에 충분한 여유를 가지고 즐길 수 있었던 것이다.

"제독님, 철혈금부의 임 도독께서 오셨습니다."

"응? 임 도독이? 어서 들어오시도록 하라."

'이른 아침부터 무슨 일이지? 혹시 어제의 일 때문에 온 것인가?'

초 제독은 호열이 문을 열고 들어오자 얼른 생각을 접고 일어서며 반겼다.

"아니, 임 도독께서 이른 아침에 어인 일입니까? 저와 같이 황제 폐하를 접견하려고 오신 것입니까?"

"옛? 아… 뭐, 그렇다고 할 수 있습니다. 어제의 일도 있고 해서 어쩔 수 없이 폐하께 아뢸 말씀도 있으니까요."

'역시 그렇군. 어제의 일을 그냥 넘길 위인이 아닐 것이란 생각은 했지만… 빨리 오길 잘했네.'

호열은 능글맞게 웃고 있는 초 제독을 보며 속이 메스꺼운 기분을 간신히 삭여야만 했다.

"그렇군요. 그럼 잘됐습니다. 같이 들어갑시다. 나도 지금 집정전으로 가려고 하는 길이었으니."

'흐흐, 그래도 자기 방어를 할 줄 아는 위인이었군. 하긴 그만한 실력에 그 정도의 상황 판단은 할 줄 알겠지. 하지만 어쩔 수 없을 것이네. 달리 뾰족한 방도가 있을 수 없을 것이니.'

황제는 철혈금부의 위사들이 빠른 시일 안에 만족할 수 있을 정도의 실력을 갖추길 원하고 있었다. 하지만 어제의 호열을 생각하면 앞날이 환히 보이는 것 같았다.

"예……."

'이거 오늘 정신을 바짝 차려야 하겠구나. 아무래도 날 단단히 벼르고 있는 것 같으니……'

초 제독이 앞장을 서며 집정천으로 향했다. 호열은 그 뒤를 따르며 오늘의 위기를 어떻게 하면 넘길 수 있을까 하는 생각에 정신이 없었다.

"어서 오십시오. 그렇지 않아도 황제 폐하께서 기다리고 계시옵니다."

집정천의 문을 지키고 있는 환관이 초 제독과 호열을 알아보고는 얼른 고개를 숙였다.

"그래? 황제 폐하께서 벌써 납시었느냐?"

"예, 제독님. 방금 납시었습니다."

"그럼 어서 아뢰어라. 여기 임 도독도 함께 왔으니."

"예, 잠시만 기다리십시오. 황제 폐하… 동창의 초 제독과 철혈금부의 임 도독이 알현하러 왔사옵니다."

환관의 목소리가 울려 퍼진 지 얼마 후, 굳게 닫혔던 문이 조금씩 열리기 시작했다.

'휴, 이제 칼날 위로 올라가는 것인가? 오늘을 무사히 넘기지 못하면 끝장이다. 그렇다고 도망이라도 가게 되면 조선은 물론 박 장군이나 다른 사람들에게 큰 피해가 갈 것이 뻔하니……'

어쩐 도망갈 생각도 했었다. 하지만 막상 도망을 가려고 하니 그의 머리 속에 박 장군과 여러 사람들의 얼굴이 아련하게 펼쳐졌다.

호열에게 있어 다른 사람을 위해 자신을 희생한다는 것 자체가 어불성설이었지만, 그렇다고 쉽게 도망칠 수가 없었다. 호열 자신으로 인해 야기될 파급이 어떠할 것인지를 충분히 알 수 있었기 때문이다.

"황제 폐하… 만세, 만세, 만만세……"

"하하, 임 도독도 왔군. 그래, 어서 자리에 앉도록 하라."

"예……."

집청천 안에는 이미 많은 대신들이 자리하고 있었다. 내각대학사 양회는 물론 금의위의 손 도독과 육부상서의 장 제독, 조 대도독도 함께 자리하고 있었으며 못 보던 사람들도 몇몇 자리하고 있었다.

"내각대학사는 하던 말을 계속하라."

"예, 북경에 축성되고 있는 황성은 크게 네 가지 방식을 채택하였습니다. 그것은 그동안의 여러 제국들이 채택하였던 것을 좀 더 발전시킨 것이며, 황제 폐하께서 거쳐 하시게 될 건청궁(乾淸宮)을 주축으로 하여 모든 건물들의 배치가 계획될 것입니다. 이것은 황제 폐하의 권위를 더욱 드높이게 되어 만천하에 선명하게 드러날 것이옵니다."

"음……."

"대략적인 배치 계획은 다음과 같습니다. 첫 번째로, 궁성을 핵심으로 하여 도시 전체의 중앙에 궁성을 위치시키고 앞은 조(朝)를, 뒤는 시(市)를 위치시키며 좌측에는 종묘를, 우측에는 사직을 두려고 하옵니다. 두 번째로는, 궁성 안은 앞에 치조를 두고 뒤에 침궁을 두었습니다. 세 번째로는 오문과 삼조를 위주로 조성된 남북 중축선은 북경 전체의 계획 중축선으로서 조사(祖社), 이방(異坊), 교단(郊壇) 등을 기본적으로 이 주축선에 연하여 대칭적으로 배열하였습니다. 그리고 마지막으로 기반식 도로망을 채택하여 궁성을 빙 둘러 대칭적으로 배열하도록 하였습니다. 이것은 앞으로 황도가 될 북경에서 황궁의 중심적 권위를 더욱 부각시키게 될 것이옵니다."

"황궁의 권위를 부각시킨다… 하하하. 그래, 좋은 생각이다. 그대로 시행하도록 하라. 참, 그리고 저번에 내각대학사가 양우(楊寓), 양영(楊

榮), 양부(楊溥)에 대해 올렸던 것을 윤허하겠노라."

"황제 폐하… 성은이 망극하옵니다. 젊은 그들은 폐하의 성은에 충심을 다해 보필할 것이옵니다."

내각대학사 양회가 영락제의 성은에 온몸으로 읊조린 후 자신의 자리로 돌아가서 앉자 이번엔 오군도독부의 조 대도독이 자리에서 일어나 단상 앞으로 걸어갔다.

"폐하, 소신 조영근 아뢰옵니다."

"그래, 조 대도독이 나선 걸 보니 북방에 일이 있는 모양이군. 말해 보라."

"예, 무슨 일 때문인지 아직 파악이 안 되고 있지만 북방의 타타르 국에서 소수의 인원이 서안으로 향했다고 하옵니다."

"서안으로? 짐이 있는 금릉이 아니라 서안이라… 음……."

영락제는 조 대도독의 말을 들으며 흥미롭다는 표정을 지었다. 제위에 오르기 전에도 북방의 방위에 신경을 썼던 영락제였지만, 제위에 오른 지금에선 더욱 신경이 쓰였던 것이다.

"조 대도독, 무엇 때문이라고 생각을 하는가? 그들이 위험을 감수하면서까지 서안으로 잠입을 할 정도면 그에 합당한 이유가 있을 것이라 생각되는데?"

"예, 소신도 그렇게 생각하고 있사옵니다. 하지만 아무리 생각을 해보아도 그들의 행동을 납득할 수가 없었사옵니다. 그러나 그 일을 우리와 연결 짓지 않고 오이라트 국과 연결을 시켜보니 어느 정도는 짐작할 수 있었사옵니다."

"응? 오이라트 국과?"

"예… 서방까지 그 세력을 뻗치던 원나라가 붕괴되고 난 후, 그동안 탄압을 받았던 소국들이 모두 독립을 하였습니다. 그들 중에 요즘 가장 세력이 커진 곳이 오이라트 국입니다. 사실 타타르 국은 성길사한 철목진의 후예들이니 더 이상 말할 것이 없지만, 북방에 국경을 접하고 있는 우리들로서는 신경을 써야 하는 곳이 한곳 더 늘어난 것이옵니다."

"음……."

영락제는 조 대도독의 말에 일리가 있다고 생각되었다. 사실 정난의 변으로 인해 어수선해진 민심 수습과 행정이 정비되면 북방으로 원정을 갈 생각까지 하고 있었기에 명나라에 있어 오이라트 국이 번성하고 있다는 것은 좋지 않은 일인 것이다.

"그런데 다행인 것은 타타르 국과 오이라트 국 사이가 좋지 않다는 것이옵니다."

"그건 무슨 말인가?"

"예, 타타르 국의 현 황제는 부니아시리라는 자이옵니다. 바로 원나라의 마지막 황제였던 토구스 테무르의 손자입니다."

"그게 사실인가? 허, 바로 순제의 손자였었군. 재미있는 얘기로구먼. 참, 순제는 아버님의 추격을 피해 응창(應昌)으로 갔다가 살해되었지 않은가? 누구였더라?"

조 대도독의 말에 흥미가 생긴 영락제는 재미있다는 표정을 지어 보였다. 마치 재미난 옛이야기를 듣는 것 같은 얼굴이었다.

"예, 폐하의 말씀대로 순제는 응창에서 같은 황족에게 살해되었습니다. 바로 에스델이란 자이옵니다."

"맞았어, 바로 그자였지. 이런, 어서 계속해 보라."

영락제는 자신의 무릎을 딱 치며 조 대도독의 말에 고개를 크게 끄덕였다.

"예, 당시 순제가 죽자 그의 아들이었던 소종(昭宗) 아유시리다라는 황제의 제위를 제대로 물려받지 못하였고, 거기다 신하들에 의해 제대로 권력을 행사해 보지도 못하였습니다. 그렇게 원나라는 황제라는 나라의 구심점을 잃어버린 후 크게 분열이 되었습니다. 이와 같이 지금의 타타르 국의 황제는 어렸을 때부터 황궁 내의 반란으로 인해 많은 어려움을 겪은 자이옵니다. 그런데 저도 얼마 전에 본 비문에 순제를 살해했던 에스델이란 자가 오이라트 국의 중서성에 봉해졌다는 내용이 있었사옵니다. 그런 것에 비추어볼 때, 소신은 그들이 오이라트 국으로 잠입을 하려는 자들이 아닐까 생각되옵니다."

"음… 그럴 수도 있겠지. 자신을 어렵게 만들었던 자의 행방을 알게 되었으니 당연할 수도 있겠지. 하지만 조 대도독은 그 문제를 좀 더 주의를 기울여 조사하도록 하라."

'일이 그렇게 되었다면 있을 수 있는 일이겠지. 자신의 조부를 살해한 자를 찾아 복수하는 것은 당연한 일일 것이니. 하지만 그렇다고 서안을 경유하면서까지 돌아서 갈 필요가 있을까? 음……'

영락제도 조 대도독의 논리있는 말을 들으면서 있을 수 있는 일이라 생각했다. 아니, 정말 그런 일이라면 크게 신경 쓰지 않아도 되는 일인 것이다. 서로 반목을 하면 명나라로서도 반가운 일이기 때문이다. 하지만 정확한 조사를 하지 않으면 안 되는 일이기도 했다. 추후 그 일을 계기로 다른 중요한 일들을 계획할 수도 있는 일이었기 때문이다.

"예, 그렇게 하겠사옵니다."

"하하, 어찌 되었든 그 에스델이란 자 때문에 북방은 좀 시끄러워지겠구먼. 그건 그렇고… 초 제독과 임 도독은 어찌 왔는가?"

"예, 폐하… 실은… 응?"

"폐하… 소신 임호열, 폐하께 아뢸 말씀이 있어 이렇게 왔사옵니다."

'뭐야? 음… 이제 보니 스스로 알아서 고하겠다는 것인가? 그것참, 그렇다고 생각처럼 쉽지는 않을 걸세. 흐흐흐…….'

초 제독은 자신보다 먼저 황제의 앞에 나서는 호열을 보며 가소롭다는 표정을 지었다.

어떻게든 좋게 보고하길 바라는 바람으로 호열이 아침부터 찾아왔겠지만, 초 제독은 영락제에게 어제 호열과 있었던 일들을 더하면 더했지 좋게 보고할 마음은 없었다. 아니, 평소 자신의 주된 일이니 그러한 자신이 당연하다고 생각한 것이다. 거기다 처음부터 철혈금부와 호열에 대해 부정적인 생각을 가지고 있던 초 제독이었기에 이 참에 호열과 철혈금부에 대한 영락제의 호의적인 생각을 바꾸어보려는 의도도 가지고 있었다.

어찌 생각하면 별거 아닌 일이지만, 별거 아닌 일을 크게 부풀려 심각한 문제로 만드는 일은 초 제독에겐 손바닥 뒤집는 일처럼 쉬웠기에 충분히 가능한 일이었다.

"임 도독이 짐에게? 그래, 무슨 일인가?"

'정신 똑바로 차리자. 오늘 이 위기만 넘기면 된다. 어제 충분히 생각했고, 거기다 연습까지 했으니 잘할 수 있어. 힘내자.'

"예, 다름이 아니라… 모자란 저에게 철혈금부의 도독이란 자리를 주신 황제 폐하의 진의를 알고 싶습니다."

호열은 영락제의 얼굴을 직시하며 차분하게 입을 열었다. 속으로는 자신의 말이 끝난 후에 상황이 어떻게 변할까 조마조마했지만 겉으론 당당한 모습을 유지하고 있는 것이다.

"이런, 임 도독! 그게 무슨 망발인가? 감히 황제 폐하께 어찌 그런 불경한 망발을 입에 담을 수 있는가?!"

"이런……."

호열의 말이 떨어지자 무섭게 주변에 있던 신하들이 자리에서 일어나며 호열을 다그치기 시작했다.

아직 호열이 황실에서 생활하며 갖추어야 할 예의범절에 대한 것을 잘 몰랐기에 일어날 수도 있는 일이었지만, 그래도 신하로서 최소한의 예의 정도는 알고 있을 것이라 생각한 사람들이 격노해 분분히 자리에서 일어난 것이다.

"그만! 아직 임 도독은 황궁에서 생활한 지 얼마 되지 않으니 경들은 그만 하라. 음… 그리고 이왕 말이 나온 김에 임 도독은 여기 있는 삼보태감에게 황실의 예절을 배우도록 하라."

영락제는 단상 밑에 서 있던 정화를 가리키며 호열에게 황실에서의 예절을 배울 것을 명했다.

"예, 폐하… 아무것도 잘난 것 없는 소신을 좋게 보아주셔서 감사하옵니다. 폐하의 성은에 보답한다는 생각으로 최선을 다해 배우겠습니다."

'휴, 말도 하기 전에 큰일 날 뻔했네. 그나저나 저들은 별것도 아닌 일에 목청을 높이고 그래? 가뜩이나 떨려 죽겠는데…….'

영락제의 말에 용기를 얻은 호열은 아직까지 눈에 힘이 들어가 있는 초 제독과 조 대도독의 얼굴을 슬쩍 쳐다보다 이내 다시 영락제에게 향했다.

"그래, 그렇게 해야지. 그럼 임 도독은 저들을 신경 쓰지 말고 짐에게 할 말이 있으면 서슴없이 말하라. 참, 벌써 했지. 그래… 임 도독, 짐이 임 도독에게 철혈금부를 맡긴 것이 그렇게도 궁금한가?"

"예, 소신이 아무리 좋게 생각해 보려고 노력을 해보았지만 도저히 납득이 가지 않았습니다."

호열은 지금부터가 중요하다는 것을 몸으로 느낄 수 있었다. 이제부터 어떻게 하는지에 따라 상황은 극단으로 치달릴 수도 있는 상황이기 때문이다. 어려움을 극복하고 생존할 수 있는지, 아니면…

'이… 감히 짐의 말에 거역을 하려고 한단 말인가? 황제인 짐의 명령에? 한족(漢族)이 아닌 임 도독을 짐이 그렇게도 좋게 보려고 했는데, 감히……!'

영락제는 호열의 말을 들으면서 조금씩 얼굴이 달아오르고 있었다. 그동안 호열에 대해 좋게 생각하고 있던 것이 한순간에 무너지고 있었던 것이다.

"납득이 가지 않는다? 짐의 처사가 납득할 수 없다? 임 도독, 왜 납득을 하려고 했지? 감히 신하로서 짐의 생각을 가지고, 아니, 짐이 명을 무조건 받들 생각은 하지 않고 정의를 내리려고 했다는 말인가? 황제인 짐의 명을 가지고?"

"예? 아니, 그런 것이 아니라… 폐하, 소신은 다만……."

'응? 뭐, 뭐야? 왜 갑자기 이러는 거지?

조용하던 대청에 용의 울부짖음보다 더 사람들을 위축시키는 소리가 메아리를 쳤다. 조용히 호열의 말을 청취하고 있던 영락제가 호열의 말이 끝나자마자 갑자기 용좌에서 일어서며 호통을 친 것이다.

"다만 무엇인가, 임 도독! 그대는 왜 그런 생각을 하게 되었는지 소상히 고하라!"

'이거 뭐가 이상하게 돌아가고 있는 것 같은데… 정신 바짝 차려야겠구나.'

호열은 생각지도 못한 영락제의 과민 반응에 정신이 바짝 났다. 지금 영락제가 보이고 있는 모습은 호열도 생각하지 못한 것이었기 때문이다. 아니, 이런 일 자체를 예상하지 못했었다. 어제 밤잠을 설치면서 고민을 하였었는데…….

호열은 조용히 자신의 마음을 추스른 후 미리 생각하고 있었던 것을 차근차근 말하기 시작했다.

"예… 소신도 폐하의 명하신 것에 대해 생각한다는 것 자체가 폐하께 대한 불경스런 일이란 것을 잘 알고 있습니다. 하지만, 하지만 소신은 한족(韓族)이옵니다. 명나라의 백성이 아니었습니다."

"……."

"그런데도 폐하께서는 소신에게 철혈금부의 도독이라는 막중한 자리를 하사하셨습니다. 소신이 생각해도 너무나도 파격적인 인사였습니다. 비록 그들의 실력들이 지금은 형편없다고는 하지만, 젊은 그들을 어떻게 훈련시키느냐에 따라 황제 폐하께서 중히 쓰실 수 있는 재목들이 될 수도 있는 것이옵니다. 더구나 그들은 제가 보아도 총명하고 영기가 흘러넘쳤습니다. 그러한데도 폐하께선 그 중요한 자리에 소신같이 미천한 자에게 명하신 것이옵니다. 그래서 소신은 많은 고민을 하게 되었습니다. 도저히 소신의 보잘것없는 능력으론 폐하의 성은에 보답할 수 없었기 때문이옵니다."

호열은 조심스럽게 말을 하면서도 유독 조선과 명나라라는 말에 힘을 주었다. 비록 고려가 망하고 조선이 건국되었다고는 하지만 호열은 엄연히 고려를 계승한 조선인인 것이다.

당연히 호열 자신은 영락제의 명령을 받드는 명나라의 백성이 아니라, 조선 국왕의 명을 받드는 조선의 백성이라는 것을 강조하고 싶었던 것이다.

호열이 말하는 의도가 무엇인지 조금이라도 생각할 수 있는 사람이라면 충분히 알 수 있었다. 당연히 호열의 말에 귀를 기울이고 있던 대신들은 물론 호열의 말이 계속될수록 눈에 힘이 들어가는 영락제도 알 수 있었다.

"음……."

"폐하… 소신 임호열, 폐하께 다시 한 번 청하옵니다. 소신의 미천한 재주를 어여삐 보아주시는 것은 감사하오나……."

"그만! 그만 하면 충분히 알아들었다. 조용히 하도록 하라. 음……."

영락제는 같은 말을 되풀이하는 호열을 중지시킨 후 천천히 자신의 자리에 앉았다. 그 모습이 얼마나 천천히 이루어졌는지 영락제의 모습을 힐끔 바라보던 호열이 다 답답할 정도였다.

호열과 영락제의 모습을 지켜보던 대신들도 쉽게 말을 꺼낼 수가 없었다. 한동안 대청 안엔 고요한 정적만이 감돌았다. 마치 태풍 전의 고요함처럼 모두의 숨을 조이는 시간이 지속된 것이다.

'이제 보니 자신의 무덤을 스스로 파는 멍청이였구먼. 내가 신경 쓰지 않아도 되었는데 그동안 괜한 고심을 했었구나.'

초 제독은 호열이 무슨 말로 자신의 입을 막을지 생각하고 있었는데 상황이 점점 이상하게 돌아가는 것 같아 보이자 속으로 쾌재를 불렀다. 더 나아가 호열의 모습에서 신경 쓸 필요도 없는 녀석에게 심력을 소비했다는 생각까지 하게 되었다.

'음… 이렇게 되면 폐하의 성품으로 보아 임 도독은 극형을 면하지 못하겠구나. 그렇게 된다면 철혈금부는 누구에게 갈 것인지…….'

'쯧쯧쯧, 어찌 저리도 어리석단 말인가. 조금이라도 학식이 있는 사

람이라면 저런 말은 할 수가 없을 터인데, 역시 무인이란…….'

'이 참에 어쩌면 내게 행운이 올지도 모르겠구나. 당연히 내게 오겠지. 암…….'

침묵의 시간은 모든 사람들에게 각자 상상의 날개를 펼 수 있는 충분한 여유를 가져다주었다. 당사자가 아니었기에 충분히 그럴 여유가 있는 것이다.

하지만 침묵으로 일관하고 있는 영락제의 행동에 식은땀을 흘리는 호열에겐 지옥과도 같은 시간이었다. 그것은 시간이 점점 길어질수록 절실하게 느끼고 있었다. 침묵이라는 지옥을…….

"임 도독, 그대의 말은 틀렸다."

오랜 침묵의 시간을 깬 것은 영락제였다. 결자해지(結者解之)라고 침묵하게 만든 장본인이 그 침묵을 깬 것이다.

"예? 폐하, 그 무슨……."

"그대가 말하는 한족(韓族), 아니, 한족이 조선이라는 나라를 세웠으니 한족이라 함은 조선을 말하는 것이겠지. 그렇다면 그대가 짐에게 말하는 그 조선은 무엇이냐! 바로 짐의 속국이라는 것이다. 알겠나? 당연히 속국이란 것은 짐의 나라라는 말이지. 또한 속국의 국왕은 짐의 신하라는 말이다."

"옛? 그……."

"또한 짐의 명령은 짐의 신하와도 같은 조선의 국왕이 내린 명보다 우선한다는 것이다. 짐의 말이 무슨 뜻인지 알겠는가!"

영락제는 호열의 입이 열리기 전에 한 자 한 자를 힘주어 말했다. 마치 호열의 뇌리에 자신의 말을 새기기라도 하려는 것처럼 호열의 눈을 직시하며 말한 것이다.

"……."

"그런고로 조선의 백성도 짐의 백성이란 것이다. 당연히 조선의 백성이라 말하고 있는 임 도독 역시 짐의 백성이란 말이지. 그러니 임 도독은 짐이 내리는 명령을 조선 국왕이 내리는 명처럼 충심으로 받들어야 한다는 것이다."

"폐하, 하지만……."

"그만, 그만 하라! 짐이 그렇게 말을 했는데도 아직까지 할 말이 있다는 것인가! 임 도독이 해야 할 일은 무! 조! 건! 철혈금부의 위사들을 짐이 만족할 수 있는 수준까지 훈련시키는 것이다. 그것이 그대가 사는 길이고, 또한 조선이 살아남을 수 있는 방법이다. 이 말, 명심하도록 하라!"

"음……."

영락제의 추상과도 같은 호통에 호열은 순간 자신도 모르게 주먹에 힘이 들어가며 속에서부터 오기라는 것이 목구멍까지 치밀어 오르는 것을 느꼈다.

아침까지만 해도 오늘의 상황이 이렇게까지 심각하게 변할 줄은 짐작도 하지 못했었다. 조금의 심각한 상황이 발생할 수도 있다는 것은 알고 있었지만, 그래도 잘만 말하면 모두 좋게 마무리될 줄로만 생각하고 있었다. 그런데 호열의 생각과는 달리 상황은 너무나도 빠르게 최악으로 급진된 것이다.

너무나도 어이없게, 어떻게 손쓸 틈도 없이…….

제
3
장

폐하, 이미 폐하께선 역행을 하셨지 않습니까?

◆제3장　폐하, 이미 폐하께선 역행을 하셨지 않습니까?

　　영락제의 말이 모두 끝났지만 대청엔 아무도 움직이는 사람이 없었
다. 누구 하나 잘못 움직여 가뜩이나 영락제의 불편한 심기를 건드리
고 싶은 사람은 없었던 것이다.
　　'그렇단 말이지. 조선이 속국이란 이유로, 당신들보다 힘이 없다는
이유로 무조건 명령을 들어야만 한단 말이지. 명나라… 그래, 당신은
명나라 황제이고 저들은 명나라의 충실한 신하들이며 당신을 하늘처럼
떠받드는 녀석들이었지. 난 당신들이 명령을 내리면 아무런 말도 못하
고 그에 따라야 하는 입장이고. 내가 당신들 눈엔 그렇게밖에 안 보였
단 말이지. 시키면 무조건 따라야 하는 것이 나란 녀석이라고 생각한
단 말이지. 큭큭… 그렇다면, 그렇다면 내가 당신들의 생각을 바꾸어
주지. 아주 철저하게……'
　　호열이 그동안 가지고 있던 명나라에 대한 동경이나 환상은 이미 사

라진 지 오래였다. 하지만 그래도 어릴 적부터 품고 있던 꿈들이 있었기에 나름대로 좋게 받아들이려고 했었다. 거기다 철혈금부의 도독이라는 벼락출세를 했으니 앞으론 황제의 명에 충실히 따르며 충성을 다하겠다는 생각도 가지고 있었다.

그러나 지금은 아니다. 이미 호열에게 그러한 것은 기억 속에서조차 사라져 버린 것이다.

'헉, 임 도독이 기어코… 폐하께서 위험하시다.'

"금의위들은 무엇 하느냐! 어서 폐하의 안위를 살펴라!"

손 도독은 영락제의 말을 듣고 있는 호열를 아무런 말 없이 계속 지켜보고 있었다. 아니, 지켜본다는 말보다는 감시를 하고 있었다.

이미 손속을 겨루어보았기에 손 도독은 호열이 자신으로서는 감당할 수 없는 고수라는 것을 알고 있었기 때문이다. 자칫 호열이 해서는 안 될 생각을 하고, 거기다 그것을 실행에 옮긴다면 걷잡을 수 없는 사태가 발생할 수도 있는 일이기 때문이다.

그런데…

호열이 그 일을 실행에 옮기려는 모습을 조금씩 보이고 있었다. 아무런 변화가 없던 호열의 모습이 서서히 변화를 보이고 있는 것이다.

"옛! 알겠습니다."

손 도독의 명을 받은 금의위의 위사들이 수중의 검을 빼 들고는 영락제가 있는 단상 앞에 포진을 했다. 영락제와 호열의 사이를 중간에서 가로막고 선 것이다.

손 도독 또한 영락제의 옆에 바짝 다가서 있었다. 언제 어디서 급한 상황이 일어나도 빠른 대처를 할 수 있도록 준비하기 위해서였다.

"폐하, 소신이 곁에서 지켜 드리겠습니다. 아무리 임 도독이 고수라고 해도 금의위 위사들과 제가 곁에 있는 한 어쩌지는 못할 것이옵니다."

"음……."

영락제는 손 도독의 충심이 어린 말을 들으면서도 묵묵히 자신의 자리에 앉아 호열의 모습을 바라보고 있었다. 마치 지금 일어나고 있는 일들이 자신과 무관한 일인 것처럼 바라보고 있는 것이다.

호열의 몸에서 조금씩 상대를 압박하는 기운이 뿜어지고 있었다. 처음엔 미약하게 발하던 기운이 이제는 대청에 있는 사람들이 확연히 느낄 수 있을 정도로, 숨통을 조일 수 있을 정도로 거대하게 형성되고 있는 것이다.

픽! 뜨뜨드… 픽!

"헉, 음……."

"저, 저럴 수가……!"

"뒤, 뒤로 좀……."

호열의 몸에서 발산된 기가 폭주를 한 것인지, 아니면 호열이 일부러 그렇게 한 것인지 호열이 발을 디디고 서 있던 백강석이 픽! 소리와 함께 금이 가기 시작하더니 주변으로 그 여파가 넓어지고 있었다.

단단하기로 유명한 백강석이 부서지는 소리가 어찌나 크게 들렸는지 저마다 숨죽이고 있던 대신들뿐만 아니라 호열과 대치를 하고 있던 금의위의 귀에도 천둥과 같은 소리로 들렸다. 더욱이 그러한 모습을 바라보던 주변의 대신들은 화들짝 놀라 분분히 뒤로 물러서기 시작했다.

"폐하, 폐하께서도 소신에 대해 잘못 생각하시고 계신 것이 있사옵니다."

호열의 한마디 한마디가 대청에 울려 퍼졌다. 아니, 대청에 있던 모든 사람들의 뇌리에 파고드는 것처럼 듣는 이로 하여금 위축이 되게 만드는 힘이 실려 있었다.

"아? 이……."

"어? 이럴 수가? 이, 이러면……."

백강석을 둘로 나누고 있는 금이 단상 앞까지 미치고 있었다. 아니, 점점 금의위들을 압박해 가고 있었던 것이다. 그에 금의위들도 조금씩 뒤로 물러서며 손 도독과 황제의 눈치를 살펴야만 했다.

"금의위는 무엇을 하는가! 어서 폐하의 안위를 살펴라."

"옛! 아, 알겠습니다."

호열도 지금 자신의 몸에서 폭주하고 있는 기의 방출을 알고 있었다. 영락제의 말을 듣고 난 다음부터 일어난 현상이었다. 하지만 일부러 다스리지 않고 있었다. 아니, 다스리고 싶지 않았다.

"손 도독은 물러나 있어라."

호열의 말문이 열리자 그동안 조용히 있던 영락제는 호열의 모습을 좀 더 확실하게 보고 싶었다. 자칫 자신의 신상에 안 좋은 일이 일어난다 해도 그러고 싶었던 것이다.

"폐하… 아니 되옵니다. 지금 임 도독은……."

"그만! 짐이 임 도독의 얼굴을 직접 보고 싶어서 그러하다. 그러니 손 도독은 옆으로 물러나 있어라."

"음… 예, 폐하. 그렇게 하겠사옵니다."

영락제의 마음을 헤아린 손 도독은 조용히 옆으로 물러났다. 하지만 영락제의 옆으로 물러나는 대신 검을 쥐고 있던 손엔 더욱 힘이 들어가고 있었다. 긴장하고 있다는 것이 여실히 보여지고 있는 것이다.

영락제도 손 도독의 모습에서 그러한 것을 느낄 수 있었다. 하지만 영락제는 사십사 년을 살아오면서 수많은 죽음의 고비를 넘기고, 또한 조카를 몰아내고 제위에 오른 제황의 당당한 모습을 보여주고 있었다.

"임 도독, 짐이 그대에 대해 모르는 것이 있다? 어디 그것이 무엇인지 말해 보거라."

"……."

영락제의 당당한 모습을 보는 순간 호열은 쉽게 말문을 열 수가 없었다.

"폐하, 소신은 한 번도 폐하께 제가 조선의 백성이라고 말을 한 적이 없었습니다. 그건 소신은 고려의 백성이지 조선의 백성이 아니라는 것이옵니다. 따라서 폐하의 백성도 아니옵니다. 조선이 폐하의 속국이든 어찌 되었든 전 조선의 백성이 아니니 말입니다."

'음…….'

호열의 말문이 열리면서 영락제는 신음을 속으로 삼켜야만 했다.

영락제는 호열이 황궁에 처음 들어올 때부터 지금까지 한 번도 보여주지 않았던 무사로서의 당당한 모습을 볼 수 있었다.

호열의 기백, 호열의 기상과 더불어 고려의, 아니, 한족(韓族)의 자존심을 볼 수 있었던 것이다.

"제가 폐하의 명을 받잡고 철혈금부의 도독이 된 것은 한순간 저를 도와주었던 조선의 사신들 때문이었습니다. 그들이 아니었다면 저는 폐하의 명이 추상과 같을지라도 거절하였을 것입니다."

"……."

"하지만 지금은 아니옵니다. 그들이 더 이상 제 발목을 잡는 일은 없을 것입니다. 비록 한민족이라고는 하지만 그들은 그들이고 저는 저

일 뿐이니까요."

"이… 임 도독, 어, 어찌 폐하의 안전에서 그런 망발을 입에 담는단 말인가! 어, 어서 오체투지하여 자신의 죄를 청하지 못하겠는가!"

그동안 아무런 말 없이 뒤에 몸을 숨기고 있던 초 제독이 금의위의 옆에 와서는 호열을 향해 목청을 높였다. 하지만 평소 당당했던 모습은 어디로 갔는지 볼 수 없었을 뿐만 아니라 손과 발이 떨려 옆에서 듣고 있던 금의위의 위사들은 물론 대신들도 초 제독의 말을 제대로 알아들을 수 없었다.

호열의 말이 끝났음에도 아무도 움직이는 이가 없었다. 영락제는 물론 대신들뿐만 아니라 손 도독 휘하의 금의위들도 자신들의 자리만 지키고 서 있을 뿐이었다. 다만 호열의 말을 중간에 자른 초 제독만이 떨리는 손과 발을 주체하지 못해 서 있던 자리에 주저앉았다.

"다만 이미 폐하의 명을 받들었기에 철혈금부의 일은 깨끗하게 마무리를 짓겠습니다."

"음……."

지금까지의 전개된 상황을 생각해 볼 때 호열의 생각지도 못한 말에 영락제는 새삼 호열을 향해 거두었던 시선을 돌렸다.

"짐의 명령을 마무리 짓겠다?"

"옛, 어찌 되었든 간에 철혈금부의 일은 소신이 받아들였던 일이니 폐하의 명에 따르겠다는 것입니다. 그러나!"

"그러나? 이… 음, 어디 계속해 보라."

호열의 말을 들으면서 순간순간 억누를 수 없는 화가 치밀었지만 영락제는 어느 정도 여유를 가지고 호열의 말에 경청했다. 나름대로 우려했던 상황은 지나갔다는 것을 알 수 있었기 때문이다. 우선 호열의 어투에서 자신을 가리키는 제가가 다시 소신으로 돌아오고 있었기 때문이다. 거기다 대청바닥을 헤집고 다니던 호열의 기도 지금은 조용해졌다.

가슴을 압박하던 호열의 기세가 더 이상 커지지 않자 조금의 여유를 찾은 사람들은 호열의 말에 귀를 기울였다. 그러나 사람들이 귀를 기울이든 말든, 아니, 영락제의 얼굴이 더욱 일그러지든 말든 신경 쓰지 않은 듯, 오히려 그러면 그럴수록 호열의 말에는 거침이 없었다.

"철혈금부의 위사들, 그들을 폐하께서 바라시는 정도의 고수로 키우기엔 폐하께선 소신에게 아무것도 지원해 주신 것이 없사옵니다. 다만 최대한 지원을 해주시겠다는 말씀뿐이었습니다. 한 달이 훌쩍 지난 지금까지 어떠한 언급도 없으셨다는 것입니다."

"……."

"그래서 소신은 오늘 폐하께 청을 하나 드리겠습니다. 아니, 이미 소신에게 폐하를 향한 충심이 없다는 것을 잘 아실 것이니 차라리 제안이라고 해야만 하겠군요."

"지금 제안이라고 했느냐? 짐에게? 청이 아닌 제안이라… 하하하! 정말 대단하군, 대단해. 신하로서 황제인 짐에게 대놓고 충심이 없다는 말을 하다니, 거기다 감히 세상의 지배자이며 천자인 짐에게 제안을 하겠다니. 그래… 어디 임 도독, 그대가 짐에게 제안을 하려는 것이 무엇인가 한번 들어나 보고 싶군."

호열의 말을 받으며 영락제는 호탕한 웃음을 보였다. 그러나 한순간 호열의 눈을 직시하며 한 자 한 자 자신의 말에 힘을 주었다.

"당연하옵니다. 지금 이 순간부터 폐하께선 소신에게 믿음을 주시지 않을 것이옵니다. 아니, 아예 처음부터 소신에 대한 믿음이 없으셨을 것입니다. 그러한 마당에 소신의 충심을 바란다는 것은 있을 수 없다고 생각하옵니다. 그것은 있을 수 없는 일이기 때문입니다. 그에 소신은 폐하께서 소신에게 철혈위사들의 훈련을 맡기셨으니, 소신은 그 일에 합당한 지원을 청할까 합니다."

"그래, 구체적으로 한번 말해 보라. 어떤 지원을 바라는지 말이다."

"소신은 그들의 스승이 아닙니다. 차라리 훈련을 시키는 교두로서의 역할을 할 것입니다. 또한 이것은 폐하께서도 원하셨던 것이라 생각하옵니다. 소신이 철혈위사들과 스승과 제자로서 연결되는 것보다 아무런 사심이 없는 교두로서 엮어지기를 원하셨을 것입니다."

"……."

영락제는 호열의 정곡을 찌르는 말에 답변을 할 수가 없었다. 또한 호열의 말에 군이 아니라고 할 필요성도 느끼지 않았다. 어차피 그러한 것은 영락제 그 자신뿐만 아니라 대청에 있는 모든 대신들도 알고 있는 사항이었기 때문이다.

"그러나 소신이 폐하와 대신들의 마음을 충분히 헤아려 교두로서의 역할을 다하려고 해도 황실엔 아무런 것도 준비가 되어 있지 않습니다. 따라서 소신은 폐하께서 소신이 폐하의 명에 따라 철혈위사들을 가르칠 수 있는 무공비급과 그들을 고수로 만들어줄 영약을 준비해 주셨으면 하는 것이옵니다."

"무공비급과 영약을 준비해 달라?"

"옛! 어찌 가르칠 것이 없는데 가르칠 수 있을 것이며, 또한 고수로 만들 영약이 없는데 고수로 만들 수 있겠습니까? 그렇지 않사옵니까?"

"음……."

호열의 말을 모두 경청한 영락제는 황당함이 이루 말할 수 없었다.

그러한 것은 대신들 역시 마찬가지였다.

"임 도독, 그대가 말했듯 짐은 그대의 충심을 바라지 않는다. 아니, 그대의 말처럼 바라지도 않았다. 그리고 그대가 요구하는 것! 무공비급과 영약들… 허허, 짐에게 그러한 것이 있었다면 그대도 짐의 앞에 있지 않았을 것이다. 알겠나?"

"소신도 잘 알고 있사옵니다. 그렇지 않아도 어제 소신이 초 제독과 함께 황궁 무고에 다녀왔사옵니다. 그런데 무고엔 아무런 것도 없었사옵니다. 초 제독의 말로는 모두 원나라에서 가지고 갔다고 하였습니다. 무공비급과 영약들, 모두를 말입니다."

"그렇다. 임 도독은 그러한 것을 잘 알고 있으면서 지금 짐에게 그런 것을 요구하는 것인가? 그것은 지금 짐을 농락하는 것임을 모른단 말인가!"

"아닙니다. 어찌 소신이 황제 폐하를 농락할 수 있다는 말씀이십니까?"

"그렇다면 무엇인가? 지금 짐에게 무엇을 말하려고 하는 것인지 정확히 말하라!"

호열과 영락제, 신하와 황제.

두 사람의 언쟁은 신하와 황제라는 신분의 고하를 생각할 수 없을 정도로 팽팽하게 진행되고 있었다.

영락제로서는 지금까지 한 번도 경험해 보지 못한 불쾌한 일이었고, 호열에게는 단 한 번도 생각해 보지 못한 일을 스스로 벌이고 있는 것이다.

"소신의 생각은 이렇습니다. 폐하께서 원나라가 가지고 간 비급들과 영약을 되찾아올 수 없으시면……."

"없다면?"

'없으면? 없으면 어쩌라는 말이지?'

영락제는 물론 옆에서 경청하고 있던 대신들은 호열의 말이 끝까지 이어지길 기다렸다. 호열의 말이 다시 이어진 것은 초유의 시간이 흐른 뒤였지만 지켜보는 이들은 반나절보다 더욱 길게 느껴졌다.

"죄송한 말씀이지만, 그렇다면 무! 림! 에서라도 구해달라는 것입니다. 소신이 가르칠 것은 중원의 무공이지 소신의 무공은 아니기 때문입니다."

"뭐? 무림?"

"무림에서? 어떻게 무림에서 그런 것을 구한다는 말인가? 폐하, 더이상 임 도독의 말 같지도 않은 말은 경청하실 필요도 없사옵니다. 소신이 임 도독의 목을 베어 폐하의 앞에 대령하겠사옵니다."

"그렇사옵니다. 소신도 돕겠습니다. 그러니 명만 내려주십시오."

호열의 말이 너무도 어이없고 황당하자, 아무 소리 없이 경청하고 있던 조 대도독과 초 제독이 영락제의 앞에 부복하며 호열을 단죄할 것을 청했다.

"무림이라… 무림에서 가져오라? 무림……."

'허, 무림에서 가져다 달라? 자신의 무공은 가르치지 않겠다는 말인가? 음……'

영락제는 조 대도독과 초 제독의 청을 한 귀로 흘리면서 호열의 마지막 말을 되씹어보았다.

조 대도독과 초 제독이 아무리 호열의 목을 취한다고 청을 해도 영락제는 그것이 부질없는 청임을 잘 알고 있었다. 이미 손 도독과 겨루었던 상황을 지켜본 후이기에 가망성이 일 할도 없다는 것을 알고 있었기 때문이다.

"임 도독, 그대가 짐에게 무림이란 말을 꺼냈을 때는 그 방법도 함께 생각하고 하는 말이겠지? 그러나 짐도 하지 못하는 것이 있다. 아니, 할 수 없는 일이지. 그대도 알겠지만 선황제(先皇帝)께서 이미 오래전에 황실과 무림은 물과 기름과 같은 관계라고 엄명을 내리셨다. 안타까운 일이지만 그것은 황실과 무림의 벽이 존재해야 한다는 것이다. 그런데 지금 그대는 짐보고 하늘과 같은 명을 거역하라는 말인가?"

"하하하… 폐하, 이미 폐하께선 역행을 하셨지 않습니까?"

"무엇이? 역행? 이런. 이, 이……!"

영락제는 호열이 말하는 의미를 충분히 알 수 있었다. 정난의 변, 지금 호열은 정난의 변을 말하고 있는 것이다.

영락제의 지워지지 않을 역행, 천리를 거역하고 저지른 만행을 호열은 서슴없이 입에 올린 것이다. 그것도 그 당사자인 영락제의 앞에서…….

"어, 어찌 그런 망발을 입에 담는단 말인가? 어서 대죄를 청하지 못하겠는가?!"

"임 도독, 임 도독은 어서 폐하의 앞에 오체투지하여 대죄를 청하라!"

"그것이 어찌 역행이란 말인가? 폐하께서 제황의 자리에 오르신 것이 천리임은 만천하가 다 아는 사실이거늘……!"

"그만… 모두 그만 하라."

"하오나 폐하, 지금 임 도독의 말은 극형에 처할 대죄이옵니다."

"그렇사옵니다. 더 이상은 묵과할 수 없는 일이옵니다. 어서 명을 내려주십시오."

"그만 하라고 했다! 허허, 임 도독은 사실을 말하고 있는데 어찌 죄를 명한단 말인가? 그러한 것은 짐도 알고 그대들도 알고 세상이 모두 알고 있는 사실이 아닌가?"

영락제의 단호한 한마디의 호령에 대청은 다시 조용해졌다.

"……."

"음……."

"임 도독, 그대의 말이 맞다. 하지만 짐은 추호도 그 일에 대하여 한 점의 부끄러움도 없다. 짐이 살아남을 수 있는 방법이었고, 북방의 거센 압력에서 이 나라가 살아남을 수 있는 방법이었기 때문이다."

"음……."

'대단하구나, 정말 대단해. 역시 황제는 황제구나…….'

영락제의 모습에서 호열은 다시 한 번 제황의 그림자를 볼 수 있었다. 자신이 한 일에 당당하게 말하는 영락제의 모습은 제황의 모습 그 자체였다.

"짐은 당당히 말할 수 있다. 짐이 비록 조카를 밀어내고 제위에 오르는 패륜을 저질렀다고는 하지만 그것은 세월이 흐르면 잊혀질 수도 있는 것이다. 하지만 앞으로 이룩되어질 짐의 위업은 역사에 오래도록 기록될 것이다. 알겠나?"

"그러실 것입니다. 아마 폐하라면 가능하실 것입니다. 그것은 소신뿐만 아니라 여기 있는 모든 신하들도 그렇게 생각하고 있사옵니다."

영락제의 말에 호열은 천천히 고개를 끄덕여 보았다. 대신들이 무엇이라고 하든 말든 호열은 조용히 고개를 끄덕여 보임으로써 대신들의 말에 동참을 한 것이다.

"좋군, 좋아… 임 도독의 말대로 짐이 다시 선황제의 명에 역행하는 일을 한다고 해도 크게 잘못되는 것은 아니지. 그것이 이 황실을 위하고, 이 나라를 위하는 일이라면 말이야. 그렇지 않은가?"

"그렇습니다. 무림이 아무리 황실의 법하고는 거리가 멀다 하나 그들도 폐하의 백성이 아닙니까? 조선의 백성들이 폐하의 백성들이라고 말씀하셨듯이 말입니다. 이 참에 무림에 공고를 하는 것도 좋으실 것입니다. 황실에서 원나라의 고수들을 상대하려고 고수들을 키우기 위해 무공비급과 영약이 필요하니 알아서 가지고 오라고 말입니다."

"음……."

"……."

"폐하, 소신이 드릴 수 있는 청은 다했사옵니다. 이제 소신의 청을 들어주시든, 아니면 내치시든 그것은 폐하께서 결정을 하십시오. 소신은 그에 따르겠습니다."

호열은 자신이 할 수 있는 말을 다한 후 조용히 영락제의 눈을 직시했다. 영락제도 호열의 눈을 마주 바라보았다. 촌각의 시각이지만 그렇게 영락제와 호열은 서로의 의지를 조용히 나누었다.

"폐하, 소신은 이만 제 거처로 돌아가 폐하의 명을 기다리고 있겠사옵니다."

팍! 빠각! 파각!

"이, 이런……."

"정녕… 어찌 이리도 무엄할 수가……."

호열은 영락제가 무어라 말하기도 전에 서슴없이 등을 돌려 밖으로 향했다. 감히 제황의 앞에서 등을 보이는 불충을 저지르고 있는 것이다. 밖으로 향하는 호열의 발걸음이 한 걸음 한 걸음을 디딜 때마다 단단한 백강석이 주저앉으며 갈라졌다. 그러한 일은 호열이 집정천의 문을 나설 때까지 이어졌다. 그러나 그런 호열의 모습을 지켜보면서도 누구 하나 검을 들고 앞으로 나서는 사람은 없었다.

"폐하, 소신을 죽여주십시오. 폐하의 존귀하신 영명에 누를 끼쳤사옵니다."

"폐하… 소신들을 죽여주시옵소서……."

"죽여주시옵소서……."

"음……."

호열의 모습이 완전히 사라진 후 대신들은 단상 앞에 오체투지를 하며 영락제에게 죄를 청하였다. 그러나 영락제는 대신들의 그러한 모습을 보면서 씁쓸함은 달래야만 했다.

"손 도독, 오늘 임 도독이 짐을 시해하려고 했다면 어찌 되었을 것이라 생각하는가?"

"옛? 그것이……."

"기탄없이 말하라. 손 도독의 진심을 알고 싶다."

"예… 솔직히 임 도독이 망극한 일을 저지르려고 했다면, 그렇다면… 폐하, 망극하옵게도 소신으로선 폐하의 존체를 지켜 드리지 못했을 것이옵니다. 죽여주시옵소서."

"음……."

'그렇다는 말이지? 임 도독이 마음만 먹었다면 짐은 물론 이곳에 있는 대신들도 모두 죽음을 면하지 못했을 것이란 말이지. 그런데 임 도독은 아무런 행동도 취하지 않고 물러갔다. 그것은 언제든지 짐의 목을 취할 수 있다는 자신감인가? 정말 그렇다는 말인가? 음…….'

영락제는 손 도독의 말을 들은 후 호열에 대해 고심을 하게 되었다.

아니, 자신의 곁에 만족할 만한 고수가 없다는 것에 씁쓸했다. 평소의 영락제라면 지금 당장 황궁의 모든 군사들을 대동하고 호열의 죄를 물으러 갔을 것이지만 상황은 그리 호락호락하지 않았던 것이다.

"모두 그만 일어서라. 그리고 어서 자리에 앉도록 하라."

"옛? 하오나 소신들은……."

"어서 일어서지 못하겠느냐!"

"옛, 일어서겠사옵니다. 어서, 어서 일어들 서시게. 어서……."

"알았소이다, 초 제독. 폐하, 성은이 망극하옵니다."

"망극하옵니다. 폐하……."

모든 대신들이 각자의 자리에 앉은 후 영락제는 한동안 아무런 말 없이 대신들의 눈을 하나하나 직시하며 바라보았다. 그러나 대신들은 감히 영락제의 시선을 받을 수 없어 고개를 땅으로 숙일 뿐이었다.

"음… 오늘 임 도독의 행동, 짐에 대한 불충… 그 모든 행동들을 모든 대신들은 오늘 이 시간 이후로 모두 잊도록 하라. 짐도 잊고 그대들도 잊어야 할 것이다. 알겠는가!"

"폐하, 어찌 그럴 수가 있겠사옵니까? 임 도독이 폐하께 저지른 망발은 극형에 처할 것이옵니다. 하물며 잊으라니요. 그것은 있을 수 없는 일이옵니다. 폐하, 명만 내려주십시오. 소신이 모든 군대를 이끌고서라도 임 도독의 목을 가지고 오겠사옵니다."

"그렇사옵니다. 명을 거두어주십시오……."

"폐하, 명을 거두어주십시오……."

"그만 하라! 아직까지 짐의 말을 모르겠는가? 그대들은 임 도독이 그렇게도 쉽게 보인단 말인가? 어찌 이다지도 상황 판단이 느리단 말인가!"

영락제는 대신들의 주청을 들으면서 그리 기분이 나쁘지는 않았다. 그것이 비록 충심에서 우러난 것이 아니라 해도 씁쓸한 기분을 어느 정도 완화시켜 주기엔 충분했다.

"그대들도 손 도독의 말을 들었지 않은가? 임 도독은 언제든지 짐의 곁에 다가올 수 있는 고수라는 말이다. 아무리 그대들이 지키고 있다 해도 그럴 수 있는 사람이 임 도독이다. 그런 만큼 짐의 앞에서 당당히 등을 보이고 나간 것이 아니겠는가? 짐의 행동을 기다리며 말이다. 알겠는가?"

"옛? 하지만 폐하, 폐하의 군대는 수십만이고 임 도독은 혼자이옵니다. 거기다 폐하를 위해서라면 자신의 목숨도 아끼지 않을 충실한 군대이옵니다. 그러니 폐하께서 명만 내려주신다면 충분히 임 도독을 잡아올 수 있사옵니다. 소신 조영근, 임 도독의 목을 취하지 못하면 대신 폐하의 앞에서 제 목을 받치겠사옵니다."

"그대의 목을 받치겠다? 허허… 조 대도독, 그대의 늙은 목을 받아서 짐이 무엇에 쓴다는 말인가?"

"옛? 폐, 폐하? 그게 무슨……."

"조 대도독, 그대가 군대를 이끌고 임 도독의 목을 취하겠다고 말했나? 하지만 그대는 임 도독의 목을 취할 수 없을 것이다. 아니, 어쩌면 임 도독이 그대의 목을 취하겠지. 더불어 짐의 안위를 지켜줄 고수가 없으니 짐의 목숨도 위태로워질 것이다. 왜냐? 어찌 혼자서 수많은 군인들을 상대할 수 있겠느냐. 그것은 그대들도 잘 알 것이다. 그대들 역시 자신들의 두 눈으로 직접 임 도독의 실력을 보았으니 말이다. 짐의 곁에 임 도독 정도의 실력을 가진 고수가 없으면 아무도 상황이 어찌될지 모르는 일이라는 말이다. 알겠는가?"

"음……."

"……."

영락제의 말에 모든 이들이 고개를 숙여야만 했다. 영락제의 말에 자신있게 부정할 수 있는 사람이 아무도 없었기 때문이다.

"또한 오늘 짐이 움직이지 않으면 앞으로 기회는 짐에게 있다는 것이다. 임 도독은 스스로 짐의 신하라고 말했지만 그것은 철혈금부의 일이 끝날 때까지일 것이다. 오늘과 같은 상황에서도 자신의 입으로 한 약속을 지키려는 것을 보면 확실할 것이다."

"예… 폐하의 말씀이 옳을 것이옵니다. 하지만 오늘 일어났던 일에 대한 임 도독의 대죄는 필히 물어야 하시옵니다. 그것이 언제가 되었든 꼭! 물으심이 가할 것입니다."

그동안 조용히 있던 내각대학사 양회가 영락제의 말을 거들었다.

영락제는 자신의 말에 끼어든 양회를 슬쩍 쳐다본 후 다시 말을 이었다.

"그래, 꼭 물어야지. 하지만 그것은 오늘이 아니야. 먼 훗날이 될 것이다. 그것은 그도 알고 나도 아는 일이지. 먼 훗날! 짐은 꼭 이 날의 치욕을 갚을 것이다."

"폐하……."

대신들은 영락제의 마지막 말을 들으며 모두 무릎을 꿇었다. 황제의 분노가 눈에 보이는 것 같았기 때문이다.

또한 대신들 스스로 오늘의 일을 기억 속에 남겨두기 위함이기도 했다. 언제간 청산해야만 될 일이기에…….

"하… 오늘처럼 짐의 곁이 쓸쓸하게 느껴지기는 처음이다. 이다지도 짐의 곁엔 사람이 없다는 말인가……."

"……."

영락제의 한탄 섞인 한숨을 들으면서 대신들은 할 말을 잃었다.

그렇게 대신들은 한동안 대청 안을 울리는 영락제의 한숨 소리만을 들어야만 했다.

"휴, 그대들은 임 도독이 했던 말을 검토해 보라. 또한 오늘 중으로 실행할 수 있는 방안을 마련하여 보고하도록 하라. 짐은 이만 퇴청하겠다."

"예, 폐하… 만세, 만세, 만만세……."

"만세, 만세, 만만세……."

영락제는 대신들의 인사를 받지도 않고 대청을 빠져나갔다. 하지만 대신들 중 그 누구도 쉽게 고개를 드는 사람은 없었다. 차마 고개를 들 수가 없었던 것이다.

신하된 자로서 자신들의 앞에서 주군으로 모시는 황제가 망극한 일을 경험하게 했으니 어찌 하늘을 바라볼 수 있겠는가.

*   *   *

기암괴석들이 즐비한 산봉우리는 하늘로 높이 솟아 있고, 그 모양은 향로(香爐)와 같았으며 사시사철 안개에 싸여 있는 곳.

무당산.

무당산에는 오래전부터 많은 설화들과 신화들이 전해 내려오고 있었다.

그중 대오룡령응만수궁비(大五龍靈應萬壽宮碑)에는 '양한 균방 부근에 산이 있어 그 둘레가 팔백 리에 달하니, 산의 이름은 태화(太和)라

한다. 한데 원무신(元武神)이 이곳에서 득도(得道)하여 이름을 무당이리 고쳤다. 대원무신이 아니면 이 산을 당할 수 없다는 데에서 유래된 것이다'라고 기록되어 있다. 또한 대천일진경만수궁비(大天一眞境萬壽宮碑)에는 '산봉우리의 최고봉은 남암(南巖)이라 한다. 암 앞에 동굴이 두 개 있으니 이름하여 대안황애(臺顔荒崖)와 천연정극풍천(天然靜極風泉)이라 한다. 위로는 뜬구름, 아래로는 가파른 절벽이 있고 원숭이가 떼지어 살며 야수들이 우글거린다. 사람은 이곳으로 한 걸음도 들여놓기 어렵다. 그런데 용한년대 허위지정이 내려와 사람으로 둔갑하여 이 산에서 수도를 했다. 도를 터득한 후 그는 용을 타고 승천하였으니 원무지신(元武之神)이라 한다'고 기록되어져 전해지고 있었다.

하지만 몇몇 지자(智者)들과 무림의 고수들은 이러한 설화들을 들은 후 원나라의 황제가 무당산의 한 기인을 두려워한 나머지 그의 심기를 거스르지 않기 위해 기록한 것이라는 말을 하였다고 한다. 사실 이러한 설화들은 원나라 때 책으로 엮어 기록된 것이었기에 지금에 와서는 그들의 말에 수긍하는 사람들도 간혹 있었다.

무당산은 호북성(湖北省) 균현(均縣) 남쪽 이백 리 떨어진 곳에 위치해 있는데, 모두 칠십이봉(七十二峰) 삼십육암(三十六巖) 이십사간(二十四澗)으로 구성되어 있으며 그 둘레는 무려 사오백 리에 달하였다.

또한 많은 봉우리 중에 삼령(蔘嶺)이란 봉우리가 있는데, 높이가 이십여 리에 달하며 늘 흰 구름에 싸여 있었다. 해가 이곳에서 떠올라 이곳에서 저물어 일조산(日朝山)이라고도 한다. 이러한 관계로 많은 참배자가 모여들고 있었으며 도관들도 많이 세워지고 있었다. 하지만 가장 높은 봉우리는 천주봉(天柱峰)이었는데, 일명 자소봉(紫宵峰)이라 불리며 신성시되고 있었다.

하지만 누가 무어라고 해도 무당산의 이름을 드높이고 있는 것은 바로 무당파였다. 구파일방의 수좌를 차지하는 거대한 무림방파가 있어서 더욱 유명한 곳이 바로 무당산인 것이다.

사방이 온통 흰 물결이 넘실대고 있는 천험의 절벽, 그 상단부에 동굴이 하나 뚫려 있었다. 사방이 암반으로 되어 있어 동굴이 있다는 것이 믿어지지 않는 상황이었지만 어찌 되었든 동굴이 암반에 떡하니 자리를 잡고 있었다.

굴 안, 온통 흰색의 빛을 뿌리고 있는 도인.

몸을 가리고 있는 도복뿐만 아니라 은백색 머리와 그 위에 정갈하게 올려져 있는 도관이 은빛을 찬란하게 뿌리고 있었다. 거기다 허리까지 길게 내려온 수염은 도인의 모습을 신선으로 보이게 하기엔 충분하고도 남았다.

대자연의 무상한 기운을 한 몸에 받아들이고 있는 도인은 동굴 밖으로 보이는 태양을 바라보고 있었다.

"음… 내 이제 우화등선할 수 있는 길을 찾았건만 어찌 이다지도 심기가 어지럽다는 말인가? 백구십 평생 이런 일은 한 번도 없었거늘………."

도인은 정좌를 한 상태로 두 눈을 감았다.

얼마 전에 도인은 꿈에서도 그리던 하늘의 길을 볼 수 있었다. 바로 도인들이 꿈에서도 그리워하는 우화등선의 길을 본 것이다. 거기다 도인은 우화등선할 수 있는 충분한 능력을 지니고 있었다. 하지만……

"허, 어찌한단 말인가. 어찌……. 이상한 일이구나. 아직 미약하기 그지없지만 의당 이 정도의 기가 방출될 곳은 마교가 있는 십만대산(十萬大山) 방향이어야 하건만 이러한 것을 비웃기라도 하듯 오히려 반대

방향이라니……."

　조용히 혼자만의 사색에 잠겨 있던 도인은 천천히 감았던 눈을 뜨며 다시 한 번 동굴 밖 푸른 하늘을 향해 시선을 주었다.

　"내가 잘못 느낀 것인가? 정말 그러한가?"

　"아닙니다, 진인께서 느끼신 것은 맞습니다. 아미타불(阿彌陀佛)……."

　까마득한 절벽에 자리 잡고 있는 동굴. 그 동굴의 위치적 특이성 때문에 손님이 찾아오는 일은 거의 없었다. 그런데 동굴의 입구에 한 노승이 햇빛을 가리고 서서 합장을 하고 있었다.

　하지만 전체적으로 보이는 것은 회색 승복을 입은 도인의 풍모였다. 도인이 도복 대신 승복을 입고 법도 대신 염주를 하고 있는 형상이었던 것이다.

　보통 중이라고 하면 머리를 단정하게 정리하고 손에 염주를 가지고 있는 것은 당연할 것이다. 하지만 노승은 머리를 얼마나 길게 길렀는지 발끝에 이를 정도였으며, 손에 든 염주도 그와 비슷한 길이를 보이고 있었다. 그러나 전체적으로 신비한 후광이 노승의 몸을 감싸주고 있었다. 결코 세상의 찌든 때가 범접할 수 없는 위엄이 자리 잡고 있는 것이다.

　"허허, 성불(聖佛) 혜정(慧精)께서 오시었군요. 어서 오십시오. 무량수불(無量壽佛)."

　"성불이라니요. 그건 세인들이 좋게 보아주는 것일 뿐이니 진인께서는 말씀을 거두시지요. 허허허… 그나저나 소승이 늦지 않게 와서 다행이옵니다. 소승은 진인께서 벌써 우화등선하셨으면 어쩌나 걱정했습니다. 아미타불……."

"허허허, 그렇게 계시지 말고 이리로 오시지요. 그렇지 않아도 뵙고 싶었는데 다행입니다."

"예……."

도인의 안내에 따라 노승은 조용히 자리에 앉았다. 하지만 자리에 앉는 데도 길게 늘어진 옷을 어떻게 했는지 옷깃들이 스치는 소리조차 들리지 않았다.

"진인, 진인의 모습을 보아하니 우화등선의 길이 열린 것 같습니다. 정말 감축드립니다. 아미타불……."

"아닙니다. 우연히 그 길을 엿볼 수 있었을 뿐입니다. 그나저나 여기는 어쩐 일로 오신 것입니까? 소림에서 무당까지는 상당한 거리인데요."

"예, 멀긴 멀지요. 하지만 가깝다면 가까운 곳이 소림과 무당 아니겠습니까? 허허허, 사실은 요즘 소림에 시주들이 모이고 있답니다. 어찌나 많이 모이고 있던지, 그래서 소승이 이렇게 부랴부랴 짐을 챙기고 피난을 오게 되었습니다. 또 겸사겸사 진인도 뵐 겸해서요."

"허허허, 하긴… 우리가 마지막으로 본 것이 벌써 육십 년이 넘은 것 같군요."

"그렇습니다. 벌써 그렇게 되었습니다. 세월이 벌써 그렇게 흘렀습니다. 허허, 현원(玄遠) 시주와 함께 보았던 것이 마지막이었으니……."

"음……."

도인과 노승은 서로의 눈을 바라보며 세월의 무상함을 아쉬워했다. 육십 년, 너무나도 긴 세월을 뒤로하고 만나는 자리인 것이다.

"그나저나 아까 빈도에게 했던 말씀은 무엇입니까? 빈도의 느낌이 맞다니요? 그렇다면 정말로 세상에……."

"예, 소승도 이곳 자소봉에 오르기 전에 그러한 감을 느꼈습니다. 너무나 미약하여 잘못 느끼지 않았나 하고 생각도 해보았지만 아무리 생각을 해보아도 제가 느꼈던 것이 맞다는 결론을 내렸습니다."

"하지만 그러한 기를 발할 수 있는 곳은 마교뿐인데, 정작 느껴지는 방향은……."

도인은 처음 기를 느꼈던 방향으로 시선을 던졌다. 이미 사라진 지 오래되었지만 아직까지 도인의 뇌리에 지워지지 않을 정도로 기억에 각인되어 있었다.

"예, 솔직히 저도 그 점이 못내 마음에 걸립니다. 도통 감을 못 잡겠습니다. 분명 세상을 도탄에 빠뜨릴 정도로 어두운 기였습니다. 하지만 그렇다고 예전에 천마(天魔) 혁무량(赫武亮)과 대결할 때 느꼈던 마교의 기는 아니었습니다."

"허허허, 음……."

"……."

세상의 일은 모두 잊고 이제는 떠나야 할 시간이 얼마 남지 않은 도인, 바로 삼풍진인은 오랜 벗인 노승이 무슨 의도로 말을 하는지 알 수 있었다.

"아직 천승검(天乘劍)이 세상에 버티고 있지 않습니까? 속세의 일은 속세에서 풀게 놔두어도 될 것입니다. 그것이 천리이고 순행입니다."

"맞는 말씀이십니다. 그러나 소승은 아직까지도 속세의 인연을 다 끊지 못한 것 같습니다. 왜 이다지도 세상에 궁금한 것이 많은지. 허허허……."

노승이 지그시 쳐다보는 눈빛에서 진심을 읽은 삼풍진인은 한숨을 쉬었다. 노승이 자신의 곁에 있는 한 편안한 마음으로 우화등선을 할 수는 없었기 때문이다.

"오래전에도 느끼고 있었지만, 오늘 빈도는 새삼 그 느낌이 맞다는 생각이 듭니다. 이제부터라도 빈도는 대사를 부를 때 성불보다는 호불(豪佛)이라는 호칭을 써야 하겠습니다. 허허허……."

"허허허, 맞습니다. 그 말씀이 맞습니다. 아미타불……."

"허허, 무량수불……."

정도무림을 대표하는 삼성 중 이인인 삼풍진인과 성불 혜정 대사는 오래도록 서로의 마음을 터놓고 대화의 장을 열었다. 이미 세속엔 우화등선과 열반에 들었다고 알려지고 있는 두 사람이 버젓이 살아 있는 것이다.

어린이들의 가슴에, 막 검과 칼을 잡은 젊은 무사들의 가슴에 정열을 심어놓은 신화 속의 두 인물이…….

그들 또한 명나라의 백성들이라는 것입니다

제4장 그들 또한 명나라의 백성들이라는 것입니다

철혈금부로 돌아온 호열은 한동안 아무런 말 없이 창밖의 푸른 하늘에 모든 시선을 집중하고 있었다. 하지만 유월의 맑은 하늘은 호열의 답답한 심정을 풀어주지 못하고 있었다.

"휴… 이제 어찌 될 것인가? 내가 어쩌자고… 음, 하지만 후회는 없다. 난 잘못한 것이 없어. 황제가 그렇게까지 날 몰아붙이는데 어떻게 참아? 하지만… 끝까지 참았어야 했나? 아니야, 어찌 그런 말을 듣고 가만히 있을 수 있겠어? 그건 아니야……."

호열은 스스로 묻고 답하며 이리저리 고개를 흔들어 보였다. 집정천을 나와 철혈금부에 든 후 지금까지 한시도 고개를 가만히 있지 못하고 흔들어대고 있는 것이다.

"아마 지금쯤 황제는 군대를 모으고 있겠지? 그건 당연한 일이니 어쩔 수 없겠지. 황제의 입장에선 내가 대죄를 지은 것이니… 하지만 나야 앞으로의 상황을 보아가며 대처를 하면 되겠지만, 나 때문에 다른 사람들에게 그 피해가 갈까 봐 그것이 걱정이구나. 오늘 일 때문에 조선에 피해가 가는 일은 없었으면 좋겠는데, 이거 박 장군과 다른 사람들에게 미안하구나……."

호열은 자신으로 인해 생긴 여파가 자신이 아는 사람들에게까지 미치게 될 것이 우려가 되었다. 그렇다고 현재 호열의 힘으론 어쩔 수 없는 일이기에 안타까움만이 가슴속에 자리를 잡았다.

"정말 그렇게 되는 일이 없었으면 좋겠구나. 이럴 때 내게 힘이 있었으면 좋겠는데, 황제도 두려워할 힘! 하지만 어쩌겠어. 그런 것이 있을 턱이 없지. 모두 부질없는 꿈일 뿐이지. 세상에 황제의 명을 거스를 수 있는 곳이 있을 턱이 없으니… 아니지, 무림! 어쩌면 무림은 가능할지도 몰라. 예전에 운영에게 들었던 마교, 그래… 마교라는 곳은 황법도 통하지 않을 정도라고 했어. 그랬어, 분명히……."

호열은 운영에게 들었던 것을 하나하나 되짚어보았다. 강호에 대해서, 무림인에 대해서, 무림의 세력들에 대해서… 그리고 마교라는 곳에 대해서 들었던 것들을 기억하며 차근차근 정리를 해보았다.

"정말 가능할지도 몰라. 수적으로는 황군에 상대가 되지 않겠지만, 그들은 황군보다 월등한 실력을 가지고 있잖아? 그래… 나도 생각을 달리해야 할지 모르겠구나. 황제는 날 가만히 놔두지 않을 거야. 아마 죽이려고 하겠지? 차라리 이렇게 된 거 무림 쪽으로 생각을 해봐야겠다. 무림으로……."

황제와 척을 지게 되었기에 철혈금부의 도독이란 자리에 오르면서 가지게 되었던 꿈들은 호열에게 있어 모두 물거품이 되어버렸다. 아니, 호열의 목숨조차 부지하지 못할 형편에 놓이게 된 것이다.

이에 호열은 황실이 아닌 무림에 눈을 돌리게 되었다. 무림, 무림…….

비록 피와 살육이 난무하고 마교와 사파와 같은 세력들이 널려 있어 힘들겠지만, 호열은 죽는 것보다는 낫다고 생각했다.

*　　　*　　　*

영락제와 호열이 나가고 없는 대청.

영락제의 명에 따라 호열의 일을 상의함과 동시에 앞으로의 일들에 대해 중지를 모으기 위하여 대신들은 토론에 토론을 벌였다. 하지만 그렇게 머리를 맞대기 시작한 지 한 시진이 지나도록 뾰족한 방안이 나오지 않고 있었다.

"도대체 어떻게 하라는 말인가? 어떻게 무림 세력들에게 비급과 영약을 받아내라는 것인지 알 수가 없소이다. 나는 아무리 생각을 해보아도 방법을 찾을 수가 없소. 어디 방법이 생각난 사람들은 어서 말씀 좀 해보시오."

"저도 마찬가지입니다. 허허, 이것 참… 혹시 초 제독은 생각나는 것이 있습니까?"

"저라고 무슨 대안이 있겠습니까. 엄연히 황실과 무림은 다른 곳이거늘…….."

"음… 그렇긴 하지만 폐하께서 엄명을 내리셨으니…….."

"정말 큰일이옵니다. 자칫 잘못하다가는 임 도독으로 인해 생긴 여파가 우리들에게까지 미칠지 모르겠습니다."

"허, 어찌 그런…….."

대신들은 저마다 영락제의 엄명을 수행하기 위해 골머리를 썩고 있었다. 또한 자신들에게 정신적으로 많은 피해를 주고 있는 호열에 대한 욕도 서슴없이 입 밖으로 내뱉고 있었다.

"아닙니다. 정말 그렇게 될지도 모르는 상황입니다. 오늘 우리들이 폐하의 마음에 드는 제안을 생각하지 못한다면 가능한 일입니다."

"허, 정말 기가 차서 말도 다 안 나오는구려. 그것이 말이 되는 소리라는 말인가? 이것 참……."

"자자, 우리 이럴 것이 아니라 차근히 생각들 좀 합시다. 이렇게 노닥거릴 시간이 없소이다."

"그렇습니다. 장 제독의 말이 맞습니다. 우리에겐 시간이 너무도 없습니다. 그러나 서로의 체면을 생각하지 마시고 기탄없는 토론이 이루어져야 할 것입니다. 그런 의미에서 제가 손 도독에게 한 가지 물어볼 것이 있습니다."

아직 삼십삼 세의 젊은 나이이지만 모든 환관들의 정신적 지주가 되어버린 삼보태감 정화가 장 제독의 말에 동조를 하며 삼삼오오 짝을 이루어 토론에 열중하던 대신들을 불러모았다.

어찌 되었든 서로 간에 속마음까지는 아니더라도 여러 의견들이 나오려면 모여야 할 것이기 때문이다.

"태감, 제게 물어볼 것이 있다고 하셨습니까?"

"예, 저뿐만 아니라 여기에 있는 몇몇 분들만 빼면 모두 문관들입니다. 당연히 무에 대해선 잘 모른다는 생각입니다. 그러니 무인들의 세력인 무가에 대해서 모르는 것은 당연할 것입니다. 그에 저는 손 도독에게 무인들에 대해서, 아니, 무가 세력들에 대해서 알고 싶습니다. 그래야 그들에게 어찌해야 할 것인지 알 것이 아니겠습니까?"

정화의 얘기를 들은 대신들은 너나 할 것 없이 고개를 끄덕였다. 확실히 정화의 말이 옳았기 때문이다. 적을 알아야 상대할 방법이 나올 수 있는 것이기에……

'확실히 인물은 인물이구나. 우리 한족(漢族)이 아닌데도 폐하께서 두터운 신임을 주시는 이유가 있구나. 역시…….'

손 도독도 정화의 말을 듣고서는 대신들과 똑같이 고개를 끄덕여 보였다. 하지만 그냥 끄덕인 것이 아니라 정화에 대한 생각을 달리하게 되었기에 저절로 고개가 끄덕여진 것이다.

"무가라… 확실히 그들의 생각은 우리와는 다릅니다. 더욱이 권력에 대한 욕심과 개인의 야망은 우리와는 비교도 안 될 정도로 큽니다."

"권력에 대한 욕심과 야망이 크다? 손 도독, 권력과 야망은 같은 말이 아닙니까?"

"음…….''

"그렇습니다. 저도 초 제독과 같은 생각인데…….''

옆에서 조용히 듣고 있던 초 제독은 손 도독이 말하는 권력과 야망은 같은 것이라는 생각을 평소에도 하고 있었다. 의구심이 들었던 것이다. 그래서 평소에도 좀 급한 성격을 가지고 있었던 그는 손 도독의 말이 시작도 하기 전에 말을 자르며 물어본 것이다.

그러나 이러한 것은 다른 대신들도 마찬가지였다. 하지만 그들의 표정은 사뭇 달랐다. 평소 초 제독을 좋게 보지 않고 있던 다른 대신들은 얼굴에 못마땅하다는 표정이 여실히 드러난 반면 초 제독과 친분이 두터운 대신들은 손 도독을 쳐다보며 동조를 했다.

"그렇습니다. 우리에게는 그렇지요. 권력과 야망은 같을 것입니다. 하지만 무인들에게 권력과 개인의 야망은 다른 것입니다. 달라도 너무나 다릅니다."

"다르다? 그것이 어떻게 다르다는 말입니까?"

"예, 사실 권력이라는 것은 우리들이나 무인들이나 같습니다. 그러나 우리들이나 앞으로 관직에 뜻을 둔 백성들은 폐하께 충성을 다함으로써 얻어지는 권력을 추구하는 반면 무인들은 황제 폐하가 아닌 자신들의 주군에게 충성을 다합니다. 각자의 주군에게 충성을 바치고 목숨까지도 서슴없이 바치는 것입니다."

"음······."

손 도독의 말에 모든 대신들은 한결같이 수긍하는 모습을 보였다. 맞는 말이었기 때문이다.

"그러나 야망이란 것은 다릅니다. 우리들에게 개인의 야망이란 지금보다 더 큰 권력을 얻으려는 것일 겁니다. 하지만 무인들은 아닙니다. 좀 더, 좀 더 높은 경지에 이르기 위한 야망입니다."

"높은 경지라고 하면······."

"예, 무인들은 평생을 자신의 실력을 높이기 위해 수련을 하며 보냅니다. 남들보다 더욱 뛰어난 검술을 지니기 위해서, 남들보다 높은 내공을 지니기 위해서 수련에 수련을 거듭하는 것이지요. 그것만이 강호에서 살아남을 수 있는 방법이고, 이름을 만천하에 떨칠 수 있는 방법이기도 하지만, 무엇보다 우선적으로 그들이 바라는 야망이란 무의 궁극에 이르는 것입니다."

'그렇지, 무의 궁극에 이르겠다는 것이 무인으로서 가질 수 있는 최고의 야망이지.'

마지막 말을 할 때 손 도독은 대신들을 바라보고 있지 않고 대청의 천장을 바라보고 있었다. 아니, 대청의 천장을 뚫고 보이지 않는 하늘을 보고 있었다.

"음……."

"허……."

손 도독의 말에 어떤 이들은 고개를 끄덕였으며, 또 다른 사람들은 이해할 수 없다는 듯 고개를 저었다.

"험! 그렇다면 큰일이라 할 수 있겠군요. 손 도독의 말대로 무의 궁극에 이르는 것이 모든 무인들의 야망이라면 우리들의 요구를 쉽게 받아들이지 않을 것이니 말입니다. 목숨을 걸고 수련하고 있는 무공을 달라고 하는 것이니……."

"이해가 가는 일입니다. 우리들이 학문을 닦고 자기 수양에 힘쓰듯이, 그들도 무로써 자기만의 수양을 하는 것이니 말입니다. 그러니 쉽지 않은 일입니다."

"그렇습니다. 폐하께서 진시황이 아니신 다음에야……."

"허허, 그렇지요. 진시황은 분서갱유(焚書坑儒)를 단행해서 천하의 모든 서책들을 불살라 버렸지요. 하지만 폐하께서 그러실 분이 아니니……."

"예, 거기다 상대는 힘없는 학자들과 백성들이 아니라 무인들입니다. 그들이 어떻게 나올지 모르는 일이니까요. 허……."

"그렇습니다. 정말 난처한 일이 아닐 수 없습니다."

"……."

손 도독이 같은 무인의 입장에서 말한 얘기를 모두 듣고 난 후에도 마땅한 대안이 떠오르지 않고 있었다.

상황이 이렇게 되니 자연 하위 직에 있는 관리들은 한쪽에 앉아 돌아가는 상황만을 지켜볼 뿐이었고, 다른 사람들은 될 대로 되라는 식으로 앞으로의 일에 대한 걱정만 할 뿐이었다. 그러나 몇몇 대신들의 시선은 내각대학사 양회에게 모여지고 있었다. 어찌 보면 영락제의 군사라고 할 수 있는 사람이 양회였기 때문이다.

양회도 자신에게 모여지고 있는 대신들의 시선을 느낄 수 있었다. 대신들의 시선이 못마땅했지만 그러나 겉으로 표를 낼 수는 없었다. 양회를 바라보고 있는 대신들은 하나같이 정일품이나 최소한 정삼품의 고위 관직에 있는 사람들이었기 때문이다.

비록 황제를 옆에서 보좌하며 행정에 조언을 하는 입장이었지만 내각대학사라는 자리는 하는 일에 비하여 현저히 낮은 관직이었기 때문이다. 정오품, 그것이 내각대학사 양회의 품계였다.

'이런, 이럴 때만 나를 찾는구먼. 평상시엔 자신들의 때만도 못하게 취급을 하더니 급하니까 나를 찾아? 이… 집에 기르는 돼지만도 못한 것들 같으니……'

"내각대학사, 무슨 좋은 방법이 없겠소? 한번 잘 생각해 보시구려……"

"그래, 한번 잘 생각해 보시게. 여기서 내각대학사보다 더 학식이 뛰어난 사람이 누가 있는가?"

"그렇습니다. 옳으신 말씀입니다."

대신들의 입에 발린 말을 한 귀로 흘리며 그동안 아무런 행동도 취하지 않던 양회가 조용히 자신의 자리에서 일어났다. 그런 후 아직까지 바라보고 있던 대신들에게서 눈을 뗀 후 조용히 눈 감고 있던 손 도독을 쳐다보았다.

"흠흠, 일이 이렇게 되었으니 제가 손 도독에게 한 가지 질문을 하겠습니다."

“……?”

양회의 갑작스러운 말에 손 도독은 감았던 눈을 뜨고 시선을 양회에게 주었다.

“만약 제가 손 도독께서 익힌 절세의 무공을 달라고 한다면 어찌하겠습니까? 아니, 무공을 기록한 책자를 달라고 한다면 말입니다. 손 도독은 어떻게 행동하겠습니까?”

“음… 글쎄요. 그런 일은 한 번도 생각해 보지 않아서…….”

“허허, 생각하지 않은 건 당연합니다. 그러니 생각하지 말고 솔직하게 말씀해 주셨으면 합니다. 느낀 그대로를 말입니다. 제가 원하는 것은 손 도독의 솔직한 대답입니다.”

“허, 글쎄요. 음…….”

“…….”

양회와 손 도독의 대화에 모든 대신들의 시선은 자연 손 도독에게 향했다. 무슨 대답이 나올지를 뻔히 알면서도 자연 그렇게 된 것이다.

“허허, 솔직히 말한다면 크게 화를 내겠지요. 사실 그것은 제게 있어 목숨보다 소중한 것이니까요. 이제 됐습니까?”

“예, 좋습니다. 그럼 만약 폐하께서 저와 똑같은 질문을 손 도독에게 했다면 어찌 했겠습니까? 폐하께서 손 도독의 목숨보다 소중한 것을 원하신다면 말입니다.”

“험, 그건…….”

“아…….”

“허허, 정말 곤란한 질문이로구먼. 손 도독에게 그런 질문을 할 줄이야…….”

“하지만 예리한 질문입니다.”

"그렇습니다. 정말로 이 상황에 딱 맞는 질문입니다. 허허……."

"예, 손 도독이 바로 폐하의 명을 받은 무림세가라고 생각하면 딱 맞는 질문입니다."

"음… 허허, 이것 참……."

"……."

대신들은 거듭되는 양회의 질문에 크게 고개를 끄덕였다. 양회가 손도독에게 한 질문에서 대신들은 무엇을 원하는지 알 수 있었기 때문이다.

모든 대신들의 시선은 손 도독에게 집중되어 있었다. 그것은 뒤에 앉아 있던 대신들도 마찬가지였다.

손 도독은 대신들의 시선을 받으며 더욱 난감해했다. 양회의 질문은 정말 생각도 못해본 것이었기 때문이다.

양회의 처음 질문에 대해선 웃고 넘길 수 있었다. 그만큼 손 도독에겐 대수롭지 않은 질문이기도 했기 때문이다. 비록 양회가 손 도독보다 십여 살이나 연장자였지만 관직 면에선 한참 밑에 있었기에 그리 크게 생각지 않았다. 만약 직급상 상급자인 초 제독이 그러한 말을 했었어도 대답은 같았을 것이다. 하지만 두 번째의 질문에 대한 대답은 다른 것이다. 그 상대가 다른 사람도 아닌 황제였기 때문이다. 다른 사람도 아닌 바로 황제가 자신이 목숨보다 더 귀중하게 여기는 것을 달라고 한다는데 쉽게 대답할 수 없었다. 황제, 손 도독이 목숨을 다해 충성을 맹세한 황제, 앞으로 자신들의 후손이 목숨과 충성을 다할 황실이었기에 더욱 쉽게 대답할 수가 없었던 것이다.

'정말 난감한 질문이구나. 허허, 정말로 황제 폐하께서 내게 그런 질문을 한다면 난 어떻게 대답할까? 내 목숨보다 소중한 것이니 안 된다고 할 수도 없는 노릇이고, 그렇다고 가문을 생각해서 쉽게 내줄 수도 없는 일이 아닌가? 그것은 앞으로 가문의 영광은 물론 내 후손들의 목숨을 버리는 것이나 진배없는 일이니… 허……'

손 도독은 한동안 양회의 질문에 대한 답을 찾기 위해 자신만의 생각에 잠겨들었다. 하지만 쉽게 결론이 나오지 않았다.

'어쩔 수 없지 않은가? 다른 사람도 아닌 황제 폐하께서 원하시는 일인데, 어찌 신하 된 사람이 주저할 수 있다는 말인가? 잘못했어. 내 각대학사가 내게 이 질문을 했을 때 난 주저없이 대답을 했었어야만 했다. 생각할 것도 없는 질문이었는데……'

손 도독은 양회의 질문에 자신의 생각을 정리할 수 있었다. 좀 혼란스런 마음을 가지기는 하였지만 기분이 그리 나쁘지만은 않았다. 그동안 크게 생각하지 못한, 황제를 향한 자신의 충심을 다시 한 번 확인할 수 있는 좋은 기회였기 때문이다.

"하하하, 생각하고 자시고 할 문제가 아니었는데, 이거 여러분들을 지루하게 하지 않았나 모르겠습니다."

"허허, 아닙니다. 오늘의 논의에 결정적인 대답을 들을 수 있는 것인데 하루 종일 기다리면 어떠합니까. 생각을 정리하셨다니 다행입니다."

"그렇습니다. 어서 말씀해 보십시오."

처음엔 어두웠던 손 도독의 표정이 조금씩 펴지면서 밝게 웃자, 그 모습을 지켜보고 있던 대신들의 표정도 밝아지기 시작했다.

"음……."

'그렇게 생각했겠지. 그건 당연한 일이지. 하지만 너무 늦었어. 폐하를 모시는 신하로서 아무리 목숨보다 소중한 것이라고 해도 서슴없이 대답해야 했을 것이다. 그런데 손 도독은 너무 늦게 그것을 깨달았어. 허허, 하지만 그것은 손 도독의 생각이고, 폐하의 명을 따르지 않는 무림에서는 그렇지 않을 것이다. 하지만 어쩔 수 없지. 어쩔 수 없는 일이야. 그들에게 이 과제를 넘기는 수밖에⋯⋯.'

손 도독의 표정에서 양회는 모든 것을 알 수 있었다. 이미 이러한 결말을 예상하고 있기는 했지만 손 도독의 결론은 예상보다 늦게 나온 것이다.

"내각대학사, 이제 물어본 질문에 대답할 수 있소이다. 제 대답은⋯⋯."

"됐습니다. 아니 들어도 됩니다. 손 도독의 대답은 들을 필요가 없는 일이었습니다."

양회는 손 도독의 말을 중간에 자르며 대신들의 모습을 쭉 훑어보았다.

"아니, 그것이 무슨 말인가? 지금 손 도독이 중요한 말을 하려고 하는데?"

"그렇소이다. 아니, 그럼 내각대학사는 손 도독의 대답을 듣지도 않을 것이면서 그럼 왜 그런 질문을 한 것이오?"

"그렇소이다. 말씀해 보시오."

"허허, 알았습니다. 그러니 잠시만 조용히 해주시지요."

"음⋯⋯."

양회는 자신을 다그치는 대신들을 조용히 하게 한 후 자신의 자리에 앉아 있는 손 도독의 눈을 바라보았다. 그런 후 천천히 눈을 돌려 조 대도독과 장 제독, 그리고 초 제독의 얼굴을 쳐다보았다.

"그럼 이제 말씀드리지요. 왜 제가 손 도독의 대답을 듣지 않아도 되는지 말입니다."

"음……."

"모두들 제가 손 도독에게 질문했던 것을 기억하고 계실 것입니다. 첫 번째 질문과 두 번째 질문이 있었지요. 그 두 가지 질문은 같은 것입니다. 그러나 달리 생각해 보면 하늘과 땅 차이로 다른 것이었습니다."

"……."

"그러나 그러한 것은 별로 중요하지 않습니다. 중요한 것은 지금 제가 말하려는 것입니다. 제가 첫 번째 질문을 했을 때, 여기 계신 분들 중 손 도독에게 시선을 주었던 분들은 별로 없었습니다. 하지만 두 번째 질문을 했을 때는 신기하게도 모든 대신들의 시선이 손 도독에게 향했습니다. 이것은 무슨 이유 때문이겠습니까? 그것은 바로 질문의 당사자가 저와 황제 폐하였기 때문입니다."

"……?"

"아니, 내각대학사, 그것이 무슨 말인가? 질문의 당사자가 자네와 폐하시라는 것은 적절한 비유를 한 것이니 이해를 하겠는데, 그것이 중요하다는 말은 이해하기 어렵구면."

"저도 그렇습니다. 내각대학사, 자세한 설명을 해주시게."

양회의 얘기에 귀를 기울이고 있던 조 대도독이 의구심 가득한 눈으로 양회를 쳐다보았다.

"예, 사실 두 번째 질문의 의미는 여러분들도 다 아실 것입니다. 하지만 그 질문은 사실 손 도독에게 해보았자 우리가 원하는 것은 알 수 없습니다. 폐하를 모시는 손 도독의 대답은 뻔한 것이니까요. 하지만 무림은 그렇지 않을 것입니다. 그렇지 않습니까?"

"음… 그렇겠군."

"맞는 말입니다. 손 도독의 대답은 우리가 알고 있는 것 그대로였을 것입니다."

"그렇습니다. 손 도독, 그렇지 않습니까?"

대신들의 시선이 모아지자 손 도독은 천천히 고개를 끄덕여 보였다. 손 도독에게서 사실 여부를 확인한 대신들의 시선은 다시 양회에게 모여졌다.

"하지만 그들도 폐하께서 친히 작성하신 칙명을 하달받는다면 손 도독과 같은 고민을 하게 될 것입니다. 왜냐! 그들이 비록 황법을 무시하는 강호의 무인들이라고는 하지만, 그들 또한 명나라의 백성들이라는 것입니다. 바로 황제 폐하의 백성들이라는 것이지요. 그들도 폐하의 칙명은 무시하지 못할 것입니다. 그렇다고 쉽게 승낙하지도 않겠지요."

"아니, 그럼 내각대학사의 말은 무엇인가? 지금 그들의 승낙을 얻기 위해 우리들이 고심하고 있었는데, 지금의 말로는 아무런 것도 결정된 것이 없지 않은가?"

"아닙니다. 초 제독은 잠시만 제 얘기를 들으시지요."

"음……."

양회의 질책 어린 말에 초 제독은 자신의 급한 성격을 탓하며 자신의 자리에 도로 앉을 수밖에 없었다. 주변의 눈총이 따가웠기 때문이다. 이제 해가 지기 시작해서 대신들에게 주어진 시간이 얼마 남지 않았기 때문이다.

"제 생각으론 이렇습니다. 우리가 아무리 머리를 맞대고 생각을 한다고 해도 결론은 나오지 않을 것이란 겁니다. 그래서 저는, 차라리 그렇다면 앞으로 일어나게 될 모든 일을 그들에게 넘기자는 것입니다. 폐하의 칙령을 받은 그들이 어떠한 결정을 내릴지는 모르지만 그것은 그들의 몫으로 넘기자는 것입니다."

"오… 그렇구먼. 그런 방법이 있었어."

"그렇군요. 그런 방법이 있는 줄은 정말 몰랐습니다. 하하하."

"이제 한시름 놓을 수 있을 것 같습니다. 정말 다행입니다."

"그러게 말입니다. 허허허."

"내각대학사, 이번 일은 그대가 마무리를 해주어야겠소. 폐하께서 진노하지 않으시도록 잘 말씀드리시게."

"음… 그렇게 해야겠지요."

양회는 조 대도독의 말에 고개를 끄덕일 수밖에 없었다. 이미 이렇게 될 것이란 것을 예상하고 있었기에 크게 심려하지는 않았다. 하지만 기분이 좋지 않은 것은 어쩔 수 없었다.

'정말 대단하구나. 이 모든 책임을 내게 떠넘기겠다니, 그렇게 자신들의 목숨이 중요하다는 말인가? 허…….'

"내각대학사, 함께 갑시다. 어차피 오늘은 폐하의 곁에 있어야 할 것 같으니……."

"응? 허허… 예, 좋습니다. 그럼 폐하께서 더 기다리시기 전에 가시지요."

"하하, 예… 그럼."

"어찌 저를 두고 가십니까? 이 정화가 없이는 폐하를 뵙지 못한다는 것을 잊으셨습니까? 하하하."

"허허, 내 어찌 잊었겠습니까. 같이 가시지요."

"예……."

손 도독의 뒤를 양회와 정화가 흔쾌히 따랐다. 더 이상 구린내가 진동하는 대청엔, 아니, 자신들의 안위만을 살피는 대신들과 상대하기 싫었던 것이다.

제 5 장

철학교부는 장수가 아니 무사도 교육을 시키는 곳이다

철혈금부는 장수가 아닌
무사로 교육을 시키는 곳이다

  장백검파 일행이 등봉현(登封縣)에 도착한 것은 낙양을 출발한 이십
삼 일이 지난 후였다. 천천히 걸어도 보름이면 도착할 수 있는 길을 말
을 타고서도 일주일이나 더 걸린 것이다.

  하지만 일행들에게 그러한 것은 그리 중요하지 않았다. 평생을 살면
서 한 달도 안 되는 시간이 짧다면 짧은 시간이지만 장백검파 사람들
에겐 너무나도 소중한 시간들의 연속이었기 때문이다.

  현검 도장과 대련을 시작한 운영은 십 일째 대련 이후로 몰라보게
달라지기 시작했다. 점차적으로 유운검법의 진의를 파악해 나가기 시
작한 것이다. 초식의 운영 면에서도 눈부신 발전을 하였지만 무엇보다
눈부시게 급성장을 이룬 것은 유운검법에 담겨져 있던 오의였다. 점차
적으로 검법에 눈을 뜨기 시작한 것이다. 진정한 검법에……

  장백검파 문인들이 운영의 성장하는 모습을 곁에서 지켜보며 얻은

것은 이루 말할 수 없을 정도로 거대했다. 운영의 모습에서 자신들이 모르고 있었던 것들, 자신들이 깨달아야 하는 것들, 자신들이 앞으로 이루어야 할 것들을 알게 된 것이다.

장백검파 일행들이 등봉현에 도착한 것은 여정을 풀 때는 해가 지기 시작할 무렵이었다. 원래 등봉현 근처에 도착한 것은 정오 무렵이었으나 운영의 마지막 대련을 지켜보기 위해 시간을 늦춘 것이었다.

소림사에서 열리는 군웅대회가 한 달밖에 남지 않았다. 한 달 후면 이백 년 만에 가지는 성대한 행사가 시작되는 것이다. 모든 무인들이 바라는 그런 대회가.

"허허, 많은 사람들이 모여 있구려. 어떻게 보시는가, 정 소협은?"

"예, 모두들 축제를 즐기려고 온 것 같습니다. 거리를 오가는 사람들의 표정에서 기대감 같은 것을 느낄 수 있었습니다. 모두 흥에 겨워하고 있는 것이 예전 저희 마을에서 잔치를 할 때 볼 수 있었던 표정을 사람들에게서 읽을 수 있었습니다."

"그럴 걸세. 그러나 이 잔치가 우리들에게는 흥겨운 것만은 아니지. 하지만 정 소협이 곁에 있어 정말 다행이네. 원시천존……."

"아닙니다. 오히려 제가 장문인 곁에 있게 되어서 고맙게 여기고 있습니다. 비록 장백검파에 직접적으로 적을 두지는 못하지만, 장문인과 여러 장백검파 문인들께 많은 지도편달을 부탁드립니다."

"허허허, 원시천존……."

현운 장문인은 운영을 보며 마음이 흐뭇했다. 비록 장백검파에 들일 수 없는 것이 안타까웠지만 서로 간의 암묵적인 합의 하에 운영은 장백삼성이라 불리는 현성, 현검, 현문과 동년배의 위치에 있었다. 한마디로 장문인이 인정하는 장백검파의 기문제자인 것이다. 당당히 장백검과 문인이라고 말할 수 있는.

"우린 이곳에서 보름 정도 더 머물다 숭산으로 오를 것이네. 너무 이르게 도착하는 것이 예의에 어긋나는 일이기도 하지만, 괜히 일찍 도착해서 분쟁을 일으키지 않기 위함이지."

"예, 장문인께서 우려하시는 것이 무엇인지 잘 알고 있습니다. 형님께서도 그러한 사정을 우려하셨습니다. 하지만 잘될 것입니다."

"그렇습니다, 사부님. 비록 우리 장백이 변방에 위치하고 있다고는 하지만 그래도 무가 세력입니다. 그들도 함부로 하지는 못할 것입니다. 또한 이미 북경에 우리의 분타가 확실히 자리 잡기 시작했다는 연락도 있었지 않습니까? 그러니 사부님께서는 너무 심려하지 마십시오."

"하하, 정호의 말이 맞습니다. 여기 든든한 우리 막내 사제가 있는데 뭐가 두렵겠습니까? 안 그런가, 정 사제?"

"옛? 예……."

운영은 갑작스러운 현검 도장의 사제라는 말에 깜짝 놀랐다. 아직 익숙지 않은 말이었기에 더욱 그러했다.

"뭘 그렇게 놀라는가? 비록 사부님이 일찍 타계하시어 직접 인가를 받지는 못했지만 장백검파의 장문인께서 인가를 했으니 원로원에서도 수긍할 것이네. 그러니 이제 자네도 그에 합당한 대우를 받아야지. 안 그렇습니까, 장문인?"

"허허, 현검 사제는 나이를 먹지 않는 것 같구먼. 그 호탕한 성격은 나이를 먹어도 그대로니."

"장문인께서도 좋으시지 않습니까? 하하하… 정 사제도 이젠 당당하게 장백검파 문인이 된 것이니 문에 많은 도움을 주기 바라네. 그리고 정호와 정수, 비록 너희들이 연장자이나 장문인의 인가 하에 성사된 일이니 앞으로 정 사제를 사숙(師叔)으로 깍듯이 모시도록 해라. 알겠느냐?"

"예, 알겠습니다, 현검 사숙님."

"옛? 하지만……."

운영은 현검 도장의 만류와 강압에 어쩔 수 없이 고개를 끄덕일 수밖에 없었다. 하지만 이제야 제자리를 찾은 것 같아 마음은 홀가분했다. 비록 현운 장문인으로부터 정식으로 요구를 받아 승낙을 하긴 했지만 장백검파의 다른 문인들에게까지는 아직 말문을 쉽게 열지 못하고 있었던 것이다. 그런데 그 말문을 현검 도장이 열어준 것이니…….

정호와 정수 등 다른 사람들도 처음엔 장문인의 일에 의아해했었다. 운영에 대한 현운 장문인의 처우는 너무나 파격적인 일이었기 때문이다. 장문인의 사제, 생각하지 못한 대우였다.

하지만 여기엔 호열의 보이지 않는 힘이 상당한 작용을 했다. 현운 장문인에게 호열은 동등한 대우를 하기에 부족함이 없는 인물로 인식되어 있었기 때문이다. 그러니 당연 호열의 동생으로서 당연한 대우라고 생각하고 있었다.

현운 장문인의 우려는 그리 오래가지 않았다. 의외로 제자들인 정호와 정수 등 대부분의 문인들이 운영을 쉽게 받아들인 것이다. 마음이 크게 상했을 것인데, 사부의 의견을 존중하고 솔선수범하여 문인들을 다독거려 주며 따라주고 있었기 때문이다. 비록 자신들보다 어리다고는 하지만 강호의 생리인 적자생존, 강자존이 모두의 마음속에 자리 잡고 있었기에 보이지 않게 반기는 분위기였다. 그렇지만 서먹서먹한 관계가 되었기에 마음만 있지 누구 하나 쉽게 말문을 열지 못하고 있던 것이다.

그러니 현운 장문인과 일행들에겐 운영의 문제에 대해 고민을 하지 않을 수 없었다. 아무리 장문인의 권위로 밀어붙여 성사가 되기는 했지만 아직 많은 문제가 남아 있었다. 바로 원로원에 있는 장로들의 동의를 구해야 한다는 것이다.

하지만 현운 장문인은 자신의 결정이 결코 잘못되지 않았다고 생각하고 있었다. 많은 고민을 하고 생각에 생각을 거듭해 보아도 운영과 직접적인 연결 고리를 만들지 않으면 안 될 것 같았기 때문이다. 아무리 서로 좋게 생각하고 있다고는 해도 그것은 언젠가 연이 다하면 끊어질 수 있는 것이다. 하지만 같은 사문으로 묶인다면 그것은 영원한 것이다. 파문이라는 절도가 없는 한.

현운 장문인은 과감하게 현실적인 문제로 운영의 일을 마무리 지었다. 한 번도 없었던 일이지만 장백검파가 존속할 수 있는 대안으로 자신의 운명을 운영에게 걸기로 한 것이다. 잘못되면 문중의 죄인으로 불명예의 퇴진을 할 수밖에 없었으므로……

"자, 너희들은 짐을 정리하도록 하라. 그리고 이제부터는 모두들 정신을 바짝 차려야 할 것이다. 비록 저들이 우리를 인정하지 않는다 해도 경거망동해서는 안 된다는 말이다. 알겠느냐?"

"허허, 현검 사제가 시원시원하게 말을 잘했네. 너희들은 현검 사제의 말에 따르거라. 그리고 이미 우린 저들이 우리를 쉽게 인정하지 않을 것이란 걸 잘 알고 있으니 너무 걱정하지 않아도 된다. 알겠느냐?"

"예, 사부님. 명심하겠습니다."

"옛, 장문인."

"그래, 그럼 각자 짐을 정리하고 쉬도록 하거라."

현운 장문인의 말에 모든 장백검파 문인들은 각자의 짐을 정리한 후

삼삼오오 짝을 이루며 배정받은 객실로 올라갔다.

"음… 그나저나 임 대협은 잘 있는지 모르겠구먼. 황실의 암투와 질시가 상당할 것인데……."

현운 장문인은 금릉이 있는 하늘을 바라보며 남모르게 한숨을 쉬었다. 한 문파의 수장으로서 권력을 향한 사람들의 암투가 어느 정도인지 잘 알고 있기에 아무것도 모르는 호열이 견딜 수 있을지 염려가 되어 더욱 우려하는 바가 컸다.

*   *   *

화창한 오후.

하지만 날씨가 너무 화창해서 밖에 나가기 싫어질 정도였다. 조금만 움직이면 온몸이 땀으로 범벅을 할 정도로 금릉의 오후 날씨는 불볕더위가 기승을 부리고 있었다.

오월 말부터 시작한 더위는 유월 중순이 다 지나도록 수그러들 기세는 보이지 않고 더욱 기승을 부리고 있는 것이다.

"젠장, 날씨도 화창한데 이렇게 뭐 마려운 똥개마냥 죽치고 있자니 답답하네. 아니, 황제는 왜 아무런 조치도 취하지 않는 거지? 어제는 당장에 죽일 것 같더니……."

밤새도록 뜬눈으로 고민을 하며 밤을 지샌 호열은 새벽이 조금 지나서야 눈을 붙일 수 있었다. 하지만 평소처럼 깊게 잠들지 못하고 새우잠을 자야만 했다. 혹시 자고 있을 때 무슨 일이라도 일어나면 안 되겠기에 몸이 저절로 취한 행동이었다.

"이럴 줄 알았으면 잠이나 편하게 잘 걸 그랬나? 에이, 뭐 오늘은 무슨 말이라도 있겠지."

창밖엔 아무것도 모르는 철혈위사들이 삼삼오오 짝을 이루며 검을 들고 이리저리 휘두르고 있었다. 자신들끼리 무공에 대해 의견을 주고받으며 무더운 날씨에 비지땀을 흘리고 있는 것이다.

모두 고관대작들의 자제로 지금까지 불편한 것 없이 생활하다 부모의 권유로 군이란 곳에 처음 들어온 사람들이 대부분이었다. 더러는 자신이 원해서 들어온 사람들도 있었지만 그것은 극히 일부분이었다.

호열은 한심하다는 듯 자신의 무공을 자랑이라도 하듯 검을 이리저리 휘두르며 폼을 잡는 사람들을 쳐다보고 있었다.

"휴… 정말 너무하는구나. 차라리 옛날 운영이 훨씬 낫겠다. 그래도 운영인 폼이라도 멋있었는데 저 녀석들은 하나같이 마음에 드는 곳이 없으니……."

"임 도독님, 내궁에서 내각대학사 양회님과 금의위 손 도독님이 오셨습니다."

'응? 이제야 왔구나. 그런데 둘만 온 것인가? 어찌 군사들을 이끌고 오지 않은 거지? 이것 참…….'

"어서 드시라고 해라. 그리고 차도 가지고 오고."

"예, 어서 드시지요."

문이 열리며 양회와 손 도독이 집무실 안으로 들어왔다.

"어서 오십시오. 그렇지 않아도 기다리고 있었습니다. 저는 어제저녁이라도 오실 줄 알았는데……."

"하하하, 많이 기다리셨나 보군요. 저는 임 도독이 어제 폐하께서 기거하시는 침소에 들르실 줄 알았습니다."

호열의 말에 손 도독이 앞으로 나서며 인사를 건넸다. 하지만 말에 가시가 돋쳐 있었다. 어제의 일을 알고 있는 손 도독이기에 호열에게 충분히, 충분히 할 수 있는 말이었다.

호열도 손 도독의 말에서 그러한 것을 느낄 수 있었다. 하지만 애써 웃으며 받아넘겼다.

"하하, 제가 왜 폐하께서 드시는 침소에 가겠습니까? 그것도 늦은 시각에 말입니다. 그런 일은 없을 겁니다."

'그렇지, 내가 미치지 않은 다음에야 황제의 얼굴을 보려고 거기까지 갈 일이 없지.'

"자, 자리에 앉으시지요."

"예, 자리에 앉아야지요. 자자, 손 도독도 자리에 앉는 것이 좋겠습니다. 그나저나 임 도독, 잠은 편히 주무셨습니까?"

'뭐? 잠을 잘 자? 어제 그 일을 뻔히 알면서 그런 말을 해? 그럼 당신은 잘 잤나? 참 나……'

"예, 염려해 주신 덕분에 푹 잤습니다."

"음……"

'역시 쉽게 볼 위인이 아니구나. 아직 젊은 사람이 이렇게도 심지를 읽을 수가 없다니……'

양회는 호열의 생각을 읽어보려고 했다. 하지만 그 어디에서도 호열의 생각을 읽을 수가 없었다. 어제 있었던 일은 아예 신경도 쓰지 않는 것 같았다.

서로 어색한 가운데 차가 준비되어 안으로 들어왔다. 하지만 그 차가 식어버릴 때까지 세 사람은 아무런 말이 없었다.

"음… 우선 우리들이 이곳에 온 목적을 말씀드리겠습니다."

"예, 말씀하십시오."

"어제 임 도독이 집정천을 나간 후 대신들은 황제 폐하의 명에 따라 임 도독이 제안했던 것에 대해 심도있는 토론을 벌였었습니다. 바로 무가들에게 무공비급과 영약들을 받아낼 수 있는 방안을 숙의한 것입니다."

"아… 그랬습니까? 그래, 방법은 찾으셨는지요."

'뭐야? 그럼 나에 대한 일은 그냥 넘어간 것인가? 그럴 리가 없는데… 황제의 성격으로 그런 일은 없을 텐데? 이거 이상하네……?'

많이 부딪쳐 보지는 않았지만 이느 정도는 영락제의 성격을 파악하고 있는 호열이었다.

황제의 권위에 도전하는 어떠한 행동도 용납하지 않는 위인이 바로 영락제인 것이다. 스스로를 하늘에 비유함을 서슴없이 하는 황제가 바로 영락제였다. 그래서 용을 숭상하는 것도 모자라 온몸에 금으로 수놓아져 있는 금룡보의를 입는 것이다. 황금색 금룡이 승천하는 형상의 용포(龍袍)를…….

"예, 이번 칠월 중순경에 소림에서 군웅대회가 열린다고 합니다. 앞으로 한 달가량 남았는데 그곳엔 강호의 모든 대소문파들이 군집할 것이라 하더군요. 그래서 그곳으로 황제 폐하의 칙명이 담긴 칙서를 보낼까 합니다."

"칙서를 말입니까? 그것도 폐하의 칙명이 담긴? 음……."

'이거 일이 재미있게 되네. 내가 바라던 것이기는 하지만 일이 이렇게 쉽게 풀릴지는 몰랐는데.'

호열은 양회의 말을 들으며 의외라는 표정을 지었다. 그러나 제안했던 것이 받아들여졌다는 것에는 기분이 좋았다. 비록 그것을 성사시키기 위해 황실에서의 삶을 포기했지만, 그에 못지않게 얻은 것도 많았다.

그중 제일 큰 것은 자신감이었다. 호열은 이제까지 없었던 자신감을 얻은 것이다. 그것도 세상 누구도 두려워하지 않을 정도의 자신감을.

　호열은 스스로도 놀랄 정도로 스스로에게 자신감이 생긴 것이다. 죽음을 두려워하지 않고 황제의 앞에서 당당히 자신의 할 말을 다했다는 것은 호열의 인생에 커다란 전환점이 되었다.

　두 번째로는 삶의 목적을 찾은 것이다. 아니, 야망이라고 해야 맞을 정도로. 지금까진 아무런 생각 없이, 자신의 의지와는 상관없이 이리 휘둘리고 저리 휘둘리는 삶을 살아가던 호열에게 삶의 목적이 생긴 것이다.

　세력, 호열은 황제와 당당히 맞설 수 있는 세력을 키우기로 마음먹은 것이다.

　비록 다른 이민족을 멸시하는 명나라였지만 그것은 어디까지나 황궁과 일반 백성들에 한한 것이라고 호열은 생각했다. 아니, 무림도 그렇다고 해도 상관없었다. 이미 그러한 것은 호열에게 크게 상처를 주지 못했다. 이제부터는 부족한 자신의 능력을 키우는 데 중점을 두기로 한 것이다.

　힘! 호열은 스스로의 힘을 키우기로 했다. 무림은 강자존! 바로 힘이 전부니까.

　'후후, 속이 훤히 들여다보이는구나. 황제뿐만 아니라 그대들의 속도 훤히 들여다보여. 지금은 죽이고 싶어도 내 능력이 아깝다는 것이겠지. 할 줄 아는 것이라고는 아무것도 없는 나인데 말이지. 정말 웃기는구나. 좋아, 우선은 그대들의 장단에 맞춰주지. 그러나 그것은 내가 원할 때까지야. 그 다음은……'

　호열은 소리없이 웃었다. 이젠 확실히 알 수 있었던 것이다. 황제의 내심을, 대신들의 속마음을, 명나라의 알량한 정책을……

"그렇다면 저는 지금부터 제 일만 하면 되겠군요. 저 철없는 아이들을 훈련시켜 황제 폐하께서 원하시는 무사로 만드는 일 말입니다."

"그렇습니다. 지금 임 도독이 해줄 일은 그것입니다."

"임 도독, 내가 그대에게 이런 말을 할 입장은 아니지만 같은 무를 수련하는 무인의 입장에서 충고 한마디만 하겠네. 그대가 앞으로 황실에서 얼마나 생활하게 될지는 모르지만, 대신들과 부딪치지 않고 폐하의 노기를 누르게 하려면 어제와 같은 반용을 부리지는 말게. 조선에 대한, 아니, 그대의 민족인 한족(韓族)에 대한 생각은 충분히 알겠지만 폐하께서는 이 천하를 다스리는 분이시네. 그분에게 대항하는 것 자체가 그대의 파멸이란 말이지. 내 말, 무슨 뜻인지 알겠나?"

손 도독은 호열의 눈을 직시하며 자신의 생각을 허심탄회하게 말했다. 하지만 호열이 잘못 받아들이면 압력으로 들릴 수도 있는 말이었다. 또한 호열은 손 도독의 말을 그렇게 받아들이고 있었다. 손 도독, 아니, 황제인 영락제의 간접적인 압력으로 받아들이고 있는 것이다.

"잘 알겠습니다. 손 도독의 그 말, 아니, 충고… 제 가슴 깊이 새기겠습니다. 그럼 이만, 저는 그럼 제 할 일을 하러 가야겠습니다. 폐하께서 원하시는 일을 빨리 수행하려면 시간이 없습니다. 아마… 앞으로 혹독한 수련을 시켜야 할 것 같습니다."

"음… 알겠네. 그만 일어나지요. 폐하께 아뢰어야 하지 않습니까?"

"알겠습니다. 그럼 손 도독께서 앞장서시지요."

"예……."

손 도독과 양회가 돌아간 후 호열은 한참 동안 창밖을 쳐다보았다. 창밖을 통해 손 도독과 양회가 내궁으로 들어가는 것이 보였다. 철혈위사들이 앞을 다퉈가며 인사를 하는 것도 보았다. 비록 관직의 직급은 낮았지만 한 명은 황실최고수로 황실 무인들의 우상이었으며, 다른 한 명은 한림원(翰林院)이 배출해 낸 석학이었다. 바로 황실을 떠받치고 있는 두 기둥인 것이다. 다른 대신들이 어찌 생각하든 그것은 확실했다. 적어도 호열이 보기엔……

'자, 그럼 이제 시작인가? 내일부터는 아주 재미있어질 거야. 후후…….'

오랜만에 철혈위사들이 한자리에 모였다. 한 달 전, 처음 상견례를 하는 자리 이후 처음 있는 일인 것이다.

백 명의 철혈위사들은 설레는 마음으로 연무장으로 들어서고 있는 호열을 바라보고 있었다. 하지만 연무장에 모인 철혈위사들에게서는 아무런 소리도 들을 수 없었다. 열 명씩 한 조를 이루고 정렬한 그대로 굳어 있는 것이다. 일체의 움직임없이… 모두 그동안 기다리고 기다리던 시간이 다가왔다는 것을 알 수 있었기 때문이다.

"모두 잘 지냈나? 얼굴에 생기가 넘치는구나."

호열은 조촐하게 마련된 단상에 올라 정렬해 있는 위사들의 면면을 살피며 입을 열었다.

"옛, 모두 도독님께서 보살펴 주셨기 때문입니다."

호열의 말에 도열해 있던 백 명의 위사들이 사전에 연습이라도 한 것처럼 일제히 목청을 높여 대답했다.

"그래? 내가 보살펴 줘서 그렇다? 좋군. 그럼 이제 모두들 훈련을 받을 준비가 되었다는 것이냐?"

"옛! 준비됐습니다."

"좋군, 좋아……."

철혈위사들의 시원한 대답이 마음에 들었는지 호열은 크게 고개를 끄덕였다.

"너희들이 이미 짐작하고 있는지 어떤지는 잘 모르겠다. 그러나 한 가지는 자신있게 너희들에게 말할 수 있다. 너희들은 오늘부터 죽은 목숨이라는 것! 이것만은 자신있게 말할 수 있다는 것이다."

"……."

"너희들 대부분이 관직에 적을 두고 있는 부모를 두고 있을 것이다. 문관이든 무관이든. 하지만 그런 것은 이제부터 중요하지 않다. 너희들은 내 부하들이고, 난 너희들의 상관으로서 그 임무를 충실히 행할 것이기 때문이다."

"……."

호열의 말이 이어질수록 백 명의 철혈위사들은 숨도 제대로 쉴 수가 없었다. 그들도 앞으로 일어날 일들을 어느 정도 예감할 수 있었기 때문이다. 하지만 누구 하나 입을 여는 사람은 없었다.

"그러나 난 너희들에게 마지막 길을 열어주겠다. 단 일 각, 일 각의 여유를 주겠다는 것이다. 그동안 너희들 나름대로 생각한 바가 있을 것이다. 그러니 지금이라도 늦지 않았다. 여기를 나가고 싶은 사람이 있으면 지금 나가라. 눈치 보지 말고 나가라는 것이다. 죽고 싶지 않다면… 단 일 각이다. 알겠나?! 알겠냐고 물었다!"

"옛! 알겠습니다."

"음……."

"……."

일각의 시간이 흐르는 동안 철혈위사들은 나름대로 많은 생각들을 하고 있었다. 호열의 기세를 보아서는 앞으로의 일들이 생각했었던 것처럼 편하지 않다는 것을 알 수 있었기 때문이다. 하지만 쉽게 움직일 수가 없었다. 자칫 오늘의 일이 천추의 한으로 남을 수도 있었기 때문이다.

'이거 심상치 않은데? 도독님의 말씀을 들어보니 이건 아버님께서 하셨던 말씀하고는 천지 차이로 다르지 않은가? 어떻게 하지? 음…….'

'어떻게 하나? 지금이라도 밖으로 나간다고 해야 하나? 여기를 나간다고 해도 내 앞날은 탄탄대로이지 않은가? 앞으로 십 년 후엔 장군이 될 내가 사서 고생할 필요가 있을까?'

'재미있겠군. 차라리 잘된 일이지. 저런 녀석들하고 같이 훈련을 받고 싶은 마음은 없었으니까. 집에서 책이나 읽던 녀석들하고 경쟁을 하게 된다면 그 얼마나 한심한 노릇인가. 후후…….'

'절대 있을 수 없는 일이다. 난 기필코 무관이 될 것이다. 아니, 장군이 돼야 해. 난세인 지금 문으로는 일가를 꾸려 나갈 수가 없다. 난 여기서 살아남을 것이다. 기필코……!'

일각이란 시간은 그리 길지 않은 시간이다. 무엇을 하려고 해도 마땅하게 할 만한 긴 시간이 못 된다는 것이다. 낮잠도 잘 수 없는 시간이었고, 책 한 권 읽지 못하는 시간인 것이다. 기껏해야 차나 한 잔 마실 정도의 시간에 지나지 않는 것이다. 그러나 호열의 엄포에 자신의 앞날을 생각하기 위한 시간으로는 충분했다.

철혈위사들은 아무도 움직이는 사람이 없었다. 호열의 위협적인 엄포에도 불구하고 아무도 자신의 자리를 이탈하려고 하는 사람이 없었던 것이다.

'후후, 그렇단 말이지. 좋아, 어디 한번 재미있게 즐겨보자고. 난 너희들에게서 내 가능성을 시험할 것이다. 무공비급이 구해지든 아니든 나에겐 앞으로 많은 시간이 필요해. 그 시간을 너희들이 벌어줘야만 한다. 내가 스스로의 능력을 키울 때까지.'

"좋다. 너희들의 각오가 마음에 들었다. 하지만 저 문은 언제든지 열려 있으니 생각이 바뀌면 나가도록 해라. 그리고 나가려거든 내게 보고하지 않고 나가도 좋다. 어차피 난 너희들을 훈련만 시키면 된다. 꼭 너희들 모두를 훈련시키지 않아도 된다는 말이다. 알겠나!"

"옛! 알겠습니다."

"지금 너희들은 각자 지니고 있는 능력이 상당한 차이를 보이고 있다. 내공이 있는 사람도 있고, 또 아예 없는 사람도 있다는 말이다. 하지만 그것은 내가 상관할 바가 아니다. 그러니 너희들은 어떻게든 살아남아 보도록."

"……?"

'후후, 이렇게 되면 문관 녀석들은 모두 포기하겠군. 무를 배움에 있어 내공이 있고 없음은 하늘과 땅 차이만큼 크니. 잘됐어.'

'앞으로 큰일이구나. 모두 같은 상태에서 출발을 하는 것이 아니었다는 말인가? 음…….'

호열의 말에 무관들은 기쁨을 참아야만 했고, 문관들은 씁쓸함을 속으로 삭여야만 했다. 호열의 말은 문관들에겐 너무 불공평한 처사였기 때문이다. 처음부터 너무나 차이가 나는 상태로 훈련에 임해야만 했기 때문이다. 하지만 아무런 말을 할 수가 없었다. 다만 몇몇 앞으로의 훈련에 살아남아야겠다는 오기가 생기고 있었다.

"모두 복장을 갖추었으니 이제 본격적인 훈련에 들어가겠다. 지금부터 너희들은 연무장의 끝에 최대한 붙어서 달리도록 해라. 줄을 맞추어서 달려도 되고 흩어져 달려도 된다. 다만 내가 그만 하라고 할 때까지 쉼없이 달려야 한다는 것이다. 알겠나!"

"옛, 알겠습니다."

"후후, 좋다. 아, 이런… 내가 깜빡하고 너희들에게 말을 안 한 것이 있다. 이것은 너희들이 꼭 알아야 할 것인데, 너희들이 철혈금부에 대해 어떤 생각을 하고 있는지는 잘 모르겠지만 여기는 너희들을 장수로 교육시키는 곳이 아니라는 것이다. 폐하의 엄명에 따라 철혈금부는 장수가 아닌 무사로 교육을 시키는 곳이다. 그럼 이만."

'무사라… 후후, 내 말대로 너희들이 무사가 될지 안 될지는 잘 모르겠지만 이것 하나만은 확실히 알고 있지. 너희들의 체력 하나는 무사들보다 더 좋아질 것이라는 것은.'

"……?"

'이게 무슨 말인가? 장수가 아닌 무사로 키우라니? 폐하께서 어찌…….'

'이건 아니다. 이건 아버님 말씀하고는 너무나 다르지 않은가? 분명 이곳에 있으면 빠른 시일 안에 장수로 성장할 수 있을 것이라 하지 않으셨는가? 아…….'

호열은 마지막 말을 하고는 뒤도 돌아보지 않고 집무실로 올라갔다. 하지만 철혈위사들은 호열의 모습이 보이지 않을 때까지 움직일 수가 없었다. 너무나 생각지도 못한 말을 들었기 때문이다. 호열의 마지막 말, 그 충격의 여파는 상당했다. 철혈위사들의 사고를 한순간에 정지시킬 정도로…….

내가 진실된 마음을 가질 수 있는 곳, 나를 진실되게 대해주는 곳

◆제6장 내가 진실된 마음을 가질 수 있는 곳,
나를 진실되게 대해주는 곳

소림사는 숭산(嵩山)의 소실봉(少室峰) 중턱에 위치하고 있었다.

숭산은 중원오악(中原五嶽)의 하나로 불리고 있었으며, 중원오악은 동악(東嶽)인 태산(泰山)과 서악(西嶽)인 화산(華山), 남악(南嶽)인 형산(衡山)과 북악(北嶽)인 항산(恒山), 그리고 중악(中嶽)인 숭산을 일컫는 말이다.

많은 문인들에 의해 숭산은 그 영명이 하루가 다르게 알려지고 기록되어졌는데, 상서(尙書)에서는 숭산(嵩山)을 외방(外方)이라고 했고, 사기(史記)에서는 태실(太室)로, 산해경(山海經)에서는 반석산(半石山)이라는 말로 기록되고 있었다.

숭산은 태실봉(太室峰)과 소실봉(少室峰)으로 나뉘는데, 소림사(少林寺)는 소실봉의 계곡에 있기 때문에 소림사라는 명칭이 붙여졌다. 원래 소림사라는 이름 자체가 소실봉의 북쪽 숲 속에 있다라는 뜻에서 유래된 것이었다.

소림사는 팔백칠십오 년 전 당나라 효명제(孝明帝) 효창(孝昌) 때 남천축(南天竺)에서 건너온 달마 대사(達磨大師)가 시조라는 말도 있고, 그에 앞서 삼십 년 전 북위(北魏) 태화(太和)시대인 효문제(孝文帝)의 명에 의해 천축(天竺)에서 건너온 발타(跋陀)라는 승려를 위해 건립되었다는 말도 있었다. 하지만 지금에 이르러서는 달마 대사가 남겼다는 역근경(易筋經)과 세수진경(洗髓眞經)이 정파 무공의 구심점이 되고 있는 상황이었기에 달마 대사를 더 높이 쳐주고 있는 상황이었다. 또한 소림사 자체에서도 발타 선사보다는 달마 대사를 시조로 삼고 있었다.

소림사는 유구한 역사를 간직한 곳인만큼 그 규모도 상당했다. 가장 가까운 사례로 고루(高樓)는 원나라 때의 초조암(初祖庵)이며, 본전(本殿)은 송(宋)나라 때의 목조 건축물이었다. 또한 본전의 내부에는 인왕(仁王)과 용(龍) 등을 부각한 석주(石柱)가 있었다. 그 밖에 당과 송나라 이후의 석비(石碑)들이 다수를 이루고 있었으며, 동위(東魏)의 삼존불(三尊佛)과 북제(北齊)의 조상(彫像) 등이 한자리씩을 차지하고 있었다.

그 외에도 소림사를 찾아오는 방문객들을 접대하는 지객당(知客堂)과 본전 앞에는 승려들이 권법을 수련하는 상석(床石)과 함께 무공 연습 장소인 소림삼십육방(少林三十六房)과 소림의 절정고수들인 십팔나한(十八羅漢)들의 거처인 나한전(羅漢殿)이 있었다. 이외에도 노승(老僧)들이 보다 높은 불법을 수도하는 계지원(戒持院)의 양심당(養心堂)과 제자들의 규율을 감독하는 계율원(戒律院)이 있었다. 또한 경내의 깊숙한 곳에는 역대 고승들의 묘와 석탑이 숲의 나무처럼 서 있는 탑림(塔林)과 선대 고승들의 유골과 유품을 모아놓은 조사전(祖師殿), 그리고 장로원인 장생전(長生殿)과 계율을 어긴 승려들을 가두는 참회동(懺悔洞)이 있었다.

이외에도 보리원(菩提院)과 반야당(般若堂), 달마원(達磨院) 등이 있지만 가장 중요한 곳은 뭐니 뭐니 해도 방장이 기거하는 방장실(方丈室)과 각종 무공비급과 불교의 경전들을 보관하고 있는 장경각(藏經閣)이었다.

방장실을 앞뒤로 에워싸고 있는 팔대호원(八大護院), 그 팔대호원에서 얼마 떨어지지 않은 곳에 소림에서 일어나는 각종 일들을 처리하는 곳인 본전이 자리하고 있었다.

중요한 일들을 처리하는 본전답지 않게 그 내부의 전경은 단아한 향기를 가득 담고 있었다. 화려한 치장이나 장식도 없었다. 그러나 절로 엄숙함이 배어 나오고 있었다.

"허허, 여러분들이 이렇게 오시니 자리가 훤해진 것 같습니다. 아미타불……."

가장 상석에는 모임을 주관하고 있는 소림의 주인인 방장이 자리하고 있었다. 방장은 황제나 입을 법한 황금색의 승복을 아무렇지 않게 걸치고 있었다. 또한 머리에는 아홉 개의 계인(契印)이 확연히 보일 정도로 찍혀 있었는데, 계인 하나하나에 감히 범접하지 못할 위엄이 서려 있었다.

"담현(曇玄) 방장께서 어찌 무슨 그런 말씀을……. 그렇지 않아도 이런 자리가 일찍 만들어졌으면 좋았을 텐데, 너무 늦은 감이 있지 않았나 생각됩니다."

단아한 남색의 무복을 입은 중년인이 마주 인사를 하며 말했다. 원래 남색의 의복이 자신의 색인 것처럼 잘 어울렸다. 하지만 언뜻 보이는 예기는 보는 이로 하여금 오금이 저리게 할 정도로 날카롭기가 그지없었다.

"허허, 남궁무연(南宮武鍊) 가주의 말씀이 맞습니다. 하지만 이렇게 모인 것만으로도 그게 어디 쉬운 일이겠소. 허허, 원시천존……."

"허허, 그렇습니다. 비록 한 하늘 아래 있다고는 하지만 우리들이 이런 자리를 갖는다는 것 자체가 중요한 것이지요. 무량수불……."

"빌어먹을, 그만 떠들고 자리에 앉기나 하자고. 그나저나 여긴 먹을 것도 별로 없으니 뱃속의 거지들이 욕하겠구먼."

"하하, 역시 개방(丐房)의 용두호개(龍頭號丐)다운 말일세. 자자, 어서 자리에 앉도록 합시다."

"예, 그러지요. 허허……."

본전 안에 모인 사람들.

어찌 보면 무림을 영도하는 지도자가 모두 모인 것이나 진배없다. 무림의 반을 차지하고 있는 정도무림의 열다섯 곳, 바로 구파일방과 오대세가의 영도자들이 모인 것이다.

그 인원은 비록 열다섯에 불과했지만 이들이 움직임으로 해서 수많은 사람들이 함께 움직이므로 그 영향력은 지대했다. 또한 일견하기에도 모두 중년의 나이를 훌쩍 뛰어넘어 보였지만 다른 사람들을 압도하는 출중한 기도와 범상치 않은 기개가 철철 흘러넘치고 있었다. 모두 일가를 이룬 사람만이 지닐 수 있는 대종사의 기품이 자연스럽게 발산되고 있었던 것이다.

"근 이백 년 만의 모임입니다. 비록 우리들이 개인적으로 만난 적은 몇 번 있었지만 이렇게 공식적인 회합의 자리는 처음이니 중요한 자리라 할 수 있습니다."

"그렇습니다. 이제 원나라도 그 힘을 다했고, 또한 나라 사정도 잘 정리가 되고 있는 것 같으니 다행스러운 일이라 할 수 있습니다. 무량수불……."

"허허……."

담현 방장과 무당의 연정(緣正) 장문인의 연이은 말에 모든 사람들의 고개가 질로 끄덕여졌다.

"그러나 우리가 모인 이유는 즐기자는 차원이 아닙니다. 무림동도들의 단합도 중요하지만 그에 앞서 중요한 것은 진의가 의심되는 현원세가(玄遠世家)와 패왕성(覇王城)의 행보입니다. 자칭 천하제일검가(天下第一劍家)라고 불리고 있는 현원세가가 원나라의 잔당들과 손을 잡았다는 소문이 돌고 있습니다. 또한 패왕성은 요즘 이름을 날리고 있는 군웅들을 대거 끌어들이고 있다고 합니다."

"남궁 가주의 말이 맞습니다. 저도 그 소문을 들었습니다. 빨리 대처하지 않으면 안 될 것 같습니다."

남궁 가주의 말에 같은 오대세가의 일인인 팽덕호(彭悳鷹)가 부연 설명을 했다.

일명 오대세가라고 스스로를 말하고 있는 곳은 소림사와 지척에 자리하고 있는 낙양의 남궁세가와 하북성 한단(邯鄲)의 하북팽가(河北彭家), 산동성 태산의 황보세가(皇甫世家)와 사천성(四川省) 성도(成都)에 자리 잡고 있는 사천당문(四川唐門)이다. 그리고 마지막으로 제갈양(諸葛亮)의 후손으로 잘 알려진 제갈세가(諸葛世家)가 산동성 기수현(沂水縣)에 터를 잡고 있었다.

"솔직히 현원세가에 대한 것은 일찍부터 의심이 되던 사항이었습니다. 하지만 그들은 확실한 무림세가이고, 또 삼성 중 한 분이신 천승검(天乘劍) 현원덕호(玄遠德虎) 전 가주께서 무림에 베푸신 공덕이 있기에 생각하지 못했었고, 또한 알고 있었지만 믿을 수가 없어 화젯거리가 되지 않고 있었던 것입니다."

"음……."

"상황은 심각하게 돌아가고 있다 생각됩니다. 사실 패도(覇刀) 팽덕호 가주가 계시는 하북성과 남궁세가가 있는 낙양은 현원세가가 있는 산서성의 태원(太原)과 그리 떨어지지 않은 곳입니다. 그만큼 소문의 진의도 확실하게 파악할 수 있었을 것입니다. 아마 원나라가 천하를 지배하게 되면서 그 세력을 떨치기 시작한 것에 비추어볼 때, 그 소문은 거의 기정사실로 받아들여도 무난할 것이라 생각됩니다."

조용한 모습으로 앉아 있던 중년인이 자리에서 일어서며 좌중을 향해 말했다.

연한 하늘색 빛의 선비 의복을 입고 있었는데, 그 지모(智謀)가 한눈에 보일 정도로 눈에서 흐르는 정기가 상당한 중년인이었다.

"허, 제갈 가주의 말대로 정말 그렇다면 큰일이 아닙니까? 이것 참… 이렇게 된다면 믿었던 도끼에 발등을 찍힌 격이군요."

"예, 그러나 가장 우려가 되는 것은 강서성(江西省)에 있는 패왕성입니다. 사실 현원세가는 원나라가 북으로 패퇴한 후 무림에 나오지 않고 있습니다. 그만큼 스스로 자중하고 있다고 보아도 무리가 없을 것입니다. 하지만 패왕성은 다릅니다. 패왕성의 전대 성주(城主)였던 혈마(血魔) 독고신검(獨孤神劍)이 물러난 후 그 뒤를 이어받은 검마(劍魔) 독고후(獨孤珝)는 야망이 큰 인물입니다. 원나라가 물러간 후에도 그 세력을 꾸준히 키우고 있는 상황이니, 아마 지금쯤은 상당한 세력을 갖추었을 것입니다."

"명교(明敎)의 교도들도 암묵적인 활동을 계속하고 있는 실정에 우리들에게 패왕성의 존재는 실로 엄청나다 할 수 있겠군요. 아… 아미불(峨嵋佛)께서 어서 세상에 광명을 내려주셔야 할 텐데. 아미타불……."

현검선생(玄劍先生) 제갈현(諸葛賢)의 말에 손에 쥐고 있던 염주를 굴리며 아미타불을 외운 사람은 본전에 모인 사람들 중 유일한 여자인 아미파(峨嵋派)의 주지 아미화수(峨嵋化手) 혜요(惠了)였다.

오십 대의 나이답지 않게 아직까지 윤기나는 피부에 위로 살짝 올려진 아미(蛾眉)가 상당히 인상적인 자태를 뽐내고 있었다.

"솔직히 백련교도(白蓮敎徒)들은 크게 신경 쓸 것이 아니라고 생각됩니다. 이미 삼십 년 전에 나라에서 그들을 마교로 지정하고 있어 무림 활동도 제대로 하지 못하고 있는 실정입니다. 실상 우리가 가장 경계를 해야 할 곳은 진짜 마교입니다. 천마(天魔) 혁무량(赫武亮)이 버티고 있는 마교 말입니다."

"음……."

제갈세가의 가주 제갈현의 말에 모두 공감을 표했다.

사실 일반 무림인들은 모르는 사항이었지만 육십 년 전에 정도와 흑도를 대표하며 삼성(三聖)과 이마(二魔)라고 불리던 절대고수들이 한자리에 모인 적이 있었다. 언제, 어디서, 왜 모였는지는 모르지만 그 후론 아무도 그들을 본 사람이 없었던 것이다. 삼성 중 이성이 몸을 담고 있는 소림이나 무당에서도 성불(聖佛) 혜정(慧精) 대사와 삼풍진인(三豐眞人) 장삼봉(張三峰)의 얼굴조차 볼 수가 없었던 것이다.

"허허, 그러나 이렇게 고민하지 않아도 될 것입니다. 이번 군웅대회를 통해 젊은 인재들이 대거 나타나지 않겠습니까? 아미타불……."

"그렇습니다. 향후 오 년, 오 년입니다. 지금의 황제가 등극한 이후로 그들도 많은 신경을 쓰고 있는 것 같습니다. 그들이 움직인다면 아무리 무림과 황실이 서로 침범하지 않는 것이 관례라고는 하나 무엇보다 백성과 나라의 안정을 바라는 황제가 그들의 행동을 쉽게 허락하지 않을 것입니다."

"그렇습니다. 제갈 가주의 말처럼 빈도가 볼 때 십 년 정도는 우리에게도 힘을 기를 수 있는 시간이 있다는 것입니다. 그러니 이렇게 서둘러 군웅대회를 개최하는 것이 아니겠습니까? 허허허……."

"……."

무당의 장문인인 진용검(眞龍劍) 연정(緣正)의 말에도 가라앉은 분위기는 개선되지 못했다. 그만큼 사안이 너무 심각했던 것이다.

"하하, 그리 걱정하지 마십시오. 우리 곤륜(崑崙)이 있는 한, 아니, 이 오영(悟瀛)이 자리를 지키고 있는 한 마교도 쉽게 발호하지 못할 것입니다. 그들이 중원으로 들어오려면 우리 청해성(靑海省)을 지나야 합니다. 그렇지 않으면 많은 시일을 돌아가야 하는데 곤륜은 그리 쉽게 그들을 통과시키지 않을 것입니다."

운용검선(雲龍劍仙) 오영(悟瀛)이 곤륜파(崑崙派)의 젊은 장문인답게 호언하고 있는 말, 그 말의 진정한 뜻을 모르는 사람은 없었다. 죽음을 불사하고서라도 마교의 발목을 잡겠다는 의기가 깃들어 있었던 것이다.

"음……."

"……."

"허허, 좋은 말씀이었습니다. 그나저나 이제 며칠 남지 않았습니다. 보고에 의하면 무림에 적을 두고 있는 곳은 거의 다 모인 것 같습니다. 멀리 장백에서 온 장백검파의 문인들도 어제 산문에 들어왔다고 하더군요. 실로 좋은 현상이라 생각됩니다. 비록 그들이 세외의 세력이라고는 하지만 그래도 같은 정도를 걷는 입장이니 우리에게 많은 힘이 될 것입니다."

"글쎄요. 솔직히 빈도는 그들이 마음에 들지 않습니다. 아무리 원나라의 횡포가 극에 달해 있었다고는 해도 어찌 그렇게 봉문까지 하며 자신들의 안위만 지키고 있었는지… 또 원나라가 망하자 아무렇지 않게 활동을 시작하는 것은 무엇인지……."

"팽 가주, 그건 어디나 마찬가지가 아닙니까? 솔직히 그 당시엔 봉문을 하지 않고는 문을 유지할 수가 없었지 않습니까? 다 어쩔 수 없었겠지요. 무량수불……."

"허흠, 음……."

"허허, 그만 하시고 이제 군웅대회를 어떠한 방식으로 개최할 것인지나 상의하십시다. 그리고 난 후 앞으로 군웅대회를 통해 선발된 인재들을 교육시킬 방도를 찾아보도록 해야만 할 것입니다. 우리에겐 그리 넉넉한 시간이 없습니다."

"음……."

"그렇게 하십시다. 허허……."

현불(賢佛) 담현(曇玄) 방장의 의견에 얼굴을 붉히던 팽 가주와 공동파(空同派)의 복마선인(伏魔先引) 범광(凡光) 장문인이 마지못해 고개를 끄덕였다.

패도 팽 가주와 범광 장문인은 서로 만난 지 얼마 되지 않았지만 오십 줄을 훌쩍 넘은 다른 장문인들과는 다르게 엇비슷한 연배였다. 또한 그 성격도 서로 비슷해서 자주 말다툼을 하곤 했다. 그것이 지금엔 웃으며 넘길 수 있을 정도로 많이 호전되었지만 처음엔 서로 검과 칼을 빼 들 정도로 심각했던 적도 있었다.

그렇게… 그 밤이 다 새도록 본전의 호롱불은 꺼질 줄을 몰랐다. 점점 아득해지는 무림의 향방에 일말의 반딧불이라도 필요한 상황인 것이다. 그 반딧불을 횃불로, 아니, 태양으로 만들 방안을 돌출해 내기 위해 삼엄한 경비 아래 토론이 이어지고 있었다.

암흑으로 물드는 무림의 희망을 찾아서…….

        *   *   *

남방은 찌는 듯한 더위가 기승을 부리고 있었지만 이곳은 푸른 녹음(綠陰)이 사방에 우거져 병자나 시인묵객들이 삼림욕을 하기에 좋은 날씨를 보이고 있었다. 그러나 근 두 달 동안 이곳을 찾는 일반인들의 발걸음은 뚝 끊겨 있었다. 주변의 빼어난 경치를 구경하기 위해 올 법도 하건만 어찌 된 일인지 한순간에 그들의 발걸음이 뜸해지기 시작한 것이다.

칠월 이십 일.

장장 이백 년 만에 열리는 군웅대회가 장엄한 태양의 떠오름과 함께 시작되려 하고 있었다. 소림, 정도무림의 우뚝 솟은 기둥이라 할 소림에서 드디어 군웅대회를 개최한다는 발표문이 산문에 걸린 것이다.

높이 솟은 녹음으로 인해 힘겹게 뚫고 나오는 햇빛은 보는 이로 하여금 신비함을 느끼게 하고 있었다. 비스듬한 오후의 햇살을 받은 잔디밭 한쪽은 이미 그늘이 지기 시작했지만 사람들의 발걸음은 분주하기 그지없었다.

소림사 본전 앞에 위치한 상석엔 정성을 들여 만들어진 단상이 자리하고 있었다. 바로 젊은 인재들이 자신의 인생을 활짝 펼 수 있는 등용의 장이 될 곳이었다.

단상 주위엔 아침부터 사람들로 인산인해를 이루어 조금이라도 움직일 수조차 없을 정도로 빽빽하게 자리하고 있었다.

장백검과 문인들은 한쪽에 미리 마련되어진 자리를 차지할 수 있었다. 큰 문파에 소속되어 있지 못한 대다수의 사람들은 단상 앞에 마련되어진 공터에 서 있는 반면, 그래도 장백검파에 대한 예우를 소림에서 한 것이다.

"장문인, 그래도 생각보다 심각하지 않은가 봅니다. 처음엔 우리의 자리를 지객당에 배치할 때는 울화가 치밀었는데, 그래도 오늘은 이렇게 자리를 만들어주니 말입니다."

"허허, 사제… 그것은 아직 모르는 일이라네. 아니지, 이미 그들의 의도는 충분히 짐작할 수 있지. 원시천존……."

현운 장문인은 같이 자리를 차지하고 있는 다른 문파의 사람들을 훑어보며 이마에 주름이 지어졌다.

장백검파가 자리하고 있는 곳에는 다른 문파의 사람들도 함께 좌석을 하고 있었다. 하지만 단상 너머 마주 보이는 곳에 자리하고 있는 문파와 비교할 때 너무 차이가 나고 있었다.

단상 너머엔 구파일방의 제자들은 물론 오대세가와 그에 못지않을 정도로 위세를 떨치고 있는 세가들의 문인들이 함께 자리하고 있었다. 한눈에 보아도 중원 정도무림의 주류들이 포진을 하고 있는 것이다. 또한 젊은 후기지수들을 위한 배려로 한쪽에 따로 장소가 마련되어 있었는데 그곳에는 각 문파의 젊은 인재들이 서로 통성명을 하며 얘기를 나누고 있었다.

그에 반하여 장백검파가 자리한 곳에는 이미 세외로 밀려난 문파들이 자리하고 있었다. 멀리 대막으로 넘어가 자리를 잡은 대도문(大刀門)이 옆에 자리하고 있었으며 한때는 중원에서 잘 나가던 해남검파(海南劍派)의 문인들도 보이고 있었다. 구파일방과 오대세가들은 이미 세외 세력으로 인정하고 있는 곳들과 자신들의 자리를 자연스럽게 구분하여 자리를 배정함으로써 장백검파 및 다른 문파들은 이미 세외의 문파로 자리하게 된 것이다.

'이젠 우리들 스스로의 자력으로 살아남을 수밖에 없다는 말인가? 음…….'

현운 장문인은 옆에 앉아 있는 정호와 정수를 바라보았다. 또한 앞으로 큰 도움이 될 운영의 모습도 눈에 들어왔다. 앞으로 장백검파의 행보는 이들 셋이 어떻게 성장하느냐에 따라 크게 달라지게 될 것이라 현운 장문인의 마음은 무겁기만 했다.

'어찌 되었든 이제 모든 것이 명확해졌다. 역시 이 척박한 강호에서 살아남으려면 힘이란 말인가? 힘… 허허.'

현운 장문인이 사색에 잠겨 있는 시각, 아무도 없던 단상 위로 세 명의 사람들이 올라가고 있었다.

가운데 한 명은 현운 장문인도 익히 알고 있는 사람이었다. 그러나 그의 뒤를 따르는 두 명의 젊은 승인들은 오늘 처음 보는지라 안력(眼力)을 돋우어 유심히 바라보았다. 이십 대 초반으로 보이는 두 승인은 한눈에 보아도 총명함이 돋보이고 있었다. 또한 태양 혈이 밋밋한데도 눈에 정기가 흐르고 있어 한눈에 보아도 대단한 수련을 했다는 것을 짐작하게 했다.

"음……."

"……."

현운 장문인뿐만 아니라 옆에서 지켜보고 있던 다른 사람들도 그들의 모습에 신음을 삼켜야만 했다. 자신들도 모르게 문중의 제자들과 비교를 하게 된 것이다.

'확실히 소림은 소림이구나. 저리 뛰어난 인재들이 또 얼마나 더 있

을까? 아…….'

단상을 바라보고 있는 대다수의 사람들이 가지는 공통된 생각이었다. 소림의 이름에 놀라고, 소림의 저력에 놀라고 있는 것이다.

"흠흠, 여러 강호동도 여러분들께서 이렇게 소림을 찾아주셔서 감사합니다. 아시는 분들은 다 아시겠지만 본 사의 지객당을 맡고 있는 각원(覺圓)이라 합니다."

각원은 이곳에 있는 대다수의 사람들이 익히 알고 있는 사람이었다. 소림에 발을 들여놓으면서 제일 처음 만나게 되는 사람이 바로 지객당 주인 금마나한(金摩羅漢) 각원이었기 때문이다.

"소승이 여러 선배님들을 뒤로하고 이렇게 단상 위에 오르게 된 것은, 이제 여러 시주 분들이 기다리시던 군웅대회의 개최를 공식으로 알리기 위함입니다."

"와! 드디어 시작이구나. 내 생에 이런 것을 보게 될 줄이야. 하하하."

"그러게 말이야. 이백 년 만에 열리는 대회이니 많은 사람들이 출전하겠구먼. 장관을 연출하겠어."

"하하, 이거 나도 한번 출전해 볼까?"

"예끼, 자넨 저 젊은 승려들이 보이지도 않는가? 아마 나가면 처음부터 나가떨어질걸? 하하하……."

"하긴… 이거 정말 체면이 말이 아니구면."

각원 대사의 말에 단상 앞에 자리를 잡고 있던 많은 군웅들은 저마다 소리 높여 자신의 목소리를 내느라 정신이 없었다. 이 참에 자신들이 여기에 왔다는 것을 각대문파의 장문인들뿐만 아니라, 소림사가 자리하고 있는 숭산이라도 알아주었으면 하는 바람에서 더욱 소리를 높이고 있었다.

한번 말문이 열린 군웅들은 쉽게 수그러들 줄을 몰랐다. 하지만 각원 대사는 그들이 스스로 조용히 할 때까지 기다리고 있었다. 대소림의 지객당을 맡고 있다는 여유가 각원을 너그럽게 만들고 있는 것이다.

　그러나 각원의 너그러움에도 한계가 있었다. 아무리 기다려도 군웅들의 소음은 잦아들 줄을 모르고 오히려 더욱 높아지고 있었던 것이다. 그에 각원은 방장의 눈치를 조용히 살핀 후 사자후(獅子吼)를 토해냈다.

　"자, 여러분! 모두 조용히 해주십시오! 오늘은 즐거운 날이니 서로 정담을 나누는 것도 좋지만, 이제 행사를 본격적으로 시작하려고 하니 그에 협조를 부탁드립니다!"

　"음……."

　"허, 대단하군."

　"윽! 아이고, 귀야. 이게 무슨 소리야?"

　"귀가 찢어질 것 같은데도 모르겠나? 이게 바로 말로만 듣던 소림의 사자후가 아닌가. 그래가지고 어찌 강호 생활을 하려는지……."

　"뭐야? 누가 그런 것도 모른다고 했냐? 난 그냥……."

　"이제 단상 옆에 앉아 계시는 본 사의 장문인과 여러 선배님들을 대신해서 소승이 군웅대회의 개최를 정식으로 선포합니다."

　각원의 사자후가 다시 시작되자 군웅들의 소음은 그 사자후에 묻혀 버렸다.

　"군웅대회가 본 사에서 개최되는 만큼, 오늘은 본사의 나한전(羅漢殿)에 있는 십팔나한(十八羅漢)들의 무예 시범을 보시고 난 후 내일부터 치러질 군웅대회에 참가하시고자 하는 동도 분들께서는 한쪽에 마련된 곳에 가서 말씀을 하십시오. 하지만 행사 중 사고가 일어나지 않도록 주의하는 차원에서 여러분 스스로 알맞은 곳에 지원을 하시기 바랍니다. 그럼 즐거운 시간이 되시길 바라겠습니다."

"와~"

"십팔나한들의 무예 시범이라… 소림에서 이번에 생각을 많이 했나 보군. 이런 기회가 생기다니 말이야."

"그러게… 십팔나한들이라면 바로 나한전의 절정고수들이 아닌가? 이곳에 오길 정말 잘한 것 같아. 우리들에겐 다시없는 영광이지. 암."

"그렇지. 영광이지. 우리 같은 하수들이 언제 이런 구경을 할 수 있겠는가? 가뜩이나 소림의 절정무공을 말이야. 하하하……."

군웅들의 열화와 같은 함성을 뒤로하고 단상엔 어느새 십팔나한들이 자리하고 있었다. 모두 떡 벌어진 어깨에 기골이 장대하고 눈에 정기가 흘러넘쳤다. 하지만 모든 사람들의 시선은 그들의 모습에 놀라는 것이 아니라 앞으로 펼쳐질 무예 시범에 기대하는 표정들이 역력했다.

"소승은 나한전의 전주를 맡고 있는 각도(覺屠)라고 합니다. 이번에 보이는 시범이 눈에 차지 않으시더라도 널리 양해를 구할까 합니다. 그럼."

스스로를 각도라 밝힌 그는 군웅들에게 합장을 한 후 뒤에 서 있는 십팔나한들에게 고개를 끄덕여 보인 후 조용히 각원이 있는 곳으로 걸어갔다. 시범을 시작하라는 일종의 신호였다.

각도의 퇴장을 시작으로 십팔나한들은 가상의 적을 가운데 두고 있는 형상으로 원을 그리며 넓게 포진을 하는 형상으로 자리했다.

언뜻 보기에는 십팔나한들의 자리 잡은 형상이 나한진(羅漢陣)의 형태를 이루고 있는 것 같아 보였다.

소림의 나한진.

나한진은 무림 역사상 한 번도 무너진 일이 없는 것으로 유명한 소림의 진법이다. 소림사의 무학을 탐내거나 천하에 명성을 떨치고자 소림사에 뛰어든 허다한 고수들이 이 진법 아래 허무하게 무너져 갔다. 그렇듯 나한진은 소림을 상징할 뿐만 아니라 정도무림을 대표하고 있는 절진 중의 절진이었다.

소림이 자랑하는 나한진은 모두 세 가지가 있었다. 바로 지금 시범을 보이고 있는 십팔나한들이 펼치는 십팔나한진(十八羅漢陣)과 십팔나한들을 주축으로 여섯 개의 십팔나한진이 합쳐 만들어진 소림백팔나한진(少林百八羅漢陣)이 있으며, 아직 세상에 한 번도 나오지 않고 있는 오백대나한진(五百大羅漢陣)이 바로 그것이었다.

그러나 십팔나한이 포진한 형태는 소림의 명성을 날리게 해주고 있는 십팔나한진이 아니었다. 소림 무예를 시범 보이기 위해 여러 각도에서 모든 군웅들이 잘 볼 수 있도록 일부러 자리를 잡은 것뿐이었다. 그러나 나한진이 아니라고 해도 보는 이들로 하여금 상당한 위축이 들게 할 정도로 위협적이었다.

"핫! 나한십팔장(羅漢十八掌)!"

"나한십팔장. 헛!"

파팟, 펑! 펑! 펑!

십팔나한의 수좌를 맡고 있는 복호일불(伏虎一佛) 방인(方璘)의 구령을 시작으로 열여덟 명의 나한들이 일사불란하게 움직이기 시작했다. 십팔나한들은 나한보(羅漢步)를 밟아가며 나한십팔장을 시전하기 시작했는데, 보기엔 가벼운 움직임에 공기를 가르는 굉음을 내고 있었다. 처음엔 군웅들이 질러대는 소음보다 굉음이 작아 잘 들리지 않았지만 점점 보이지 않는 막을 형성하며 주변의 공기를 가르기 시작한 것이다.

"허, 비록 절진을 펼치지 않았다고 해도 저들을 맞아 쉽게 승리를 장담할 고수는 몇 없겠소이다. 정말 대단합니다. 무량수불."

"무슨 말씀을… 무당엔 나한진보다 더욱 뛰어난 절진들이 있지 않습니까? 소승이 듣기로 일대제자들이 펼치는 칠성검진(七星劍陣)이나 오행검진(五行劍陣)은 가히 당할 자가 없다고 들었습니다."

"허허, 아닙니다. 아직 나한진을 직접 보지는 못했지만 일대제자도 아닌 저들이 펼치는 위상을 보니 이거 정말 부럽습니다."

"허허허……."

담현 방장은 연정 진인의 말에 절로 기분이 좋아졌다. 비록 소림과 무당은 무예의 근본이 다르다고 하나 암묵적인 경쟁 관계였다. 그런데 그 무당의 장문인에게 빈말이라곤 해도 듣기 좋은 소리를 들었으니…….

"정… 사제, 음… 허허, 어떻게 보는가? 같은 연배로서 정 사제가 어떻게 생각하는지 알고 싶네."

현운 장문인은 운영을 보면서 잘 나오지 않던 사제라는 말을 하게 된 것에 스스로 이상하게 여겨졌던지 머쓱한 표정을 지었다. 하지만 곧 정색을 한 후 자신을 바라보고 있는 운영에게 시선을 고정시켰다.

"예, 장문인. 사실 저도 저들을 보고 놀랐습니다. 처음엔 각기 따로 행동을 하고 있어서 잘 몰랐지만, 지금 저들은 마치 처음부터 한 몸인 것처럼 움직이고 있습니다. 장문인께서 말씀하셨듯이 저들 여러 사람이 하나인 것처럼 움직인다는 진을 형성한 것이 아니라면 놀라운 일이라 생각됩니다."

"그렇다네. 지금 저들은 나한진을 형성하지 않고 있지. 그런데도 저러한 무위를 보일 수 있다는 것은 이미 서로가 한마음이 되었다는 것이네. 역시 소림의 저력은 놀랍네. 저러한 제자들이 또 얼마나 있을 것이며, 또한 저들이 이대로 계속 성장한다면 소림은 얼마나 대명을 누릴 수 있겠는가?"

"하하, 장문인, 그렇다고 그렇게 고심하실 것이 무엇이 있겠습니까? 우리에겐 이제 정 사제가 있습니다. 장문인께서도 보셨지 않습니까? 제가 정 사제의 백초지적도 안 되는 것 말입니다. 그리고 정호도 있고 정수와 정원도 있지 않습니다. 거기다 많은 제자들이 눈에 불을 켜고 지금도 비지땀을 흘리며 수련을 하고 있습니다. 지금은 저들에게 미흡할지 모르지만 앞으로는 아닙니다. 그것은 제가 장문인 앞에 보증하겠습니다."

"허허, 나도 그렇게 생각하네. 사제의 말이 옳아. 암······."

"······."

현운 장문인과 현검 도장의 말을 들으며 정호와 정수 도장은 고개를 숙여 보였다. 하지만 두 주먹을 힘껏 말아 쥐며 속으로 다짐을 하였다. 필히 무림에 장백의 이름을 자신들의 손으로 드높이겠다고.

십팔나한들의 시범은 막바지로 치닫고 있었다. 가장 기본이 되는 나한십팔장으로 시작된 무예는 불영선하보(佛影仙霞步)가 가미된 여영수형퇴(如影隨形腿)를 거쳐 자신들의 주 무예인 관음십팔족(觀音十八足)과 항마연환신퇴(降魔連環神腿)가 펼쳐지고 있는 것이다.

비록 계도(戒刀)을 사용하는 강마도법(降摩刀法)이나 나한도법(羅漢刀法)을 펼치지는 않았지만 십팔나한의 시범을 보게 되었다는 것만으로도 군웅들은 만족해했다.

파파, 팡!

"아······."

"대단하다. 저것이 소림 무예로구나······."

"와~ 최고다. 소림 무예가 최고야!"

무형의 결계가 깨지며 일으킨 소음을 끝으로 십팔나한들의 시범은 끝을 맺고 있었다. 언제 시범을 보였나 싶게 십팔나한들은 처음 서 있었던 자리에 서서 함성으로 답하는 군웅들에게 일제히 합장을 하며 단상을 내려왔다.

"하하, 잘 보셨습니까? 눈에 차셨는지 모르겠습니다."

십팔나한들이 내려간 후 그들의 모습을 지켜보던 각원이 다시 단상으로 올랐다.

"최고였습니다! 정말 대단합니다!"

"맞습니다. 이거 오늘 이 자리에 없었다면 큰일 날 뻔했습니다. 하하하."

"소림, 정말 소림이 왜 소림인지 이제야 알겠습니다."

"정말입니다. 이 당호검객(撞虎劍客) 마충(劘玩) 여기서 개안(開眼)을 하게 됐습니다. 하하하⋯⋯."

당호검객 마충이란 사람이 흥에 겨웠는지 수중의 검을 높이 치켜들며 호탕하게 웃으면서 각원의 말에 환답을 했다. 그러나 주변에 있던 그 누구도 마충에 말에 동조를 하는 사람이 없었다. 그를 아는 사람이 없었던 것이다. 조금이라도 무명이 있다면 알 수도 있겠지만, 그런 기미가 조금도 없었기에 그저 한번 쳐다보는 것으로 족했다. 하지만 마충은 그런 시선에 신경 쓰지 않고 자신의 기분에 도취되어 있었다. 그러한 것은 몇몇 사람들도 그러했다. 그저 군웅대회를 볼 수 있다는 것에 흥분해 있었던 것이다.

"자, 이제 아까 말씀드렸듯이 오늘의 행사는 이것으로 마치겠습니다. 이제 내일부터 치르게 될 대회에 참가하실 분들은 본 사에서 원하는 절차에 따라주시기 바랍니다. 그럼 즐겁게 쉬십시오."

각원은 즐겁게 쉬라는 마지막 말을 끝으로 단상을 내려왔다. 이미 방장과 여러 장문인들은 본전으로 자리를 옮기고 있었기에 더 할 말이 없었던 것이다. 또한 미리 많은 준비를 하고 있었음에도 너무 많은 사람들이 몰려들어 앞으로 대회의 개최에 필요한 사항들을 다시 점검하기에도 빠듯했다.

각원의 설명을 들은 군웅들 중 성미가 급한 사람들은 이미 대회의 참가를 위해 한쪽에 마련되어 있는 곳으로 몰리고 있었다. 어디를 가나 한 사람씩은 있는 마충과 같은 사람들이 이번 군웅대회에는 그 수를 헤아릴 수 없을 정도로 넘쳐나고 있었던 것이다.

소림승들은 갑자기 몰려들기 시작하는 군웅들의 통제를 위해 동분서주(東奔西走)하며 분주하게 움직이고 있었다. 곳곳에선 이미 사소한 분란이 일어난 곳도 적지 않게 있었다. 그러나 군웅들에 비해 턱없이 모자란 인원이 배치된 관계로 군웅들의 통제에 애를 먹고 있었다.

"자, 우리는 나중에 가도록 하자. 이런 추세라면 오늘 다 끝내지 못할 것 같으니……."

"알겠습니다. 그럼 객방을 드시지요."

"알았다. 현검 사제와 정 사제도 같이 가세. 그리고 정호와 정수, 정원도 따라오거라. 너희들에게 당부할 말도 있고, 또 따로 할 말도 있으니. 그리고 너희들은 다른 문중과 사고가 일어나지 않도록 주의를 하도록 하라."

"옛, 장문인. 따로 행동하는 일없이 장문인께서 나오실 때까지 객방에 있겠습니다."

"그래, 알았다. 그럼 들어가세."

"예……."

어수선한 분위기에 쉽게 어울릴 수 없었던 장백검과 문인들은 현운 장문인을 따라 객방으로 들어갔다. 그러나 현운 장문인은 제자들이 밖으로 나가 함께 어울리고 싶어한다는 것을 잘 알고 있었다. 그러나 쉽게 밖으로 내보낼 수가 없었다. 이미 세외의 세력으로 인식되고 있는 마당에 자칫 제자들이 다른 문파와 분란이라도 일어나면 여간 골치가 아픈 일이 아니었기 때문이다.

제자들도 그러한 장문인의 의중을 알고 있었다. 그에 장문인의 마음을 헤아려 되도록 심기를 어지럽게 하지 않으려 노력하고 있었다.

현운 장문인은 문인들을 다독거린 후 운영과 자신의 제자들을 데리고 머물고 있는 방으로 들어갔다.

"현검 사제와 정 사제는 이리로 앉게. 그리고 너희들도 이리 앉거라."

"예, 장문인."

"예, 사부님……."

현운 장문인을 중심으로 원탁엔 다섯 명이 빙 둘러앉았다.

"음… 내가 이렇게 모이게 한 이유는 앞으로 우리가 헤쳐 나가야 할 길의 대안으로 한 가지 방도를 실행할까 해서네."

"예? 장문인, 대안이라니요? 무슨 좋은 방도가 있다는 말씀입니까?"

"이제 사제도 알고 있어야 할 것 같아서 들어오라고 한 것이네."

"하하, 알겠습니다. 어서 말씀해 보시지요."

"……."

현검 도장의 말에 모두의 시선은 장문인에게 고정되어 있었다.

"사제도 알겠지만 우리 장백엔 금단(禁斷)의 무공이 있네. 바로 금단선공이지."

"예, 어찌 그것을 모르겠습니까. 조사님의 유품인데요. 하지만 이젠 그것에 대한 연구를 논할 수 없다는 것을 아시지 않습니까? 장문인께서 새삼스럽게 왜 또 그 얘기를 꺼내시는지……."

현검 도장은 조심스럽게 현운 장문인의 안색을 살피며 물었다. 사실 현검 도장도 한때 금단선공에 대해 많은 의구심이 들어 연구를 해볼까 하는 생각도 있었지만, 워낙 원로원의 강한 반론에 부딪쳐 제대로 본 적도 없었다.

원로원의 취지는 확고했다. 장장 구백 년에 이르도록 풀지 못한 비밀에 매달리는 것보다는 보다 현실적인 것에 문파의 힘을 집중하자는 생각이었다. 그것은 지금도 마찬가지였다.

"사실 난 얼마 전에 금단선공의 비밀을 풀 수 있었네."

"옛? 저, 정말입니까? 장문인, 정말로 그 비밀을 풀었단 말입니까?"

"사, 사부님. 정말로 금단선공의 비밀을 풀이하셨습니까? 아……!"

"아… 사부님께서 드디어……!"

"……?"

현운 장문인의 말을 듣자마자 현검 도장은 자리에서 벌떡 일어서서 목청을 높였다. 또한 정호와 정수 도장은 물론 정원도 함께 일어서며 현운 장문인의 말에 확답을 구했다. 그러나 아직 금단선공이 무엇인지 모르는 운영은 눈만 멀뚱멀뚱 뜨며 상황을 지켜볼 뿐이었다.

"모두 임 대협의 공이지. 내가, 아니, 우리가 임 대협을 만난 것은 조사님의 은덕인 것 같네."

"임 대협이요? 장문인, 그건 무슨 말씀인지……?"

"난 사실 원로원 장로들 모르게 금단선공을 연구하고 있었네. 그러나 별다른 성과가 없었지. 그런데 얼마 전 임 대협을 만나게 된 것이네. 아마 사제도 기억이 날 거야. 장백에서 처음 임 대협을 만났을 때를 말이야. 사실 그땐 잘 몰랐는데, 그 후에 다시 만나게 되면서 깨닫게 됐지. 임 대협에게 금단선공과 비슷한 기운이 느껴진다는 것을……."

"아……."

"사실 많이 망설였네. 비록 사문에서 금서로 지정을 했지만 그건 어디까지나 후학들의 정진을 위한 것이었지 쓸모없어서 그런 결정이 내려진 것이 아니지 않는가. 원시천존……."

"그렇지요. 어찌 조사님의 마지막 유품을 가지고 금서로 정했겠습니까?"

"그렇습니다, 사부님."

현검 도장과 정호가 현운 장문인의 말에 크게 고개를 끄덕이며 동조를 했다.

"그렇게 많은 시간을 고민하다 큰마음을 먹고 임 대협에게 얘기를 했지. 다행히 임 대협은 우리 문중의 사정이 딱하다는 것을 알고는 흔쾌히 도움을 주었지."

'설마? 형님께서 내게 해주신 것처럼?'

"장문인, 형님께서 어떻게 도움을 주었다는 것입니까?'

운영은 예전에 있었던 일을 상기하며 현운 장문인의 얘기 중간에 끼어들었다.

"음… 사실 이렇게 되었으니 이 말을 하지 않을 수가 없겠지. 나는 임 대협에게 금단선공을 모두 보여주었네. 도움을 청하는 데 무엇을 꺼리겠는가? 지금도 난 그때의 일에 대해 내 생에 가장 잘한 일이라고 생각하네."

"아… 그렇군요."

'그렇구나. 하긴… 형님께선 이젠 어느 누구한테도 그런 일을 하지는 않는다고 하셨으니. 언제나 생각하는 것이지만 정말 형님의 능력이 어디까지인지 모르겠구나. 더구나 이젠 장문인의 일에 도움을 주셨다니… 형님을 언제나 볼 수 있을까? 휴……'

운영은 호열의 얼굴을 생각하며 천천히 고개를 끄덕였다.

"잘 알았습니다. 잊어버렸다고 생각하던 금단선공을 다시 찾게 되었는데 어찌 다른 생각을 하겠습니까? 저도 장문인의 처사엔 아무런 잘못이 없다고 생각합니다. 그리고 보니 임 대협과 우리 장백하고는 전생에 적지 않은 인연이 있었나 봅니다. 하하하……."

"허허, 사제가 그렇게 말을 해주니 고맙구먼. 원시천존……."

"사부님, 감축드립니다."

정호와 정수, 정원은 현운 장문인의 앞에 무릎을 꿇으며 축하를 했다.

"허허, 고맙구나. 하지만 우리 장백의 영명을 드높이는 것은 이제부터 시작이다. 모두 너희들 하기에 달려 있다는 말이다. 그러니 너희들은 부단한 노력을 아끼지 말아야 할 것이다. 알겠느냐?"

"옛, 사부님. 지금보다 더욱 열심히 수련에 임하겠습니다. 지켜봐 주십시오."

"그렇습니다, 사부님. 사형을 따라 더욱더 열심히 수련을 하겠습니다."

"예, 저도 열심히 해서 사부님의 영명에 누를 끼치지 않도록 하겠습니다."

"허허허… 그래, 그래야지. 암……."

현운 장문인은 자신의 제자들이 믿음직스러웠다. 너무나 대견해 보인 것이다.

"자, 이제 내가 너희들을 부른 진정한 목적을 말하겠다."

"옛, 제자들 두 귀를 씻고 사부님 말씀을 경청하겠습니다."

"그래, 사실 나는 소림까지 오면서 많은 생각을 해보았다. 과연 내가 할 수 있는 일이 무엇인가 말이다. 그러던 중 좋은 생각이 떠올랐다. 비록 내 궁여지책(窮餘之策)이 현실을 타파할 수는 없다고 해도, 앞으로 오 년이 지난 후엔 당당히 우리의 입지를 높일 수 있게 될 것이다."

"……."

"현검 사제, 자네도 이젠 내가 왜 자네까지 불렀는지 알겠지?"

현운 장문인은 한쪽에 앉아 침묵을 지키고 있는 현검 도장을 바라보았다.

"음… 비록 제가 검에 미쳐 사리에 밝지는 않지만, 장문인의 말씀을 들으니 어느 정도는 짐작할 수 있습니다. 하지만 제 생각으론 장……."

"알았으면 되었네. 더 이상은 말하지 말게나."

"음……."

"……?"

현검 도장의 말을 중간에서 자른 현운 장문인은 이내 두 눈을 지그시 감아버렸다.

그런 현운 장문인의 모습에 현검 도장도 인상을 찡그렸다. 하지만 다른 말은 하지 않았다. 스스로도 어쩔 수 없다는 생각이 들었던 것이다.

"휴… 이제 말하겠다. 정호와 정수, 그리고 정원은 사부의 말을 잘 듣도록 해라. 아니, 이 사부의 말을 너희들이 어떻게 받아들이든 이해해 주기 바란다."

"사부님, 말씀하십시오. 비록 제자들의 목숨이 필요한 일이라고 해도 이 제자는 사부님의 말씀에 따르겠습니다."

현운 장문인과 가장 많은 시간을 보내며 지내온 정호, 이미 현검 도장과 장문인의 말에서 사부의 마음을 헤아릴 수 있었다.

"허허, 그래. 음……."

현운 장문인은 자신의 수제자인 정호의 말을 들으며 안타까운 마음을 금할 수가 없었다. 비록 정수와 정원보다 크게 나이 차이가 나지는 않았지만 정호는 현운 장문인의 대제자로서 그 마음 씀씀이가 넘치고도 남았다.

"사실 이 사부는 지금 이 자리에서 너희들에게 금단선공의 구결을 전해줄 생각이다. 너희들의 뛰어난 오성이라면 십 일 안짝으로 구결의 상당 부분을 이해할 것이라 여겨진다."

"……."

"그러나 오늘, 나는 차마 사부로서 하지 못할 말을 하게 되었구나. 이 못난 사부는 오늘 너희들의 사부로서보다는 장백검파의 장문인으로서 대해야 한다. 이렇게 할 수밖에 없는 이 사부의 맘을 헤아려 주기 바란다."

"…예, 사부님……."

현운 장문인의 침통한 말에 세 제자들은 차마 고개를 들지 못하고 고개를 끄덕였다.

"처음 나는 혼자의 힘으로 문을 일으킬 수 있다고 생각했다. 그러나 그것은 나의 잘못된 판단이었다."

현운 장문인은 오늘의 구파일방과 오대세가의 위세를 간접적으로 경험하면서 많은 생각을 했다. 또한 젊은 후기지수들을 보며 고개를 저을 수밖에 없었다.

"며칠 전에 나는 금단선공을 삼성가량 익힐 수 있었다. 하지만 앞으로 내가 원하는 경지에 이르기 위해서는 보다 많은 세월이 흘러야만 할 것이다. 또한 오늘부터 수련할 너희들도 마찬가지일 것이다. 그에 나는 우리 장백의 앞날을 위해 정호, 너의 희생을 강요하게 되었구나……."

"음……."

"……?"

현운 장문인의 말은 그 후에도 계속 이어졌다.

호열과 함께 금단선공을 연구하면서 했었던 말들, 조사이신 자허 진인의 숨겨진 비사, 금단선공의 위력, 또한 마지막으로 자허신단에 대한 것들…….

현운 장문은 마지막 날 호열과 나누었던 그때의 계획을 지금 실천에 옮기려고 하는 것이다. 막연히 생각만 하고 있었던 일을, 그저 없었으면 했던 일을…….

현운 장문은 자신과 대제자인 정호, 금단선공을 빠른 시일 안에 대성할 수 있는 두 사람의 희생으로 어둠으로 막혀 있는 장백의 앞날을 밝혀보자는 것이었다.

현검 도장은 이미 어느 정도 예상을 하고 있었기에 장문인의 말을 들으며 두 눈을 감아야만 했다. 그러나 평소 강철 같은 성품의 소유자인 그도 장문인의 희생에 눈물을 흘려야만 했다.

"사부님, 아니 됩니다. 사형에 대한 말씀은 거두어주십시오. 차라리 사형 대신 제가 하겠습니다."

"아닙니다, 사부님. 제가 하겠습니다. 정호 사형은 사부님의 뒤를 이어 장백을 이끌어가야 합니다. 또한 정수 사형은 그런 대사형의 든든한 방패가 될 것입니다. 그러니 제가 할 수 있게 해주십시오!"

"음……."

"허허……."

사형을 생각하는 제자들의 간절한 주청을 들으며 현운 장문인과 현검 도장은 가슴이 찢어지는 것을 느끼고 있었다.

사실 현검 도장의 마음도 그리 편하지 않았다. 이미 자허신단을 장문인이 복용했다는 것을 들었기에 메어지는 가슴만 탓할 뿐이었다.

'휴… 하늘도 무심하시지. 어찌 우리 장백에 이런 시련을 주시는 것인지…….'

현검 도장은 안쓰러운 눈으로 현운 장문인을 바라보았다. 아무런 말도 못하고, 볼을 타고 흐르는 눈물도 닦지 못하고 바라만 볼 수밖에 없었다.

"사제들은 그만 해라. 어찌 사부님이 계신 앞에서 그리 약한 모습을 보인단 말인가! 비록 내가 못났다고는 해도 사제들의 대사형이다. 사제들의 희생을 바라만 볼 수는 없다!"

"하지만 사형, 이 일은……."

"대사형……."

"그만, 그동안 사제들에게 아무것도 해준 것 없이 대사형이라 불리어 미안한 마음을 가지고 있었는데, 오늘 사부님께서 이런 내 마음을 아시고 이렇게 기회를 주시는 것이다. 그러니 사제들은 더 이상 이 일에 말을 아껴라. 알겠느냐!"

"음……."

정색을 하며 말하는 정호의 말에 정수와 정원은 더 이상 말을 할 수가 없었다. 그러나 굳게 다문 입술 위 두 눈에는 뜨거운 눈물이 흐르고 있었다.

"흠흠, 저… 장문인, 말씀을 들어보니 이 자리는 제가 있어야 할 자리가 아닌 것 같습니다. 그러니 저는 이만 나가는 것이 좋겠습니다."

"허허, 아니네. 솔직히 이 자리가 정 사제에게 부담이 되는 자리라는 것을 알면서도 이렇게 일부러 청한 것이네."

"옛? 일부러 청하셨다고요? 왜?"

비록 장백검파에 몸을 위탁하게 되었지만 운영은 자신이 있을 자리가 아니라는 생각이 들었다. 그에 어려움을 무릅쓰고 자리를 일어서려고 했다. 그러나 현운 장문인의 얘기치 않은 말에 도로 앉아야만 했다.

"정 사제, 사제도 여기에 있게. 사실 임 대협에게도 그렇지만 사제에게도 나는 같은 마음이라네. 앞으로 장백검파를 지켜줄 사람은 사제밖에 없다는 것을 나는 잘 알고 있네. 임 대협도 그러한 생각에 사제를 우리와 함께 떠나보냈다고 생각하네."

"음……."

'그럴지도… 사실 요즘 그러한 생각이 들기는 하지만.'

처음엔 아무 생각이 없었지만 장문인의 의견에 따라 현검 도장과 대련을 벌이면서 그러한 생각을 가지게 되었다. 가만히 생각해 보면 내공은 출중하지만 실전 경험이 전혀 없는 자신을 위해 자파의 절정고수와 대련을 시킨 일이나 장백에 적을 두게 되는 과정에서 석연찮은 일들이 한둘이 아니었다.

"사제가 나와 우리 장백검파에 대해 어찌 생각하는지 모르겠지만, 음… 장백은 사제의 도움이 절실히 필요하네. 요 며칠 사제의 성장을 지켜보면서 더욱 그러한 마음이 들었지. 제발 도와주게……."

"아……."

운영은 현운 장문인의 직접적인 부탁의 말에 할 말을 잊었다. 그렇게 운영은 한동안 아무런 말을 할 수가 없었다.

'장백… 솔직히 어릴 적부터 꿈에 그리던 곳이 아닌가. 사실 부모님께 말씀을 드리지는 않았었지만, 어릴 때 아버지께 무림에 대한 것을 듣고 용정에 가서 장백검파에 대한 소문을 들었을 때 얼마나 들어가고

싶었던 곳인가. 내게 형님과의 인연이 없었다면 지금의 이 자리도 없었을 것이다.'

운영의 뇌리에 주마등처럼 장백산에서의 일들이 떠올랐다가 사라지기를 반복하고 있었다. 부모님의 모습과 항상 따뜻하게 감싸주던 마을 사람들의 모습들, 정겨운 산세, 비지땀을 흘리며 목검을 휘두르던 자신의 모습, 우중(雨中) 호열과의 만남, 천고의 내공을 얻은 기연 등등 모든 것이 장백에서의 인연들이었다.

'그래… 내가 가야 할 길은 이 길인가 보다. 장백에서 태어나 장백에서 살아온 내가 어디를 가겠는가? 장백검파가 한족(韓族)이 주축을 이루는 곳이라는 것과 내가 한족(漢族)이라는 것, 그러한 것들은 중요하지 않을지도 모른다. 내가 진실된 마음을 가질 수 있는 곳, 나를 진실되게 대해주는 곳, 그곳은… 장백이다. 장백검파! 후후… 사나이로 태어나 인생을 걸 만한 일이 있다면 좋은 일이겠지. 음… 아마도 형님께선 이미 이러한 내 마음을 아셨을지도…….'

"장문인, 이렇게 저를 믿어주셔서 고맙습니다. 제가 죽는 순간까지 앞으로 저는 장백과 함께하겠습니다."

"고맙네. 정말 고맙네, 사제……."

"아……."

운영의 결의에 찬 말에 모두의 눈동자에선 장엄한 장백의 산수(山水)가 보이는 듯했다. 굽이굽이 물결치듯 흐르는 장백의 산맥처럼 모두의 가슴엔 장백의 혼(魂)이 그려지고 있는 것이다.

제 7 장

사분은 원분이 아닙니다. 사분은 사분이지요

사본은 원본이 아닙니다. 사본은 사본이지요

　

대회에 출전을 하겠다는 사람들이 너무 많이 몰려들어 그날 저녁 구파일방과 오대세가의 영수들은 긴급 회의를 해야만 했다. 참가하고자 하는 사람들의 마음을 모두 헤아려 주기로 한 것이다.

처음엔 이미 각 지역에서 명성을 날리고 있는 고수 급들이나 그 지방의 젊은 인재들을 위주로 대회를 개최할 생각이었다. 그러나 진흙 속에서 진주를 얻는다는 옛 고사성어를 상기하자는 것과 군웅들에게 일종의 소속감도 줄 수 있다는 무당 연정 장문인의 말에 모두 고개를 끄덕이며 찬성을 한 것이다.

소림에서 군웅대회를 개최하기는 하지만 그것은 어디까지나 앞으로 일어날지도 모를 불미스러운 일에 대한 대처 방안이 목적이었다. 젊은 인재들을 찾아 체계적인 훈련을 시키겠다는 명분으로 시작된 것이다. 그러나 지금은 군웅대회에 참가하려는 모든 사람들에게 일종의 자기

보상 심리도 포함되었다. 대회에 참가하게 된 군웅들은 추후 정도무림의 밑거름 역할을 톡톡히 해낼 것이기에.

삼 일 동안 접수를 받은 후 본전 회의에서 나온 급조된 절차에 따라 다음날부터 대회 참가자에 한하여 통과 절차를 치르게 되었다. 그러나 인원이 너무 많기에 대다수의 군웅들이 수긍할 만한 인물들과 세외 문파의 제자들에 대해서는 통과 절차가 생략되었다. 몇몇 사람들은 이런 공고문에 불만을 토하였으나 그들의 말은 일절 받아들여지지 않았다

공고문에 적혀 있는 통과 절차는 간단했다. 오백 근(斤)이 나가는 돌을 삼 장 정도 옆으로 움직이는 것과 오 장 정도 되는 모래 위를 발자국 없이 넘어가는 것, 그리고 마지막으로 열 자 두께의 백강석에 삼 촌(寸) 정도 자신의 흔적을 남기는 것이다. 그것이 자신의 무기를 사용하든 적수 공권에 의한 것이든 상관없었다.

그러나 이러한 절차가 적힌 공고문에 대다수의 사람들은 고배의 쓴 잔을 마셔야만 했다. 소림에서 원하는 절차를 모두 통과할 수 있는 고수는 내공이 일 갑자 이상 되는 일류고수들뿐이었기 때문이다.

이런 절차를 치르는 시간만 십 일이 걸렸다. 일만이 넘는 사람들이 지원해 일차적으로 오백 명이 넘는 인원이 통과한 것이다.

"허허, 정말 강호엔 사람이 많습니다. 비록 시일이 많이 늦춰지기는 했지만 우리에게 적지 않은 보탬이 되었습니다. 아미타불."

"그렇습니다. 방장의 말씀대로 보름이라는 시일은 우리가 얻은 것에 비하면 아무것도 아닙니다. 빈도도 솔직히 놀랐습니다. 오백의 인원 중에 젊은 후기지수들이 반수에 이른다니. 허허……."

"그러게 말입니다. 그러한 것을 비추어볼 때 결코 정도무림의 앞날이 어두운 것만은 아니라는 생각이 들었습니다. 그들을 영도하는 곳엔

또 얼마나 많은 인재들이 있겠습니까? 하하하."

"그렇습니다. 원나라의 탄압에서 살아남은 것만 해도 대단한데, 이름이 생소한 작은 문파에서 이렇게 젊은 고수들을 배출하다니……."

임시 회의실로 사용되고 있는 본전에선 일차 대회에 통과한 오백의 고수들을 놓고 화기애애한 대화가 오가고 있었다.

"하지만 지금부터가 시작일 겁니다. 내일부터는 우리들은 물론 중원에서 명성이 높은 문파에서뿐만 아니라 세외의 고수들도 출전하게 될 것입니다. 사실 이번에 우리의 제일목적이 그것 아닙니까. 세외문파의 감추어진 실력을 알고자 하는 것 말입니다."

"당(唐) 가주의 말이 맞습니다. 특히 대검문과 해남검파의 실력을 눈여겨봐야 할 것 같습니다. 지리상 대검문은 현원세가와 손은 잡을 확률이 클 뿐만 아니라 해남검파도 요즘 패왕성과 자주 왕래를 한다고 합니다."

"그렇겠지요. 사실 해남검파나 대검문의 위세가 아무리 크다고 해도 그들에게 고개를 숙일 수밖에 없을 겁니다. 그들도 그러한 것을 잘 알기에 이번 군웅대회에 참가하려고 하는 것일 겁니다. 우리들과의 조우를 바라며 말입니다. 하지만 제 생각엔 대세에 따르겠지요."

"대세라 함은 무슨 뜻입니까? 제갈 가주께서는 자세히 말씀해 주시지요."

그동안 아무런 말 없이 듣고만 있던 종남파(終南派)의 현청(玄淸) 장문인이 제갈현에게 물었다.

"예, 아마도 그들은 우리와 그들 간의 세력 차이를 비교할 것입니다. 이번에 참가한 목적도 실은 그것일 겁니다. 그들도 원나라의 패망으로 힘의 공백 상태나 다름이 없는 중원으로 진출하려는 생각을 가지고 있겠지만, 그들의 앞에는 현원세가나 패왕성이 버티고 있습니다. 쉽게 그들을 제치고 중원으로 들어올 수 없다는 것이지요. 그렇다면 그들이 택할 방법은 단 하나입니다. 자신들의 지분을 약속받는 대가로 힘을 합치는 것이지요. 이것은 제 생각이지만 일어나지 않았으면 하는 바람입니다. 그렇게 되면 우리들에겐 커다란 위협이 될 것이기 때문입니다."

"허, 아미타불……."

"무량수불… 그런 일이 일어나지 말아야 될 텐데… 음……."

"원시천존……."

제갈 가주의 논리있는 말에 모두의 얼굴엔 침울함이 가득했다.

"그렇다면 장백검파는 어떻습니까? 그들도 중원으로 진출하려고 할 텐데요. 제가 알아본 바에 의하면 그들은 한 달 전 이미 북경에 분타를 만들었다 합니다."

"허, 그들의 행동이 그와 같다면 정말 대담하군요."

"그러게 말입니다. 북경이라면 앞으로 황도가 될 곳이 아닙니까? 황제의 성정으로 보아서는 가만히 있지 않을 텐데……."

"황제가 뭘 어쩌겠나! 엄연히 황법과 강호의 법은 다른데. 그들도 그것을 알기에 그런 것이지. 장문인이 누구인지는 모르지만 아마 우리 개방에 적선을 하지 않고선 거기에 발을 붙일 수 없을걸. 그렇지 않은가?"

"그렇습니다. 천하의 개방이 그곳에 자리를 잡는다면 그들이 어디 버틸 수나 있겠습니까? 기껏 장백산 근방에서나 이름을 날리던 곳인데 말입니다. 하하하."

남궁 가주가 최고 연장자인 용두호개 궁여상의 말에 크게 웃으며 동조를 했다.

"하하… 여러분, 그리고 황 사주께선 그런 걱정은 하지 않으셔도 될 겁니다. 우리 팽가가 하북을 지키고 있는 한 그들의 의도가 어찌 되었든 곧 자신들이 있던 곳으로 돌아가야 할 것입니다."

"허허… 그래야지요. 그렇고말고요."

"하하하, 정말 호탕한 말씀이었습니다."

"하하하."

"음……."

"허……."

팽덕호(彭惠鳳)의 자신만만한 말에 모두의 얼굴에선 미소가 어렸다. 침울한 분위기가 깔리고 있던 본전에 오랜만에 웃음소리가 터진 것이다.

그러나 그런 모습을 바라보고 있던 소림의 담현(曇玄) 방장과 무당의 연정(緣正) 장문인, 그리고 점창파(點蒼派)의 일양자(一陽子) 현천(玄天) 장문인은 웃을 수가 없었다. 대회 개최를 고하던 그날, 그들은 장백검파의 문중 속에서 심상치 않은 기운을 느낄 수 있었기 때문이다.

정오에 시작한 본전의 회의는 웃음을 끝으로 화기애애하게 끝나고 있었다.

"방장님, 각원입니다."

"응? 네가 여기엔 무슨 일이냐?"

갑자기 들려온 각원의 말에 모두의 이목이 담현 방장에게 쏠렸다.

"예, 잠시 드릴 말씀이 있습니다."

"음… 알았다. 이리 들어오너라."

"예, 그럼 잠시 들어가겠습니다."

방장의 허락을 받은 각원은 조심스럽게 문을 열며 안으로 들어왔다. 본전엔 사문의 방장뿐만 아니라 각 문파의 최고영수들이 함께 자리하고 있었기에 조심하는 모습이 역력했다.

"그래, 무슨 일 때문에 왔느냐? 어서 말해 보거라."

"예, 다름이 아니라… 본전 밖 지객당 앞에 황궁에서 사자가 와 있습니다. 그래서……."

"황궁에서 사자가?"

"황궁? 아니, 황궁에서 왜?"

각원의 말에 귀를 기울이던 구파일방과 오대세가의 영수들은 놀람을 감추지 못했다. 황궁에서 사자가 올 줄은 짐작도 하지 못하고 있었기 때문이다.

"그것까지는 잘… 어떻게 할까요?"

"음… 우선은 같이 나가보자. 그럼 여기들 계시지요. 잠시 밖에 나갔다가 오겠습니다."

"아닙니다, 우리도 함께 나가는 것이 좋겠습니다. 어차피 황궁에서 사신이 왔다면 이번 군웅대회 때문일 것이니 이곳으로 들어올 것이 아닙니까? 그러니 이 참에 같이 나가셨다가 들어오는 것이 좋을 것 같습니다."

"음… 제갈 가주의 말이 옳을 것 같습니다."

돌아가는 상황을 주시하던 제갈현의 말에 모두 수긍을 했다. 또한 강호의 지자(智者)라 불려도 모자람이 없다는 생각이 모두의 뇌리에 다시 한 번 각인되기도 했다.

"허허, 그럼 그렇게 하시지요. 각원은 안내를 하거라. 아니다, 우리들은 본전 앞에 있을 것이니 네가 사자를 안으로 모시거라."

"예, 방장님."

각원은 방장의 명에 고개를 숙인 후 본전을 나가 지객당 쪽으로 빠르게 걸어갔다. 조금 후 그 뒤를 각 문파의 영수들이 담현 방장의 뒤를 따르며 본전 밖으로 나갔다.

"음……."

'정말 황궁에서 온 사자구나. 하지만 황궁에서 군웅대회 때문에 일부러 사자를 보내지는 않았을 것인데… 응? 저들의 복장은? 저것은 금의위의 복장이 아닌가? 금의위가 왜?'

멀리 각원의 안내를 받으며 걸어오고 있는 사람들이 제갈현의 눈에 들어왔다. 일찍이 황궁에 몸담고 있는 인물들의 복장을 본 적이 있기에 한눈에 알아볼 수 있었다.

"방장님, 황궁에서 온 사자를 모시고 왔습니다."

"그래, 알았다. 너는 그만 물러가 있거라."

"예, 그럼……."

방장의 말에 얼른 고개를 숙여 보인 후 각원은 빠르게 뒤로 물러났다.

"먼 곳까지 이렇게 오시느라 고생이 많으셨습니다."

"아닙니다. 저는 황실 금의위 소속으로 있는 근섭(斤燮)이라 합니다."

자신의 이름을 밝힌 근섭은 조용히 방장의 말을 기다렸다. 아무리 무림과 황실의 벽이 높다고 해도 금의위 영반인 자신의 이름 정도는 알고 있을 것이라 생각한 것이다. 그러나 방장의 입에선 아무런 말도 나오지 않았다. 그것은 다른 사람들도 마찬가지였다.

'뭔가? 정말로 저들은 나를 모른다는 말인가? 이것 참……'

근섭은 어이가 없었다. 자신의 생각이 처음부터 빗나간 것이다.

담현 방장이 아무런 말 없이 서 있자, 그 모습을 바라보고 있던 제갈현이 앞으로 나서며 담현 방장에게 조용히 물었다. 담현 방장에게 전음으로 알려주어도 되는 일이었지만 그것은 황제의 칙령을 받아 먼 곳까지 온 사자에 대한 예우가 아니라는 생각이 들었던 것이다.

"방장님, 제가 나서도 되겠습니까?"

"허허, 그렇게 하시지요."

"예, 그럼… 저는 조그마한 제갈세가를 책임지고 있는 제갈현이라 합니다. 이렇게 금의위의 영반을 뵙게 되어 영광입니다."

'금의위의 영반? 그럼 저 사람은 일반 사신이 아니었다는 말인가? 음……'

제갈현의 말에 모두의 시선은 다시 근섭에게 고정되었다.

'이제야 나를 알아보는 사람이 있구나. 그나저나 제갈세가라면… 헉, 정말 그 제갈세가를 말함인가? 음……'

근섭은 제갈현의 말에 신음을 삼켰다. 또한 근섭도 자신의 앞에 당당히 서 있는 인물들이 모두 범상치 않은 사람들이란 것을 새삼 깨달아야만 했다.

"아닙니다. 어찌 제가 대제갈세가의 가주 앞에 고개를 뻣뻣이 들겠습니까? 그런데… 그럼 함께 자리하고 계시는 분들은……?"

"예, 이분들은 구파일방의 장문인들과 오대세가의 가주들 되십니다. 이거 말이 나온 김에 서로 인사들 나누시지요."

"아, 초면에 실례가 많았습니다. 다시 한 번 인사를 드립니다. 금의위 영반 근섭이라 합니다."

"허허, 담현 방장은 아실 것이니 제가 먼저 인사를 드리겠습니다. 빈도는 무당의 연정이라 합니다."

"빈도는 화산의 호영검(孤榮劍)이라 합니다.

"하북팽가의 팽덕호라 합니다. 언제 황도가 북경으로 옮겨질지는 잘 모르겠지만, 앞으로 잘 부탁합니다. 하하하."

"아……."

제갈현의 빠른 상황 대처에 근섭과 무림의 영수들은 서로 통성명을 하게 되었다.

평소 소문이 자자하던 구파일방과 오대세가의 가주들과 인사를 나누면서 근섭의 안색은 어색할 수밖에 없었다. 황제의 칙령을 어김없이 수행하기엔 소림에서 만난 사람들의 위명이 너무나 대단했기 때문이다. 비록 황제가 명하는 일이지만 근섭의 영향력 밖의 인물들인 것이다.

"하하, 이제 수인사도 끝난 것 같으니 본전으로 드시는 것이 어떻겠습니까, 방장님?"

"그렇게 해야지요. 우리 소림은 손님을 소홀히 대접하지 않는답니다. 허허허."

"근영반께서도 드시지요."

"예, 알겠습니다. 너희들은 여기에 있도록 해라."

"옛! 알겠습니다, 영반님."

근섭의 명을 받은 오십여 명의 금의위 위사들은 한목소리를 내며 정자세를 취했다. 절도있는 금의위 위사들의 모습에 장문인들과 가주들은 고개를 끄덕였다.

제갈 가주의 안내를 받으며 본전 안으로 들어온 근영반은 이미 한쪽에 마련되어진 자리에 앉았다.

"허허, 조금은 늦은 감이 있지만 금의위의 영반이시면 황제 폐하의 안위를 살피는 일만으로도 바쁘실 텐데 어찌 소림까지 오시게 되었습니까?"

모두들 다시 자신의 자리에 앉으며 소음이 줄어들자 담현 방장은 근영방을 바라보며 친근한 어조로 소림까지 오게 된 경위를 물었다. 또한 모두 같은 생각을 가지고 있었기에 근영반에게 본전에 있는 사람들의 이목이 집중되었다.

근영반은 갑자기 물어오는 담현 방장의 물음에 순간적으로 진땀이 흘렀다. 이미 황제의 명이 어떠한 것인지 어느 정도 알고 있기에 당연한 것이다.

'허, 만약 저들이 폐하의 칙서를 보게 된다면 어떠한 표정이 될까? 걱정이구나……'

"예… 다름이 아니라 황제 폐하의 친필 칙서를 소장하고 있기에 이곳에 오게 되었습니다."

근영반은 조용히 말을 하며 수중의 칙서를 소림의 방장 앞에 내려놓았다.

"황제 폐하의 친필 칙서라고 하셨습니까? 허허, 정말 놀라운 일이군요. 폐하께서 직접 칙서를 작성하셨다니……"

"그러게 말입니다. 방장님, 한번 보시지요."

"허허, 알겠습니다. 그럼……"

"저, 잠시……"

"옛? 무슨……?"

"아, 아닙니다. 어서 보십시오. 음……"

근영반은 담현 방장이 황제의 칙서를 아무런 예의 없이 펼쳐 보려고 하자 그것에 대해 언급을 하려고 했으나, 추후 전개될 상황을 짐작할 수 있기에 그만 입을 다물었다. 또한 아무리 황제의 칙서라고는 해도 아직까지 무림과 황실과는 엄연한 벽이 있기에 아무런 말도 할 수가 없었다. 거기다 일반 백성이 아닌, 황제도 쉽게 생각할 수 없는 한 문파를 대표하는 지고무상의 지위를 가지고 있는 사람들이기에 더욱 그러했다.

"허허, 그럼. 음… 응? 이, 이런……."

"……?"

"……."

친서를 읽기 시작한 후 얼마 지나지 않아서 인자한 웃음을 보이던 담현 방장의 노안엔 수심 가득한 주름이 잡히기 시작하면서 입술은 열릴 줄 모르는 한철문(寒鐵門)처럼 굳게 다물어져 버렸다.

담현 방장의 심상치 않은 변화에 모든 사람들은 영문을 몰랐다. 하지만 그 원인이 황제의 친서에 의해 일어난 것임은 짐작할 수 있었다. 그에 사람들의 시선엔 친서를 전달한 근영반과 읽고 있는 담현 방장을 번갈아 보며 그 진의를 알고자 했다. 그러나 누구 하나 궁금증을 풀어주기 위해 입을 여는 사람은 없었다. 그저 누군가가 입을 열기만 바랄 뿐이었다.

'허, 이것이 무슨 말인가? 지금 내가 보고 있는 것이, 읽었던 것이 모두 진실이란 말인가? 어찌 황제가 이런 말도 안 되는 친서를 보냈다는 말인가? 어찌? 아, 아미타불…….'

담현 방장은 친서를 조용히 내려놓으며 두 눈을 감아버렸다.

심상치 않은 분위기에 아무런 말도 할 수 없는 이들은 점점 궁금증만 더해갔다.

"고맙습니다. 그럼 한말씀만 더 드리겠습니다. 제 말을 여러분들께서 어떻게 받아들이실지 잘 모르겠지만, 이번의 일은 신중한 고려를 당부드립니다. 솔직히 저도 방장께 이런 말을 하게 되어 유감이지만, 황실의 사정이 지금 급박하게 돌아가고 있습니다. 거절을 하시든 어쩌시든 저는 황제 폐하의 명에 따르면 되겠지만, 그 파장은 아마 여러분들이 생각하시는 것 이상일 겁니다. 그 점을 생각하시고 이 문제를 쉽게 생각하지 말아주셨으면 하는 것입니다. 그럼……."

"음……."

"……?"

근영반은 마지막으로 담현 방장 및 본전에 앉아 있는 사람들을 둘러보며 당부의 말을 잊지 않았다. 개방 방주와 몇몇 장문인 및 가주들의 행동을 보면서 어쩌면 일어나서는 안 될 일이 일어날지도 모른다는 불안한 생각이 들었기 때문이다.

근영반이 밖으로 나간 후 한동안 본전에서는 근영반의 마지막 말의 의미를 헤아리기 위한 시간을 가져야만 했다.

"도대체 무슨 내용이기에 이러는 것입니까? 제가 한번 보아도 되겠습니까?"

"그러시게. 아니네, 차라리 제갈 가주께서 모든 분들이 들으실 수 있게 읽었으면 좋겠네. 그런 후 차분하게 이 문제에 대해 생각을 해보아야만 하겠지. 아미타불……."

"예, 그렇게 하지요. 그럼, 음……."

제갈현은 담현 방장의 권고에 따라 영락제의 친필 서안을 읽어 내려갔다.

오늘 짐은 대신들로부터 무림에 큰 행사가 있다는 말을 듣고 흔쾌한 마음에 이렇게 축하의 글을 몇 자 적어보았다.

그동안 무림은 원나라의 탄압에 자파의 보존에도 많은 어려움이 있었다는 것을 알고 있다. 그러나 스스로도 보존하기 어려운 때 원나라의 강한 압력에도 굴하지 않고 민초의 마음을 헤아려 주었으며, 또한 몇몇 지자들은 선황제이신 홍무제를 도와 전선의 최전방 전투에서 불굴의 의지와 기개를 발휘해 주었다. 결국은 그러한 그대들의 충정에 힘입어 원나라를 북방으로 몰아낼 수 있었으며 우리 한인(漢人)들의 손으로 나라를 건국할 수 있었다. 이러한 일련의 상황을 아는 짐이, 어찌 나라를 다스리는 황제로서 고맙지 않다 말할 수 있겠는가.

또한 짐은 전국에서 올라오는 보고를 들으며 다시 한 번 그대들의 노고를 치하하지 않을 수 없었다. 각 지역에 산재하고 있는 많은 문파에서 올 겨울과 봄에 백성의 궁핍함을 불쌍히 여기어 나라를 대신해 구휼미(救恤米)를 풀었다는 것을 알게 되었다. 실로 나라를 향한 우국충정이 이것보다 더할까 하는 생각이 들었다.

그 나라의 힘은 백성들에게서 나온다는 것을 그대들도 잘 알고 있을 것이다. 비록 배우지 못하고 여리기만 한 백성들일지라도 그들의 뭉쳐진 힘은 나라의 운명을 좌우할 수 있을 정도로 거대하다는 것을 짐 또한 잘 알고 있는 바이다. 그에 짐은 선황제의 뜻을 받들어 백성들이 굶지 않고 잘살 수 있는 것이 바로 나라의 힘을 키우는 것이라는 생각으로 국정에 임해왔고 앞으로도 그러할 것이다. 그러니 그대들도 짐의 힘이 미치지 못한다고 생각이 들면 지금과 마찬가지로 백성들을 위해 짐이 하지 못하는 도움을 주기 바란다. 모두 짐이 부덕하여 일어나는 일이지만 지금의 현실로는 그대들의 도움이 절실한 실정이기 때문이다.

사실 짐이 이렇게 친필로 서안을 작성하게 된 이유는 무림의 화합을 축하하려는 뜻도 있었지만 그대들의 힘이 절실히 필요하게 되었기 때문이다. 실로 안타까운 일이지만 짐이 무림의 힘을 필요로 하게 되었다는 것이다.

짐은 선황제의 엄명에 의해 무림과 황실 간의 벽이 높고 두텁다는 것을 잘 알고 있다. 그것이 세월이 지나면서 더욱 확고하게 자리를 잡았다는 것도 알고 있다. 그러나 짐은 북방에서 호시탐탐 기회를 노리는 원나라의 잔존 세력에 적지 않은 위협을 느끼게 되었기에 선황제의 엄명에도 불구하고 이렇게 무림을 이끌고 있는 그대들에게 도움을 바라는 서신을 보내게 된 것이다.

그대들은 짐작하지 못했겠지만 황실 무고는 원나라가 물러가면서 많은 기서들이 유실되고 도난을 당했다. 그에 쓸 만한 무서들은 황실 무고엔 없다고 해도 과언이 아니다. 당나라 측천무후(則天武后) 때부터 모으기 시작한 한족(漢族) 칠백 년의 국보(國寶)가 원나라에 의해 완전히 유실된 것이다. 실로 안타깝고 분통이 터지는 일이지만 나라의 어려움에 옛일을 한탄하며 지샐 수가 없어 이렇게 도움을 청하게 되었다.

지금 우리 명나라를 위협하는 원의 잔존 세력은 둘로 나누어져 있다. 바로 타타르 국과 오이라트 국이다. 그들은 현재 선황제 때 황실 무고에서 가지고 갔던 무서들을 토대로 병사들을 체계적으로 훈련시키고 있다. 그에 반하여 우리의 병사들은 훈련은 생각도 하지 못하고 있는 실정이다.

짐도 북경에 있었을 때는 이러한 실정을 몰랐었다. 바로 황제의 위에 오른 후에서야 이러한 사정을 알게 되었다. 실로 하늘이 무너지는 심정이었지만 그대들을 떠올리고는 실낱같은 희망을 볼 수 있었다.

짐이 권하노니, 그대들의 문중에서 보관하고 있는 무서들을 황실과 나라의 안위를 위해 기증해 주었으면 한다.

그대들이 자파의 무서를 어떻게 생각하는지 잘 알고 있지만 나라의 안위가 풍전등화의 위기에 봉착해 있기에 아낌없는 협력을 바라는 바이다. 나라가 있어야 백성이 있으며 또한 그대들이 존재할 수 있는 것이 아니겠는가?

끝으로 짐과 우리 명의 앞날과 황실의 무궁무진한 번창을 기원함과 아울러, 무림의 앞날에도 찬란한 광명이 함께 비추어지길 바라마지 않는다.

칙서를 읽던 제갈현은 물론 조용히 듣고만 있던 사람들은 낭독이 끝난 후에도 아무런 말을 할 수가 없었다. 아무리 나라의 안녕을 위한다는 명분이 있지만, 황제가 자신들에게 바라는 것은 너무나도 커다란 희생을 강요하는 것이었기 때문이다.

"모두 제갈 가주를 통해 칙서의 내용을 알게 되었으니 할 말이 있으신 분은 기탄없이 의견을 제시해 주시기 바랍니다."

"음……."

"허, 이것 참……."

담현 방장의 말에 모두들 시선을 어디로 두어야 할지 몰랐다. 사실 할 말이라고는 뻔한 것이기 때문이다. 그러나 용두호개 궁여상처럼 쉽게 그 말을 입 밖으로 꺼낼 수가 없었다.

"모든 분들이 말씀을 하지 않으시지만, 제 생각엔 이미 모두의 마음은 한 가지일 것입니다. 그러한 것은 저도 그렇습니다. 그것은 무림에서 살아가는 무인이라면 누구나 그러할 것입니다. 하지만 음… 솔직히 저는 근영반의 마지막 말이 계속 기억에 남았습니다. 칙서를 읽는 도중에도 그 생각을 떨칠 수가 없었습니다."

"음……."

"……."

제갈 가주의 말에 다시 한 번 침묵의 시간이 흘렀다.

"허, 어찌 이다지도 무림에 짙은 어둠이 드리우는 것인지… 무량수불……."

"참나, 모두들 도대체 무슨 생각들을 하고 있는가? 그리고 또 무슨 생각을 지울 수 없다는 것인가? 제갈 가주, 그럼 제갈 가주는 말도 안 되는 황제의 뜻에 따르겠다는 말인가? 가주는 따를 수 있겠지만 나는 그렇게 할 수 없네. 무림인에게 있어 비급은 목숨보다 더 중요한 것인데, 코도 안 풀고 그것을 달라고 하는 것이 아닌가? 거지인 나도 그런 구걸은 안 하는데 어찌 황제가 돼가지고 그런 구걸을 하는 것인지… 이건 아예 강탈하는 것과 무엇이 다른가? 안 그런가?"

"궁 방주님의 말씀이 맞습니다. 이건 생각하고 자시고 할 문제가 아니라고 생각합니다. 황제가 아무리 우리를 업신여기고 안하무인이라고 해도 우리들을 쉽게 건드릴 수는 없을 것입니다. 우리의 단합된 힘이라면 황제도 무시할 수 없을 테니까요. 그렇지 않습니까?"

"팽 가주의 말이 옳습니다. 이 참에 우리들의 뭉친 힘을 보여주는 것도 좋을 것입니다."

벽력신권(霹靂神拳) 황보천(皇甫天)이 용두호개 궁여상과 패도 팽덕호의 말에 동의를 구하며 아직까지 이렇다 할 말이 없는 다른 사람들의 의중을 살폈다.

"세 분의 의중은 잘 알겠습니다. 하지만 이 문제는 그렇게 감정적으로 생각할 사안이 아니라고 봅니다. 자칫 잘못하다간 황실과 무림의 세력 다툼이 될 수도 있기 때문입니다."

"아니, 그럼 제갈 가주는 정말 황제의 말에 따르겠다는 것인가?"

"궁 방주님, 제 말은 신중하게 생각해 보고 이 문제를 좋게 타협할 대안을 마련하자는 것이지, 누가 무작정 따르자고 했습니까?"

궁여상의 언성이 높아지자 그동안 신중하게 있던 제갈현의 언성도 자연적으로 높아졌다.

"자자, 그만 진정들하십시오. 중대한 일을 앞에 두고 어찌 그러십니까? 원시천존……."

"흠흠, 에이, 정말 미치겠군!"

"알았습니다. 그럼 세 분의 의견은 나왔으니 다른 분들의 의견이 어떠한지 들어보았으면 좋겠군요."

태을진인(太乙眞人) 현청 장문인의 중재에 숨을 크게 들이신 제갈현은 다른 사람들의 의견을 물어보았다.

"솔직히 어려운 상황이라 할 수 있습니다. 도움을 바라는 것인지 통지를 한 것인지 잘 모르겠지만, 서안을 보내온 사람이 보통 사람이 아니라 황제라는 것이 문제입니다. 또한 서안의 내용으로 보아 황제는 마지막 강수를 생각하고 있는 듯했습니다."

"마지막 강수라니요? 남궁 가주, 그것이 무슨 말씀입니까?"

"예, 팽 가주께서도 들어 아시겠지만 서안엔 황궁 무고에 관한 내용이 언급되어 있습니다. 사실 우리는 지금까지 황궁 무고가 그렇게 되었을 것이라 생각하는 사람이 없었습니다. 황궁 무고하면 으레 비고(秘庫)라고 알고 있지 않습니까? 세상을 놀라게 할 기서들과 영약들이 즐비한 곳이라고 말입니다. 하지만 황제는 황궁 무고에 대해 솔직하게 적었습니다. 아무리 텅텅 비었다고 해도 비밀에 붙여져야 할 일을 세상에 드러낸 것입니다. 다시 말해 그것은 우리에게 경고를 하고 있는 것입니다. 황실의 사정이 이러한데 우리들이 따르지 않으면 강제적인 수단을 사용할 수도 있다는 것을 암시하고 있는 것입니다."

"허, 아미타불……."

"아……."

남궁 가주의 설명을 통해 사람들은 황제가 의도하는 것이 무엇인지를 명확하게 알 수 있었다.

"젠장, 지랄 맞을! 정말로 우리가 거절한다면 황제가 무력이라도 사용할 것이란 말인가?"

"아마도……."

궁여상의 질문에 남궁 가주가 아닌 제갈 가주가 대신 입을 열었다.

황제가 무력을 사용한다면 무림엔 커다란 위협이 아닐 수 없었다. 아니, 무림의 존속 자체가 없어질 수도 있는 상황이었다. 아무리 무림인들이 힘을 합쳐 대항한다고 해도 수십만이 넘는 대군을 상대로 승리를 장담하지는 못한다. 더구나 그렇게 되면 또다시 이민족의 침입을 받을 수도 있는 것이다. 무림과 황실의 대전으로 인한 국력의 쇠진으로 외부의 세력에 대항할 힘을 잃은 후일 것이니…….

어느새 자정에 이르고 있었다. 저녁도 거르며 회의를 하기 시작했지만 아무런 대안도 도출해 내지 못하고 자정이 된 것이다. 본전 밖에는 영문도 모르는 각 파의 어린 제자들이 두런두런 얘기를 나누며 모여 있었다. 시중을 들기 위해 기다리고 있는 것이다.

"휴~ 제갈 가주, 가주는 무림의 지낭이 아닙니까? 나는 도저히 모르겠습니다. 그러니 가주께서 이 위기를 타개할 방안이 있으면 말씀해 보십시오. 이렇게 가다간 시간만 낭비할 뿐 대책이 없을 것 같습니다."

"그렇습니다. 저도 범광(凡光) 장문인의 말씀에 동의합니다. 제갈 가주께서 생각하고 계시는 것이 있다면 꺼내보십시오. 무슨 대안이라도 나와야지 회의가 진행될 것이 아닙니까?"

제갈현은 공동과 청성파의 장문인 얼굴을 바라보았다.

'저라고 어찌 그 뜻을 모르겠습니까? 하지만 대안이 있다고 해도 말을 할 수가 없습니다. 어찌 우리의 희생밖에 대안이 없다는 것을 입 밖으로 꺼낼 수 있겠습니까. 휴~ 하지만 아니할 수도 없는 일이니……'

제갈현은 모두의 시선이 집중되고 있다는 것을 알면서도 쉽게 말을 할 수가 없었다.

"알겠습니다. 어차피 제가 말할 수밖에 없겠군요. 사실 제 입으로 이런 말을 하게 되었다는 것 자체가 가슴 아픈 현실이지만 아무리 생각해 보아도 이것밖에는 대안이 떠오르지 않았습니다."

"……?"

"말씀만 안 하실 뿐 이미 짐작하고 계신 분들도 있으실 것입니다. 제 생각은 이렇습니다. 어차피 황제가 보낸 군웅대회의 축하 서안은 말이 축하 서안이었지 사실은 우리들에게 보내는 통고문이었습니다. 한마디로 강제성을 짙게 띠고 있다는 말입니다. 다시 말해 황제의 뜻을 거스르지 않으려면 따라야만 한다는 것이지요. 황제는 지금 국운의 향방을 놓고 우리와 신경전을 벌이고 있는 것입니다. 위험천만한 발상이 아닐 수 없는 일이지요. 한 나라의 황제가 그런 생각을 하고 있으니 말입니다. 그러나 지금의 황제는 그러고도 남을 사람이라는 것이 더욱 큰 문제입니다. 그냥 신경전이 아니라는 말이지요."

"음……."

제갈현의 말에 모두들 수긍하는 모습이 역력했다.

"그렇다고 우리들이 무작정 따를 수도 없습니다. 이번의 일을 쉽게 들어주었다가는 앞으로도 계속 이런 방법을 사용할 것이니 말입니다. 그렇다면 대안은 하나밖에 없습니다. 우리가 어느 정도 희생을 하는 차원에서 황제와 협상을 하는 것뿐입니다."

"희생을 하면서 협상이라니? 그것이 무슨 말입니까?"

"예, 남궁 가주뿐만 아니라 여기에 계신 다른 분들도 모두 제 말에 의구심이 드셨을 것입니다. 그 의미는 이렇습니다. 아무리 황제가 원한다고 해도 줄 수 없는 것이 있다는 것입니다. 각 문중 최고의 무공과 영약들 말입니다. 모두 중요한 것들이겠지만 이 문제를 해결하기 위해선 그 한계선을 우리가 어디까지 정하느냐가 문제의 관건이라 할 수 있습니다. 또한 우리가 적정한 한계선을 제시한 후 황제와 협상을 통해 의견을 수렴해야만 합니다. 황제의 의중이 어디까지 원하고 있는지 알 수 없기 때문입니다. 그것만이 황실과의 마찰을 줄일 수 있는 방안이라 생각합니다."

"제갈 가주의 말은 잘 들었습니다. 솔직히 빈도도 그러한 생각을 하였습니다. 비록 원나라가 패망하여 북으로 쫓겨났다고는 하지만, 그들이 칙서의 내용처럼 황실 무고에 있는 많은 비급들을 가지고 갔다면 큰일이 아닐 수 없습니다. 실로 황실뿐만 아니라 우리에게도 커다란 위협이 될 것입니다. 원나라가 패망한 지 삼십 년이 흘렀습니다. 하지만 그들이 완전히 망한 것이 아니라 힘을 키우고 있다면, 그렇다면 삼십 년이란 세월은 긴 시간입니다. 충분히 힘을 키울 수 있는 세월이라는 것이지요. 어쩌면 지금 이 시간에도 어둠 속에서 은밀하게 움직이고 있을 수도 있다는 말입니다. 황제도 이와 같은 상황을 염두에 두고 우리에게 이런 서안을 보낸 것이라 생각합니다. 무공을 할 줄 아는 원나라의 병사들과 상대하려면 아마 지금의 군대로는 상대하기 까다로울 것입니다. 설사 이긴다고 해도 많은 국력이 소진될 것이 자명합니다. 황제도 그것을 알겠지요."

"아미타불… 제갈 가주와 현천 장문인의 말씀 잘 들었습니다. 좋은 의견이라 생각됩니다. 그렇다면 다른 분들의 의견은 어떠하십니까? 어디, 연정 장문인께선……."

"허허, 솔직히 저도 동감은 합니다. 그러나 아까 제갈 가주께서 말씀하셨듯이 문제는 황제의 의중입니다. 그러나 우리가 어느 정도 성의를 보인다면 황제도 양보를 할 것으로 생각됩니다. 아무리 황제라고 해도 무림과 척을 질 수는 없는 일이니 말입니다. 무량수불……."

"참나, 그렇다면 도대체 우리가 어디까지 양보를 해야 한다는 말인가? 난 삼결(三結) 이상은 생각할 수 없네."

연정의 말이 끝나자 지금까지 극구 반대의 입장을 취하던 궁여상도 더 이상 자신의 생각만을 고집할 수 없었다. 어쩔 수 없이 양보할 수밖에 없었던 것이다. 현재 세 명만이 반대의 입장을 고수하고 있었기 때문이다.

"삼결이라면? 그럼 각 지역에 산재해 있는 분타주를 말씀하시는 것입니까?"

"그렇지, 그 정도만 해도 우린 충분히 성의를 보였다고 생각되는데?"

"글쎄요. 그 정도로는… 빈도의 생각으론 오결이나 육결까지 생각하셔야 할 것 같습니다만……."

"뭐라고? 이보게, 그럼 점창에선 일대제자도 아닌 장로 급을 생각하고 있다는 말인가? 정말 그런가? 그 정도를 생각한다면 각 문중에선 몇 가지만 빼고 다 넘겨줘야 한다는 말이네. 그게 말이 된다고 생각하는가? 점창에선 그렇게까지 할지 몰라도 개방에선 그렇게 못하네!"

"……."

그동안 아무런 말 없이 경청만 하던 사람들은 궁여상과 현천 장문인의 대화를 들으며 나름대로 생각을 정리할 수 있었다.

"이렇게 가다간 아무것도 결말이 나지 않을 것 같습니다. 또한 원만했던 관계에 틈이 갈 수도 있고 말입니다. 그러니 이러하면 어떻겠습니까? 소승이 어느 정도 절충안을 생각해 보았는데, 여러분들 모두 소승의 의견에 따라주시겠습니까?"

"음… 담현 방장께서 말씀하신다면 따라야겠지요. 하지만 아무쪼록 좋은 방향이었으면 좋겠습니다."

"……."

담현의 말에 연정 장문인과 현천 장문인을 비롯해서 절반이 넘는 사람들이 천천히 고개를 끄덕였다. 그에 다른 사람들도 마지못해 동의를 하게 되었다. 그러나 동의를 하면서도 몇몇은 자신들의 의견을 내놓았다. 비록 소림과 무당의 위명에 고개를 끄덕인 것이지만 자신들의 이치에 맞지 않는다면 거절할 수도 있다는 뜻이 다분했다.

"소승은… 황제에게 장경각에 있는 무서들을 모두 넘겨줄 것입니다."

"뭐, 뭐라고 하셨습니까? 지금 무슨 말씀을 하신 것인지 아십니까, 장문인?!"

"장, 장문인!"

담현 방장의 말에 연정 장문인과 제갈 가주만 빼고 듣고 있던 사람들 모두 자리에서 일어나며 재차 다시 물었다. 담현 방장은 그런 그들을 보며 조용히 고개를 끄덕임으로써 자신의 말에 대한 답을 했다.

"어찌 그런 말씀을 하셨습니까? 모두 다 주겠다니요?"

"이보게, 담현! 지금 제정신인가? 제정신이냐고!"

"허허, 하지만 그 길만이 우리가 할 수 있는 최선의 방법입니다."

"그게 무슨 말인가? 자네가 무슨 생각을 하고 그런 말을 하게 된 것인지 자세히 말해 보게. 만약 타당한 이유 없이 그런 말을 한 것이라면 난 다시는 담현, 자네의 얼굴을 안 볼 걸세!"

"음……."

담현 방장은 궁여상의 다그치는 말을 들었으나 그에 답하지 않고 조용히 한쪽에 앉아 있는 제갈 가주를 바라보았다. 머리가 좋은 제갈 가주가 자신의 의도를 이미 파악하고 있다는 것을 잘 알기에 담현은 자세한 얘기를 제갈 가주에게 해줄 것을 조용히 부탁한 것이다.

모두의 시선은 자연 담현 방장에게서 제갈 가주에게 옮겨졌다.

"흠흠, 담현 방주의 의견 잘 알았습니다. 그럼 다음은 제가 말씀드리겠습니다. 사실 이것은 제가 생각했던 것이기도 합니다. 솔직히 담현 방주나 연정 장문인께서도 저와 같은 생각을 하고 계신 줄은 몰랐습니다. 여러분들이 이 문제를 어느 정도로 심각하게 받아들이는지 모르겠지만 제가 생각하기엔 상당히 심각한 상황이었습니다. 그만큼 황제는 우리의 모든 것을 원하고 있다는 것입니다. 제가 아까 어느 정도의 한계점을 찾자고 말씀드렸지만, 그것은 무서가 아닌 다른 것에서 찾자는 의도였습니다. 여러분들의 의견에 따라 무공비급을 가지고 황제와 협상을 하려 한다면 그때는 정말로 무림과 황실의 분쟁이 생기게 될 것입니다."

"음……."

"……."

"우린 앞으로 젊은 인재를 훈련시켜야만 합니다. 그들을 절정의 고수로 키우려면 영약이 필요하다는 것입니다. 그것도 각 문중에서 귀하게 여기는 것들로 말입니다. 황제도 그것들을 필요로 할 겁니다. 황제도 무를 익혔으니 그러한 것을 잘 알고 있을 것입니다. 하지만 우린 황제에게 영약을 줄 수는 없습니다. 아무리 각 문중에 만들어놓은 영약이 많다고 해도 그것은 앞으로 무림맹(武林盟)을 이끌고 나가게 될 젊은 인재들에게 주어야 합니다. 그러기 위해선 황제에게 우리가 보유하고 있는 최고의 무공을 보내주어야 합니다. 영약을 지키기 위해선 그 방법밖에는 없습니다."

제갈 가주의 조리있는 부연 설명에 자리에서 일어섰던 사람들은 다리에 힘이 빠졌는지 힘없이 자신의 의자에 주저앉았다.

"제갈 가주… 영약들은 그렇다 치고 비급을 주면 우린 무엇을 가지고 훈련시킨다는 말인가? 우리도 가르칠 것이 있어야 할 것이 아닌가?"

"그렇지, 어디 그것에 대한 것도 말 좀 해보게."

"그렇습니다. 당연히 우리에게도 비급은 있어야 합니다. 그렇기 때문에 원본을 줄 수는 없습니다. 원본이 아닌 사본을 주어야겠지요. 그래서 황제에게 각 문중의 비급들을 전부 넘겨주어야 한다는 것입니다."

"음……."

"그러나 사본은 원본이 아닙니다. 사본은 사본이지요."

"응? 그게 무슨?"

"……?"

"아……."

제갈 가주의 마지막 말에 고개를 갸웃하는 사람들이 있는 반면, 그 말이 뜻하는 것이 무엇인지 짐작할 수 있는 사람들은 그제야 얼굴에 생기가 돌기 시작했다. 아직 제갈 가주의 요지를 파악하지 못한 사람들은 안 돌아가는 머리를 탓하며 답답한 가슴을 달랠 수밖에 없었다.

"하하, 이미 짐작하신 분들도 있으니 쉽게 말씀드리겠습니다. 어쩔 수 없이 비급은 주지만 장문인들이나 그 문중의 최고무공은 원본과 조금 다르게 해도 괜찮다는 말입니다. 황실에 그 무공의 진의를 가릴 수 있는 고수는 없을 테니까요. 그 대신, 다른 것들은 정확하게 넘겨줘야 할 것입니다. 그것까지 손을 댄다면 그때는 황제의 진노를 사게 될 것이니 말입니다. 이제 제 말뜻이 무엇인지 아시겠습니까?"

"아… 하하하, 그렇게 하면 되겠구먼. 그런 방법이 있었어."

"그러게 말입니다. 역시… 역시 현검선생(玄劍先生)입니다. 하하하."

제갈 가주의 마지막 말을 끝으로 어둡던 분위기는 한 번에 반전이 되었다.

"참, 그러나 말일세. 모두 다 좋은데 정말 문중의 모든 비급을 넘겨야만 하는 것인가? 그중에 몇 가지만 보내면 안 될까?"

"궁 방주님, 황궁에는 인재가 넘쳐납니다. 그들 중에 무림과 연결된 자도 있을 것입니다. 또한 황제의 정보 기관인 동창도 있습니다. 당장은 어떻게든 넘어가겠지만 추후 그들이 알게 되면 큰 대란이 일어나게 될 것입니다. 방주님도 아시지 않습니까? 이번에 손지(遜志) 방요유의 일 말입니다. 황제의 진노를 사게 되어 그는 물론 일족과 친우, 제자 등 팔백오십 명이 죽었지 않습니까?"

"허, 하긴… 비록 그를 직접 보지는 못했지만 그렇게 죽기엔 정말 아까운 인재였는데……."

궁여상은 제갈 가주의 말에 크게 고개를 끄덕였다. 당금 황제의 난폭한 성정을 알고 있었기에 궁여상은 제갈 가주의 말에서 추후 거짓이 밝혀지게 되면 어찌 될지 짐작하고도 남았다.

"아직 말씀은 안 하시지만 제가 여러분들의 표정을 살펴보니 모두 수긍을 하시는 것 같습니다. 그렇다면 이제 남은 것은 황제에게 올리는 서안을 작성하는 일만 남은 것 같습니다. 그러나 아직까지 생각이 다르신 분이 계시면 어서 말씀해 주십시오. 제 생각이 옳은 것은 아니기 때문입니다."

"허허, 아닙니다. 좋은 대안이었습니다."

"그래요, 좋으신 말씀이었습니다. 빈도도 그렇게 생각합니다. 황제와의 마찰을 피하기 위해선 그 방법밖에 없을 것 같습니다. 아미타불……."

"혜요(惠了) 장문인께서 그렇게 말씀해 주시니 감사합니다."

제갈 가주는 아미화수(峨嵋化手) 혜요 장문인의 말에 고개를 숙여 보였다.

이번 일에 아미파의 혜요 장문인이 제갈 가주의 말을 조용히 경청하며 돌아가는 상황을 주시하였지만 뚜렷한 대안을 제시하지 못했다. 그러나 무림에서 가지는 그 영향력만큼은 소림이나 무당, 그리고 화산이나 개방과 비교해도 우위를 점하기 어려운 사람이다. 그만큼 혜요 장문인의 말에는 상당한 비중이 실리기에 제갈 가주는 자신의 의견을 존중해 준 것에 대해 고마움을 표한 것이다.

"허허, 자… 이제 그럼 모두들 일어나시지요. 참, 제갈 가주께선 마지막까지 수고를 해주셔야 할 것 같습니다. 그렇게 해주시겠습니까?"

"하하, 예… 그렇게 하겠습니다. 무림의 안위를 위한 일인데 어찌 마다하겠습니까. 먼저 들어가십시오."

"이보게, 제갈 가주. 아까는 내가 미안했네. 가주의 의중을 몰라서 그렇게 된 것이니 이해해 주기 바라네."

"무슨 그런 섭섭한 말씀을 하십니까. 어찌 제가 궁 방주님께 서운한 마음을 가지겠습니까. 그러니 편히 들어가십시오."

"허허허, 고맙네. 정말 고맙네. 역시 배포가 크고 넓구먼. 그럼 고생 하시게."

"예, 그럼 내일 뵙겠습니다."

모든 사람들이 빠져나간 본전, 그 안에 홀로 남은 제갈 가주는 천천 히 자신의 자리에 앉았다.

'휴… 일이 이렇게 되었구나. 정말로 오늘 일을 내가 잘 처리한 것 인지 나조차도 모르겠구나. 혹시 다른 방법이 있었을지 모르는데… 아 니다. 이것 말고는 다른 대안은 없었다. 우리의 희생을 최대한 줄일 수 있는 방법은 이것뿐이었다. 다만 아쉬움이 남는 것은 황제가 좀 더 빨 리 이러한 것을 계획했거나, 아니면 몇 년 정도 뒤에 했었다면 좋았다 는 것이다. 우리에게 현원세가나 패왕성, 그리고 마교라는 위협 세력 이 없었다면, 그렇다면 오늘처럼 커다란 희생을 치르지 않았어도 되었 을 것이다. 시기가 좋지 않았어, 시기가……'

제갈 가주는 착잡한 마음을 진정시킨 후 천천히 손에 붓을 들었다. 그리고 조용히 무엇인가를 써 내려가기 시작했다. 내일 근영반을 통해 황제에게 전할 서안을……

제 8 장

헌비(憲悲)의 엿걸림

◆ 제8장 **희비(喜悲)의 엇갈림**

공공의 의미는 크게 두 가지로 정의할 수 있다. 하나는 공공의 장소에서 나타난 모든 것을 볼 수도 있고 들을 수 있다는 것으로, 많은 사람들에게 널리 알린다는 성격을 가지고 있다. 다른 하나는 공공을 사람들이 개별적으로 소유한 일상적인 장소로 보는 하나의 성격을 의미한다는 것이다.

보통 인간 세상에서 어떤 공통적 측면의 방법으로 고안될 수 없는 곳에서 수많은 사건들이 동시에 발생할 때, 공공 장소의 기능이 모든 사람들이 인식할 수 있는 현실적인 면으로 나타난다. 이러한 것에 비추어 공공의 공간성은 사람들이 일상적으로 행하는 일이나 노동이 아니라, 예상치 못한 행동과 우연성에 의해서 발생하는 사회적인 측면을 말하는 것이라 할 수도 있다.

사람들이 공간을 그저 막연히 생각하는 추상적인 형태로 보는 것에 반하여, 공공 공간은 사람들의 움직이는 각 장소마다 고유의 특징과 성격을 가지고 있다. 사람들은 누구나 개인적이고 자기중심적으로 살고 있기 때문에 공공의 장소에서 개인의 성격을 노출하길 꺼려한다. 그러나 공공의 장소가 의미있기 위해서는 공간이 개인의 감정과 동기를 유발할 수 있는 것이어야 한다. 그렇지 않고서는 사람들을 그저 방관자로 만들게 되기 때문이다.

그러한 면에서 볼 때 소림사에 만들어진 단상은 그 역할을 충실히 하고 있었다. 대회에 참가하는 사람들이나 그렇지 못한 사람들의 시선이 모두 한곳에 집중되고 있었기 때문이다.

"이거 오늘부터 재미있겠어, 그렇지 않은가?"

"그렇지, 이제부터 시작이라고 할 수 있지. 자네나 나도 대회에 참가했으면 좋았을 텐데."

"이 사람아, 우리들 같은 무인들이 어디 한둘인가? 마음이야 그러고 싶지만. 하하하……."

차마 뒷말을 끝맺지 못한 사람은 머쓱한 웃음으로 대신했다. 대회에 참가하기 위해 실시한 시험에서 보기 좋게 탈락한 두 사람의 실력으론 죽었다 깨어나도 참가할 수 없었기 때문이다.

"흠흠, 강호동도 여러분! 많이 기다리셨습니다."

나한전의 무승들을 대동하고 나타난 각원이 사자후를 터뜨렸다.

"이제 시작하려나 보네."

"그러게 말이야. 하긴… 통과한 사람들이 많다고 그러더니 꽤 늦어졌구먼."

"왜 아니겠나. 들리는 얘기론 오백 명이 넘는다고 하네."

"오백 명? 허, 정말 많구먼. 강호에 그 정도로 인재가 많았나?"

"나도 이번에 처음 알았네. 이거 앞으로 우리 같은 사람은 어디 가서 이름도 못 내밀겠어."

"하하하, 그러게."

"이제 여러분들께서 기다리시던 참가자들의 대진표가 공고되었습니다. 동도 여러분들께서 성원해 주신 것도 고마운데 거기다 많은 분들께서 대회의 참가를 원하셨기에 우리 소림에서는 불미스러운 불상사를 예방하자는 차원에서 일종의 통과 절차를 치렀습니다. 그 결과 오백이십 명이 통과를 하셨습니다. 또한 지금부터는 구파일방과 오대세가는 물론, 각 명문대파들의 백이십여 명과 세외에서 오신 칠십여 명의 젊은 후기지수 분들이 함께 대진을 치르게 될 것입니다. 모두 칠백여 명에 이릅니다. 그러니 앞으로도 많은 성원을 부탁드립니다."

"와~ 여부가 있겠습니까! 당연히 그리할 것이니 어서 시작하십시오."

"예, 각원 대사께서 하시는 말씀이 무슨 뜻인지 다 알고 있습니다. 그러니 시작하십시오."

"하하하, 알겠습니다. 그럼 지금부터 본선을 시작하겠습니다."

각원의 말에 단상 주변에 모여 있던 군웅들은 흥분을 감추지 못했다.

"참, 시작하기에 앞서 한말씀 드리겠습니다. 사실 이번 군웅대회의 규모는 무림을 영도하시는 윗분들의 예상을 훨씬 넘어섰습니다. 그래서 당초 한 달을 기간으로 잡았던 것을 세 달로 연장을 하게 되었습니다. 무공의 고하를 논할 수 있는 단상이 하나이기 때문입니다. 그러니 여러 동도 분들께서는 너그러운 마음으로 이해해 주시기 바랍니다."

"알겠습니다. 오히려 우리들은 좋으니 신경 쓰지 마십시오."

"예, 신경 쓰지 마십시오."

"하하, 정말 감사합니다. 감사합니다."

군웅들의 호응에 각원은 깊이 허리를 숙여 보이며 감사하다는 말을 되풀이했다.

칠백 명이 넘는 출전자에 비하면 대진표를 구성하는 데 걸린 세 시진이란 시간은 생각보다 오래 걸리지 않은 것이다. 그러나 그 면면을 살펴보면 다분히 구파일방과 오대세가가 무엇을 생각하는지 읽을 수가 있었다. 우선적으로 중원과 세외의 후기지수들의 명단을 일렬로 나열한 다음 힘들게 통과 절차를 밟고 올라온 군웅들을 포진시킨 것이다. 그것도 그들의 첫 상대를 신중히 생각하고 포진시켰기에 생각하지 못한 불상사가 없다면 각 파의 후기지수들은 손쉽게 일차전을 통과할 수 있을 정도였다. 너무 속이 훤하게 들여다보이는 일이었지만 참가자들과 군웅들 중 누구 하나 불만을 토하는 사람은 없었다. 스스로 생각하기에도 명문의 제자들과 자신들의 격차를 인정하고 있었기 때문이다.

그렇더라도 후기지수를 뺀 군웅들의 수가 삼 분지 일이 남게 되는 것이다. 하지만 일차전을 통과한 그들은 당당한 실력으로 오른 사람들이기에 참가자들이나 대진을 보는 사람들의 입장에선 더욱 흥미가 일게 되는 것이다. 이차전부터는 자신의 실력으로 승패가 가려질 것이기에.

"그럼 지금부터 시작하겠습니다. 처음으로 출전하실 분들은 섬서에서 오신 장일권(障一拳) 조일영(趙日影) 대협과 광서에서 오신 섬전도(閃電刀) 마상진(麻湘溱) 대협입니다. 두 분께선 단상 위로 올라와 주십시오."

"여기 있습니다. 하앗!"

"알겠습니다."

각원의 호명을 받은 두 사람이 단상 위로 올라왔다.

"섬서에서 온 조일영이라 합니다."

"광서에서 온 마상진입니다. 저는 빠른 쾌도(快刀)를 사용하고 있습니다."

막 단상에 오른 두 사람은 서로의 얼굴을 보며 통성명을 했다. 그런 다음 각원의 주의 사항을 들은 후 대련에 들어갔다.

섬전도 마상진은 오른손을 도의 손잡이 부분에 올려놓은 상태로 언제든지 앞으로 돌진할 수 있는 궁보(弓步)의 자세를 취한 후, 방어와 공격을 같이할 수 있는 부보(仆步)의 자세를 취하고 있는 조일영을 노려보았다.

두 사람이 취하고 있는 자세는 전형적인 공격과 방어의 자세였다. 그러나 서로의 탐색전은 오래가지 않았다. 섬전도 마상진이 먼저 쾌도를 날린 것이다. 공격을 해야 상대방의 허실을 알 수 있었기에 수중에 도를 쥐고 있는 마상진이 먼저 움직인 것이었다.

"하앗!"

적수공권으로 맞서는 조일영과 쾌도를 주무기로 삼는 마상진, 두 사람의 공방은 시작부터 뜨겁게 불타오르기 시작했다. 섬전도의 도가 빠르게 움직이며 어깨로 파고들어 오자, 조일영은 피하지 않고 그 길목을 권경으로 막으며 도를 옆으로 흘려보냈다. 그런 후 빠르게 마상진의 안으로 뛰어들었다.

조일영의 빠른 반경에 소스라치게 놀란 마상진은 도의 회수도 뒤로 미루고 뒷걸음으로 거리를 벌려야만 했다. 서로 일수일퇴를 주고받은 것이다.

한 번의 접전으로 만만한 상대가 아니라는 것을 알게 된 두 사람은 쉽게 맞붙지 못했다. 아니, 마상진이 안으로 들어가기가 쉽지 않았다. 그러나 마상진에게 탐색전은 한 번으로 족했다. 똑같은 실수를 두 번이나 할 만큼 세상을 쉽게 살아오지 않았기에 천천히 조일영의 반격을 피하며 몰아붙이기 시작한 것이다. 빠르게 돌진하며 도를 휘두른 후 조일영의 권경으로 반격을 가하면 얼른 뒤로 물러섰다가 쉴 틈을 주지 않고 다시 밀어붙이기를 반복했다.

그렇게 십여 초가 순식간에 지나갔다. 섬전도 마상진이 우세할 것이라는 처음의 예상을 뒤집고 이십 초가 지나도록 조일영이 선전을 하고 있었다. 그러나 결과는 오십여 초를 지나면서 확연하게 나타나기 시작했다. 비록 선전을 하긴 했지만 권경을 구사하기 위해 많은 체력을 소비한 조일영이 섬전도의 쾌도를 막지 못하고 서서히 밀리더니 급기야는 왼쪽 어깨에 상처가 난 것이다.

실제 목숨을 건 대련이었다면 어깨의 상처는 아무런 상관이 없었겠지만 목숨을 취하기 위한 것이 아닌 서로의 우위를 가리기 위한 대련인지라 그 성격상 누구 하나 상처가 나면 그 사람의 패로 인정한 것이다.

"양보해 주셔서 감사합니다, 조 대협."

"아닙니다. 섬전도의 위력에 새삼 강호엔 사람이 많다는 말을 실감했습니다. 정말 대단했습니다."

왼쪽 어깨의 상처를 오른손으로 지혈한 조영일은 섬전도의 인사를 받으며 같이 고개를 숙여 예를 표했다. 비록 지기는 했지만 아낌없이 싸웠기에 승패에 연연하지 않고 승자를 축하해 준 것이다.

"와~ 이거 초반부터 재미있어지는데? 아깝게 패하긴 했지만 조일영이란 사람도 대단했어."

"그러게 말이야. 권경이 장난이 아니었어. 왜 장일권인지 알게 되었네. 한 수의 권경으로 도의 길을 막은 후 옆으로 흘릴 수 있다니, 아마 조금만 더 화후가 깊었다면 섬전도의 도가 파고들어 갈 길이 없었을 것을……."

구경하던 군웅들은 천천히 단상에서 내려오는 조일영에게 아낌없는 갈채를 보냈다. 당당히 싸웠고, 또한 당당히 자신의 패배를 인정한 장부다움에 칭찬을 아끼지 않은 것이다.

조일영은 자신에게 박수를 쳐주는 군웅들을 향해 고마운 마음으로 깊이 고개를 숙여 보인 후 의약당(醫藥堂) 승려의 안내에 따라 한쪽에 마련된 곳으로 치료를 받으러 들어갔다.

"오늘의 첫 대련에서는 광서의 섬전도 마상진 대협이 장일권 조일영 대협에게 승리를 하였습니다. 이제 두 번째 시합에 임하실 분들은……."

"정 사제, 이미 정 사제와 정호의 대련 날짜를 알았으니 우리는 이만 들어가세."

"예, 알겠습니다."

"알겠습니다, 사부님."

현운 장문인은 다른 사람들의 대련을 관전하는 데 아까운 시간을 낭비할 수 없었다. 빠른 시간 안에 제자들에게 자신이 알고 있는 금단선공상의 구결을 숙지시켜야 했기 때문이다. 대제자인 정호는 이미 모든 구결을 암기한 상태였다. 이제 수련을 시작하면 되는 것이다. 그러나 정수와 정원은 아직까지 구결의 암기도 끝내지 못한 상황이었다. 한시가 아까운 현운 장문인으로서는 안타까운 일이지만 그것을 겉으로 드러내지는 않았다.

현검 도장과 운영도 현운 장문인의 권유로 금단선공을 익히게 되었다. 현검 도장은 장문인의 말에 아무런 말 없이 눈물을 흘리며 순순히 따랐지만 운영은 그럴 수 없다며 현운 장문인의 권유을 받아들이지 않았다. 그러나 장백에 들어왔으면 의당 장문인의 지시를 따라야 한다는 현운 장문인의 엄포 아닌 엄포에 운영은 깊이 감사의 예를 취한 후 고마운 마음으로 받아들였다.

공고된 대진표에 따르면 운영과 정호의 대련 날짜는 앞으로도 이십일이 넘게 남았다. 그만큼 수련에 박차를 가할 수 있는 중요한 시간이 주어진 것이다.

'앞으로 이십 일이라… 내가 과연 저들을 이길 수 있을까? 현검 사형과 대련할 때와는 많이 다르겠지?

'이십 일, 드디어 이십 일이 남았다. 우리 장백이 어떤 곳인지 세상에 보여줄 날이 불과 한 달도 남지 않은 것이다. 정호야, 이제부터 시작이다. 낳아주신 부모님보다 더 깊고 넓은 사랑을 주신 사부님이다. 그런 사부님과 우리 장백을 위해 목숨 따위가 무엇이 아깝겠는가! 장백을 위해, 장백을 위해 살겠다!'

이십 일 후면 대련을 치르게 되는 두 사람 운영과 정호.

세외 세력으로 공표가 된 장백검파의 무거운 운명을 두 어깨에 짊어진 두 사람, 주변의 무거운 분위기보다 더욱 굳은 의지로 자신의 마음을 다스렸다. 장백의 희망을 위해…….

드디어 칠백 명이 넘는 출전자들 중에서 열두 명을 가리기 위한 대회전의 막이 오른 것이다. 개인적으론 여섯 번만 싸워 이기면 되는 일이지만 그렇기까지는 장장 세 달이라는 시간이 걸리는 대장정이 시작된 것이다.

*   *   *

인간은 눈 뜨고 활동하기 시작하면서 오감을 통해 삶을 느끼고 경험하고, 그에 따라 사고하며 발전을 도모한다. 그러나 사람마다 얼굴이 다르고 특징이 있듯, 보고 느끼는 것도 관심에 따라 다르다. 대체적으로 그 유형은 세 가지로 구분할 수 있다.

첫째는 느껴지는 것을 그대로 받아들이는 데에 만족하여 더 이상의 것은 아예 생각도 하지 않는 사람이다. 이런 사람은 지극히 수동적이며 소극적일 수밖에 없고, 미래에 대한 준비가 되어 있지 않은 사람으로 머물 수밖에 없다.

두 번째 유형은 느끼는 데 그치지 않고 무언가 새로운 발상을 하지만 그 현상에 대한 비판과 서술로 그치는 경우이다. 문제 의식도 있고 현상에 대한 분별력도 있지만, 그에 대한 아무런 대안이나 실천이 없는 비판일변도의 언어 성찬(盛饌)만이 있을 뿐이다.

마지막으로는 느끼는 것에서부터 현상에 대한 바른 인식과 예리한 통찰력으로 현상의 핵심을 가지고 실제에 접근하며 실상을 파악하고, 여기에서 한 걸음 더 나아가 그 현상과 문제가 올바른 것인지를 평가하여 최선의 대안을 생각하고 창출하려고 노력하는 사람이다.

이러한 세 가지 유형의 차이는 결국 삶 그 자체에 대한 관심과 애착에서 비롯되는 것일 것이다.

관심이란 삶의 모든 요소에 강한 의미로 접근하고자 할 때 얻어지는 것이며, 애착이 없으면 실천이 보장되지 않는다. 관심을 통해 애착을 가져야만 적절하고 구체적인 해답이 얻어지는 것이다. 누구나 자신의 삶과 일에 대한 관심이 없다면 그 일을 수동적으로 끝마치는 데 급급해할 뿐 발전을 위한 건설적인 의견을 창출해 낼 수 없다. 뿐만 아니라 자기 일에 애착이 없으면 문제점을 발견해도 마땅히 해야 할 일을 능동적으로 해낼 수 없게 되는 것이다.

관심과 애착이 없다면 삶의 모든 부분은 토막토막 단절되고, 더불어 살아가는 데 전체적으로 얼개가 맞아 들어가지 못하게 된다. 관심과 애착이야말로 인간 발전의 근본이요 시발점이며, 모든 재앙을 극복하는 길이기도 한 것이다.

무엇보다 호열에겐 삶에 대한 관심과 애착이 있었다. 아니, 그 관심과 애착이란 일반 사람들이 그것보다 더하면 더했지 못하지 않았다. 그렇기 때문에 호열은 자신의 문제를 잘 알고 있었다. 정상적인 체계를 통해 배운 무인들이 들으면 이상하게 생각하겠지만 호열은 자신의 비정상적인 상태를 깨달은 것이다. 인간으로서 지닐 수 없는 최고의 몸 상태와 공력에 비해 현저히 떨어지는 무학에 대한 지식과 초식이며 삶의 지식들 등등 지금까지 살아오면서 생각하지도, 생각할 필요도 없었던 것들이 절실하게 필요하게 된 것이다.

"젠장, 뭐가 이리 복잡해? 아니, 이걸 쓴 사람도 그렇지, 서책이란 것이 모든 사람이 한 번만 읽어보면 대략 어떤 내용인지 알 수 있게 써놔야 하는 것 아닌가? 제기랄!"

소인은 혼자 있으면 나쁜 짓을 하되 이르지 않는 곳이 없다. 그러다가 군자를 만나면 나쁜 짓을 감추고 선한 짓을 드러낸다. 다른 사람이 자기를 보는 것이 마치 자기의 폐나 간 속을 보는 것과 같은데 그런 짓이 무슨 소용이 있겠는가. 이를 일러 성실하면 그것이 밖으로 나타난다는 것이다. 그러므로 군자는 반드시 그 혼자 있을 때를 삼가야 한다.

호열은 마지막 장을 넘긴 후에도 아쉬움이 많이 남는지 고개를 저으면 서책을 탁자의 한쪽에 조용히 내려놓았다.

"사서삼경(四書三經)이 이렇게 어렵다니, 이러다간 황궁 서고에 있는 책을 모두 읽겠다던 내 생각을 수정해야 할지도 모르겠구나. 휴… 첫 권부터 막히는데 어떻게 수만 권이 넘는 책을 다 읽겠는가……."

호열은 대학(大學)이라 쓰여진 서책을 한동안 바라보았다. 그러나 이내 자리를 훌훌 털고 일어나서는 창밖으로 시선을 돌렸다.

"후후, 아직도 돌고 있군. 그래야지, 암……."

창밖을 통해 보여지는 풍경에서 호열은 막혔던 가슴이 조금 풀어지는 것을 느꼈다.

창밖, 거기엔 사람들이 있었다. 철혈위사들이 연무장에 있었던 것이다.

그들의 화려한 복장은 어디 간데없고 온몸이 땀으로 찌들은 그들은 한 달 전부터 지금까지 연무장을 돌고 있었다. 아침부터 시작해서 저녁 늦게까지 돌고 도며, 그렇게 돌기만을 반복하고 있는 것이다.

그들에게 다른 것은 없었다. 오직 연무장을 도는 일만이 있을 뿐이었다. 오직…….

처음 호열의 명령을 받은 철혈위사들은 자신들의 기초 체력을 알기 위해 시킨 것이라는 생각으로 아무 소리 없이 연무장을 돌기 시작했다. 처음엔 자신의 실력을 호열에게 보여주기 위하여 평소 무관 시험을 치르기 위해 열심히 수련을 하던 무관의 자제들은 있는 힘껏 달리고 또 달렸다. 문관의 자제들이 한 바퀴를 돌 때 그들 중에는 네 바퀴를 도는 사람도 있었다. 그러면서 연무장엔 두 부류로 자연스럽게 나뉘게 되었다. 평소 무예를 연마하며 체력을 키운 무관의 자제들과 문을 통해 과거에 응시하려고 했던 문관의 자제들이 확연하게 구분된 것이다. 그러나 무예를 익혔다고는 해도 공력을 충실히 쌓는 수련을 한 사람이 없기에 기초적인 체력 면에서 우위에 있었을 뿐 호열의 눈에는 거기서 거기 사이로 보였다. 굳이 따진다면 도토리 키 재기 식이었던 것이다.

일주일을 그렇게 보냈다. 호열은 그날 이후로 어떻게 하라는 지시도 내리지 않았다. 철혈위사들이 연무장을 돌고 있는 것도 보려 하지 않았다. 다만 아침에 창을 통해 잠깐 내려다보는 것을 빼고는 신경조차 쓰지 않았던 것이다. 하지만 일주일 동안 호열은 그 나름대로 철혈위사들을 훈련시킬 만반의 준비를 할 수 있었다. 아주 철저하고 치밀하게…….

호열은 일주일 동안 철혈위사들의 행동을 보며 그들에게 누가 들어도 고개를 끄덕이며 좋아할 이름을 붙여주었다. 이미 두 무리로 나눠졌으니 힘들게 무관과 문관으로 나눠진 그들을 융합하려 하지 않고 결정된 의견을 존중해 주기로 한 것이다. 그렇게 해서 육십 명에 이르는 무관의 자제들에게는 철혈패왕군(鐵血覇王軍)이란 호칭과 함께, 그들 중 가장 두각을 나타내는 오군도독부 조 대도독의 셋째 아들 조대호(曹岱豪)를 대장으로 임명했다. 또한 나머지 사십 명의 문관 자제들에게는 철혈군왕군(鐵血君王軍)이란 호칭과 함께 북경의 포정사사(布政使司) 포정사(布政使) 이형진(李瀅眞)의 둘째 아들 이건호(李健豪)를 대장으로 임명했다. 이렇게 해서 철혈금부 안에 두 개의 군부가 탄생한 것이다.

덤으로 호열에겐 철혈패군(鐵血覇君)이란 별호가 붙여졌다.

　이 주일 전.
　호열은 각기 나눠진 두 군부를 정렬시켜 놓은 후 그들에게 다시 명령을 내렸다. 자신들이 소속된 군부의 이름에 걸맞는 훈련을 시키겠다는 것이었다. 두 군부의 실력이 현저한 차이를 보이기 때문에 어쩔 수 없이 그렇게 되었다는 말과 함께 호열은 두 군부의 대장을 바라보았다.
　호열의 말을 들은 철혈패왕군에선 호기가 치솟는 함성 소리가 울렸고, 자신들의 한계를 인정한 철혈군왕군에선 조용히 침묵을 지켰다. 그러나 철혈패왕군의 함성은 오래가지 못했다. 호열의 입에서 떨어진 명령에 함성을 지르던 그대로 굳어져 버린 것이다.
　체력이 떨어지는 철혈군왕군에 맞추어서 훈련을 시키겠다는 것이었다. 그러나 문제는 그것이 아니었다. 군왕군이 연무장을 한 바퀴 돌면, 패왕군에선 지금보다 더욱 힘을 내서 다섯 바퀴를 돌아야 한다는 것이다. 그리고 저녁때 군왕군이 자신들의 돈 횟수를 금부총관에게 말하면, 그에 맞추어서 패왕군은 모자란 바퀴 수가 있으면 끝까지 돌아야 한다는 것이었다. 하나에 다섯, 한 바퀴에 다섯 바퀴, 그것은 정확히 지켜졌다.
　그러나 철혈패왕군에게 내려진 명령이 지켜지기 시작한 것은 오 일 전부터였다. 그전에는 철혈군왕군이 호열의 명령에 충실히 따라야만 했다. 다섯 배, 그 이상이 차이가 났기 때문이다.
　호열의 명령에 의해 내려진 일 대 오, 이 지침은 절대적으로 지켜졌다. 패왕군이나 군왕군 양쪽 모두에게…….
　"헉헉. 저 녀석들, 오늘은 얼마나 돌았지?"

"나, 나도 몰라. 요즘 저 녀석들이 미쳤나 봐. 어제는 오십 바퀴나 더 돌았는데 이렇게 가다간 오늘 칠십 바퀴는 더 돌아야 할 것 같아."

"칠십 바퀴가 뭐야? 백 바퀴는 더 돌아야 할 것 같다!"

"제기랄! 누가 이런 훈련을 하려고 여기에 들어왔나? 한 달이 지나 도록 뜀박질만 하다니."

"누가 아니래. 아버님이 이런 사실을 아시는지 모르겠다. 헉헉."

세 줄로 나란히 늘어서서 연무장을 돌고 있는 패왕군의 대열 안에선 조금씩 불만이 섞인 말들이 튀어나오기 시작했다.

오 일 전까지만 해도 이런 불만은 나오지 않았다. 아니, 사흘 전만 해도 의기양양했었다. 곧 있으면 군왕군의 대부분이 포기할 것이란 생 각들을 하고 있었기 때문이다. 첫날부터 철저하게 지켜지기 시작한 일 대 오의 방침이 그들의 이런 생각을 부추기기도 했다. 연무장을 돌기 만 하는 것에 지치고 짜증나며 힘들어도, 그날 저녁엔 자신들에 의해 골탕을 먹는 군왕군을 볼 수 있었기에 편안함과 즐거운 마음으로 피로 를 풀 수 있었다. 하지만 이제는 자신들이 그런 처지를 당하기 시작했 다.

"그만 해라. 정 싫으면 저 문을 나가면 될 것이 아닌가! 더 이상 고 생하지 말고 쉬운 길이 있으면 그 길로 나가라. 이 이후 더 이상 불만 을 토하는 자는 대장의 권한으로 가만두지 않겠다!"

"음……."

"……."

조대호의 불호령에 불만을 토하던 자들은 꿀 먹은 벙어리마냥 한마 디도 못했다.

조대호의 말 그대로 활짝 열려 있는 철혈금부의 문을 박차고 나가기만 하면 고생이 끝난다는 것을 잘 알고 있었다. 그러나 스스로도 이곳에서 나가면 자신들의 위명은 물론 자칫 자신들의 부모까지 불명예를 뒤집어쓰게 될지도 모른다는 생각을 가지고 있었기 때문이다. 그만큼 활짝 열려 있는 대문이 철혈위사들에겐 대문으로 보이지 않고 있었다.

"헉헉, 오늘도 이렇게 돌기만 하는군. 언제쯤 이게 멈출까? 도대체 도독께선 왜 이런 걸 시키는지 모르겠어."

"그러게. 하지만 이것도 나름대로 재미있잖아? 저 녀석들, 오늘은 어제보다 더 많이 돌아야 할걸. 하하하."

"하긴, 그러고 보면 우리들 체력이 많이 좋아지긴 했어. 한 달 전하고 비교하면 요즘은……."

"헉헉헉… 너, 너희들은 어떤지 모르지만 난 죽을 맛이다. 내 몸무게가 반으로 줄어들었어. 그게 어떻게 해서 만들어진 것인데, 아마 부모님께서 이런 내 모습을 보면 기절하실 거야."

"하하, 그래도 난 이제야 자네가 사람으로 보인다네. 자네가 처음 도찰원 표 원주님의 둘째 아들이라고 했을 때 우리들 중 누가 그 말을 믿었는가? 하지만 이제는 믿을 수 있네. 그러니 좀 더 뛰라고."

대나무처럼 곧은 성품에 주변으로부터 많은 존경을 받고 있는 도찰원의 표 원주, 그는 마치 젓가락을 세워놓은 것처럼 살이 없었다. 그러나 그런 부친과는 달리 평소 움직이는 것 자체가 싫었던 표연궁(表燕穹)은 집에서 책과 씨름하는 것을 즐겼다. 밖에서 즐거움을 찾는 것이 아니라, 되도록 집 안에서 자신이 원하는 것을 찾아 연구하고 탐구하는 것이 일상생활이었다. 자연히 일반인들보다 빨리 돌아가는 머리는 타의 추종을 불허할 정도로 명석했으며 아는 것도 많았다.

표연궁의 해박한 지식은 도찰원의 원주로 있는 부친도 인정을 할 정도였다. 오죽하면 십오 세의 어린 나이에 과거를 본다고 난리를 쳤던 적도 있었다. 하지만 쓰디쓴 낙방이란 고배를 마시고 난 후 연약하고 고집스러웠던 표연궁의 성격은 많이 달라졌다. 부모의 사랑을 마음껏 받고 자랐기에 자신도 모르게 고집과 아집이 몸에 배었던 그는 세상이 평소 즐겨 읽던 책의 내용하고는 너무나 다르다는 것을 깨닫게 된 것이다.

문이 인생의 전부라고 생각했던 자신이, 나라를 태평성대로 이끌 수 있는 것이 문이라던 자신의 생각이, 문보다는 무 중심의 인재 등용을 하는 과거 시험이라는 세상의 관문과 문에 대한 쓰디쓴 애정이 세상 밖에선 통하지 않는다는 것을 깨닫게 된 것이다. 세상을 지배하기 위해선 힘이 필요하다는 것을 알게 된 것이다, 무예라는 것을……

"맞아, 왕전유(王顚留)의 말대로야. 이제야 자네에게서 부친의 모습이 나타나기 시작했네. 하하하.

"아예 오늘 더 뛰자고! 이 친구를 돕는 길은 그것 같네. 하하하……"

"자네는 정말 그 이유 하나뿐인가?"

"아니, 또 하나 있지. 하하하. 바로 저 녀석들이 오늘 저녁도 늦게 먹는 모습을 지켜보는 즐거움 때문이지."

"크크, 맞아. 난 오늘 저녁이 기다려지네. 이대로 나간다면 저 녀석들은 한 시진은 더 돌아야 할 거야."

"하하하……"

자신들의 옆을 빠르게 지나가는 패왕군의 모습을 바라보며 군왕군의 진영 안에선 즐거운 웃음소리가 번져 나왔다.

패왕군의 진영에도 군왕군들의 웃음소리를 들을 수 있었다. 하지만 그것을 탓할 수가 없었다. 자신들 또한 예전에 그러했음으로…….

"휴, 이제 어떻게 하나? 저 녀석들이 끝까지 버티네. 일주일 정도면 하나둘씩 빠져나갈 줄 알았는데…….'

창밖을 바라보던 호열은 천천히 탁자로 돌아와 자리에 앉았다. 생각지 못한 철혈위사들의 끈질김에 고심을 하게 된 것이다.

생각했던 대로 철혈위사들의 이간질은 성공을 했다. 호열에겐 아주 쉬웠다. 문관의 자제와 무관의 자제들이 하나의 군대로 함께 섞여 있다고는 하지만 그들의 출신 성분과 기질까지 하나로 묶지는 못하고 있었기 때문이다. 호열도 그러한 것을 볼 수 있었다.

하지만 문제는 그것이 아니었다. 항상 열려 있는 문을 통해 한 명도 나가는 사람이 없었기 때문이다. 단 한 명이라도 포기하고 나가는 사람이 생기게 되면 그 뒤를 이어 줄줄이 이탈하는 인원이 생길 것을 기대하고 있던 호열이었다. 하지만 오히려 서로 단합이 되고 있었다. 비록 두 군부로 나누어진 단합이라고 해도 그것은 호열에겐 상당한 실망감과 허탈함을 주었다. 자신의 생각이 보기 좋게 빗나갔기 때문이다.

"제길, 이러면 다른 방법을 찾아봐야겠네. 저 녀석들만 포기하면 내가 훨씬 편할 텐데. 음…….'

호열은 옆으로 치워두었던 서책의 겉장을 넘기며 생각에 몰두했다. 무의식적으로 책장을 넘기고 있는 것이다. 그렇게 호열은 아무런 생각 없이 계속해서 책장을 넘기고 있었다.

'어쩔 수 없지. 이렇게 된 거 계속해서 저 녀석들의 숨통을 조일 수밖에…….'

"총관, 거기 총관 있는가! 있으면 안으로 들어오라!"

"예, 도독님. 지금 들어가겠습니다."

철혈금부의 모든 업무를 담당하고 있는 추 총관이 안으로 들어왔다.

처음엔 환관이 금의위의 총영반처럼 철혈금부의 업무를 총체적으로 보았었다. 호열도 그에 불만을 표하지 않았었다. 황제의 옆에도 환관이란 관리들이 항상 따라다녔고, 다른 곳에도 마찬가지였기 때문이었다. 황궁에선 으레 그렇게 해야 하는 것처럼 보였기 때문이다. 하지만 그때는 환관에 대해서 몰랐을 때의 일이었다. 호열이 환관에 대해 알게 된 후, 혈금부에는 그러한 자들을 들일 수 없다고 강력하게 항의를 했다. 절대 환관들을 안으로 들여보내지 말아달라고 황제에게 청한 것이다.

그러한 호열의 주청은 쉽게 받아들여졌다. 황제가 너무도 쉽게 허락을 한 것이다. 그렇게 해서 철혈금부 안에서 일하던 환관들은 모두 빠져나갔다. 그러면서 환관들 대신 다른 군부에서 차출된 중간 급 관리들이 행정 업무를 맡게 되었다. 추 총관도 그렇게 해서 철혈금부에 들어오게 된 것이었다.

하지만 환관들을 내친 호열에 대한 환관들의 원성은 하늘을 찌를 듯 높아만 갔다. 환관이란 이유 하나만으로 자신들을 사람 대접도 하지 않는다고 생각한 것이다. 한 번도 그러한 천대를 받아보지 못했던 그들이었기에 호열에 대한 그들의 원성은 차곡차곡 쌓여만 갔고, 황궁 내에 환관들이 모이는 곳이면 어디서나 화제의 얘깃거리가 되었다.

평상시엔 서로에 대한 시기와 질투로 하루의 반을 보내는 것이 환관들이지만, 자신들과 다른 일반 사람들이 자신들을 비방하거나 욕을 보이면 무섭게 단합된 힘을 보이는 것이 환관들이었다. 황제와 황세자는 물론, 황후나 빈들의 눈에 들기 위해 반목을 하기 일수였는데, 호열이란 매개체로 인하여 오랜만에 단합을 하게 된 것이다.

그러한 것은 삼보태감 정화와 동창의 초 제독도 마찬가지였다. 황실의 환관들을 서로 양분하고 있는 두 사람이 손을 잡게 된 것이다. 단, 호열의 문제를 거론할 때에 한해서……

"부르셨습니까, 도독님?"

"그래, 자넨 오늘부터 패왕군과 군왕군의 훈련량을 철저히 검사하게. 오늘 보니 군왕군의 체력이 많이 좋아졌더군. 그러니 지금부터 훈련량을 조금씩 늘려서 패왕군에 비슷한 수준으로 끌어올려 줘야 할 것이 아닌가."

"아… 알겠습니다. 그럼 어떤 훈련을 시키시려는지 말씀해 주십시오. 철저히 감독하겠습니다."

올해 사십이 넘은 추진엽(秋瑨燁)은 총관으로서 도독인 호열의 명령을 충실히 행하겠다는 군은 의지를 보여주고 있었다. 추 총관은 철혈금부에 배정받기 전까지 좌군도독부에서 백인대장의 직위에 있었다. 비록 백인대장이었지만, 병졸로 시작해서 중군도독부(中軍都督府) 좌도독(左都督)으로 임명된 구복(丘福) 장군을 흠모하고 있던 추 총관은 무인답지 않게 항상 서책을 가까이 하며 부하들을 따뜻한 마음으로 다스리려고 노력했다. 또한 공과 사를 철저히 구분하여 부하들을 대함에 스스럼이 없어 주변으로부터 신망이 날로 두터워졌다. 그만큼 자신의 직무에 충실했었다. 하지만 어떻게 생각하느냐에 따라 상관으로서 추 총관과 같은 부하는 짐이 될 수도 있고 복이 될 수도 있었다. 하지만 추 총관의 상관은 복이 아닌 짐으로 생각하고 있었다. 그래서 천인대장으로 진급할 수 있는 길을 열어주는 대신 철혈금부로 배정되게끔 손을 쓰게 된 것이다.

호열은 추 총관의 말에 고개를 끄덕였다. 어떠한 일이든 시키면 충실하게 이행하는 그의 모습에서 저절로 믿음이 갔다.

"얼마 전부터 저녁때 군왕군이 연무장에 남아서 돌고 있더군. 그렇다면 일 대 오의 명령에 의해 체력이 강성해졌다는 말이 아닌가?"

"예, 급속도로 체력들이 강해지고 있는 것만큼은 사실입니다. 하지만 아직까지는……."

"아니긴, 내일부터는 일 대 삼으로 한다고 하게. 이왕 시작한 것이니 몰아붙일 때 확 밀어붙이자고. 내 말이 무슨 뜻인지 알겠지?"

호열은 마지막 말과 동시에 총관의 향해 고개를 돌렸다. 이제 명령을 내렸으니 그 다음은 알아서 시행하라는 뜻이 다분히 섞여 있는 행동이었다.

"알겠습니다. 그렇게 하도록 하겠습니다. 또 다른 일은 없으십니까?"

"없네. 다만… 군왕군의 성장이 빨라졌으면 좋겠군. 그럼 훈련을 시키기 쉬울 텐데……."

"곧 그렇게 될 것입니다. 허약하기 그지없었던 군왕군들이 지금은 하루 종일 뛰어도 될 정도가 되지 않았습니까?"

추 총관은 호열의 마음을 알 수 있었다. 지휘관으로서 부하들의 전력이 자신의 생각에 비해 형편없다면 얼마나 상심이 크겠는가? 그 심정은 예전에 이미 경험한 봐 있기에 공감이 갔다.

"글쎄… 도중에 포기하는 자가 생긴다고 하더라도 강행을 시키게. 알겠나?"

"옛, 그렇게 하겠습니다. 그럼 이만."

추 총관은 호열의 명을 충실히 이행하기 위해 밖으로 나갔다.

호열은 추 총관이 나간 후로도 자리에서 일어나지 않았다. 아직 문제가 확실히 해결되지 않았기 때문이다.

'제발 이번엔 나가는 녀석이 한 명이라도 있어야 할 텐데… 이 참에 아예 두 군부를 같이 생각하고 훈련을 시킬까? 아니야, 그러면 황제가 알아차릴 수도 있어. 휴, 왜 포기하는 놈들이 하나도 없지? 이해할 수가 없네…….'

호열은 이해할 수 없었다. 패왕군은 원래 무관에 뜻이 있었으니 포기시키는 데 무리가 있지만, 분명 처음의 계획대로라면 지금쯤 군왕군의 절반 이상이 포기를 했어야 하는 상황이 전개되고 있어야 마땅했다. 하지만 현실을 그렇지 않았다.

하지만 호열은 표적을 군왕군에 두고 있었다. 계속 밀어붙이면 포기하는 사람이 나올 것이란 확신을 가지고 있었다.

벌써 저녁 시간을 알리는 종소리가 울리고 있었다. 호열은 종소리를 들으며 창밖으로 시선을 돌렸다. 종소리와 함께 철혈금부의 하루 훈련도 끝나기 때문이다.

돌연 위사들이 연무장의 중앙에 마련된 단상으로 모여들고 있었다. 이미 추 총관은 두 명의 부관들을 대동하고 그 위에 올라 있었다. 두 부관으로부터 패왕군과 군왕군이 연무장을 돈 횟수를 들은 추 총관은 고개를 끄덕여 보였다.

"군왕군, 모두 정렬했습니다."

"패왕군, 모두 제자리에 정지."

각 군부의 대장인 이건호와 조대호가 대열의 중앙에 위치한 후 총관에게 보고했다.

"좋다. 오늘도 열심히 했군. 아주 잘해주었다. 보고를 들으니 오늘도 패왕군이 연무장을 백삼십다섯 바퀴를 더 돌아야 한다더군."

"와~ 오늘도 우리가 이겼구나."

"좋다. 내일은 더 돌려주자고. 하하하."

"내가 미쳐! 오늘만은 돌지 않으려고 최선을 다했는데……."

"그러게 말이야. 에이~"

총관의 말을 들으며 양 진영에선 희비가 교차되었다. 군왕군 내에서 환호 소리가 터졌고, 패왕군에선 허탈함이 잔뜩 묻어 있는 한숨이 터졌다.

"오늘 저녁도 재미있겠구나. 그렇지 않은가, 연궁?"

"왜 아니한가! 우선 저녁이나 먼저 먹고 난 후 천천히 구경이나 하세. 하하하."

"그래야지. 하하하."

추 총관은 군왕군에서 터져 나오는 웃음과 함성 소리가 잦아들기를 기다렸다. 그렇게 얼마 동안 기다리자 추 총관의 예상대로 양 군부의 대장들에 의해 소란이 진정되었다.

군왕군들은 추 총관의 명을 기다렸다. 해산하란 명령을 기다리고 있는 것이다. 하지만 웬일인지 지그시 군왕군과 패왕군 사이를 번갈아 쳐다보기만 했다.

"오늘은 너희들에게 도독님의 명령을 전하게 되었다."

"음……."

"도독님이?"

호열의 명령을 전하겠다는 추 총관의 말에 양 군부의 모든 이목이 총관에게 쏠렸다.

"너희들도 알겠지만 처음의 군왕군과 지금의 군왕군은 많은 차이가 있다. 도독님이 보시기엔 거기서 거기겠지만 확실히 성장을 했다는 것이다. 처음엔 연무장을 몇 바퀴 돌지도 못하고 쓰러지던 군왕군이 한 달이 지난 지금엔 아무도 이탈하는 대원 없이 하루의 훈련을 마치고 있는 것이다. 거기다 지금도 힘이 남아돌지 않는가!"

"그건 그렇지. 우리의 체력이 좋아지긴 했지."

"좋아진 정도가 아니야. 내가 이 정도로 체력이 좋아질 줄은 몰랐다고."

"맞는 말이야. 패왕군과 경쟁하면서 놀라울 정도로 좋아졌지."

추 총관의 말에 군왕군의 전원이 고개를 끄덕였다.

"오늘 너희들의 성장한 모습을 보신 도독님은 마음이 흡족하셨다. 그에 빠른 시일 안에 너희들의 기초 체력 훈련을 마치고자 하신다. 따라서 내일부터는 훈련의 강도를 좀 더 높이게 되었다."

"……?"

"내일부터는 일 대 오가 아니라 일 대 삼이 될 것이다. 이것은 너희들의 떨어지는 체력을 높이기 위한 방침이니 열심히 하도록 하라. 이상이다. 군왕군은 이만 해산하라."

"뭐, 뭐라고? 일 대 삼?"

"그건 말도 안 돼… 어떻게 우리가……?"

"이만 해산하라고 했다. 참, 도독님께서 하신 말씀이 하나 더 있다. 그것은 우리 철혈금부의 문은 항상 열려 있다는 것이다. 푹 쉬도록!"

추 총관은 마지막 말과 함께 뒤로 돌아 금부의 안으로 들어갔다. 남아 있는 양 군부에선 순식간에 희비(喜悲)의 엇갈림이 교차되었다.

"어? 그, 그럼? 와! 그럼 내일부터는 야간에 돌지 않아도 된다는 말이네?"

"그렇지? 정말 그렇지? 하하하, 그럼 오늘은 열심히 돌아보자고. 내일부터는 다시 시작하는 마음으로 최선을 다해야지. 안 그런가?"

"맞아, 맞는 말이야. 하하하."

"역시 도독님이구나. 저런 나약한 녀석들은 빨리 내보내야 한다니까. 하하하."

"젠장, 내일부터 또 죽어나겠구나."

"자, 우린 이만 들어가자. 오늘 푹 쉬어야 할 것이 아닌가?"

"그래, 들어가자고."

군왕군은 축 처진 어깨를 하고 하나둘 자신들의 막사로 들어갔다. 그런 모습을 보고 있던 패왕군들은 다시 진영을 재정비한 후 연무장을 돌기 시작했다.

의당 야간 행군을 계속해야만 하는 패왕군들의 사기가 떨어져야 하건만 상황은 그 반대가 된 것이다. 내일부터 시작될 훈련의 예고가 그렇게 만들었다. 호열의 단 한 마디에 의해서……

제 9 장

이제부터는 내가 시작해 보지, 오기가 무엇인지 말이야

◆ 제9장 이제부터는 내가 시작해 보지,
오기가 무엇인지 말이야

칠월의 무더운 햇빛이 구름에 가려지고 빗물에 식혀져 그 진정한 힘을 발휘하지 못하고 있었다. 비록 빗줄기가 가늘어 식물들이 자라는 데 어려움이 있지만 정작 사람들은 비가 온다는 것 자체만으로도 행복해했다.

"그래도 제법 비가 오는구나. 올해엔 그래도 들판에 풀들이 많이 자라겠어."

"예, 폐하. 가축들을 배불리 먹일 수 있을 것 같습니다."

동평장사 토리스타르의 말을 들으며 부니아시리 황제가 고개를 끄덕였다.

"예, 그래요. 그나저나 서안으로 갔던 우승상이 돌아왔다고 하는 것 같던데, 돌아왔습니까?"

황제는 창밖에서 시선을 떼지 않은 상태로 말을 이어 나갔다. 어제부터 조금씩 내리기 시작한 비로 인해, 그동안 쌓여 있던 모든 시름들이 조금씩 씻겨지는 것 같은 기분을 느낄 수 있기에 시원함마저 들고 있었다. 아니, 가슴을 짓누르는 답답한 마음은 그대로였지만 그와 더불어 갑갑했던 마음이 촉촉한 이슬비와 함께 씻겨 내려갔으면 하는 바람도 커져만 갔다.

"허허, 돌아오긴 했습니다. 아마 조금 후면 이곳에 도착할 것입니다."

"예, 그렇겠지요."

"좋은 소식을 가지고 올 것입니다. 그러니 잠시만……."

"폐하, 우승상께서 오셨습니다."

대청 밖에서 들려오는 근위병 소리에 황제와 중서성은 서로 마주 보며 고개를 끄덕였다.

"이제야 왔나 봅니다. 어서 안으로 모시거라!"

"예……."

황제를 대신해서 중서성이 병사에게 명령을 내렸다. 중서성의 말이 떨어지기 무섭게 우승상 염상백이 안으로 들어왔다.

"폐하, 소신 우승상 염상백이옵니다. 폐하의 명을 수행하고 돌아오는 길이옵니다."

"오, 그래. 우승상, 왜 이렇게 늦었는가? 참, 갔었던 일은 잘 되었는가?"

"예, 그것이……."

"아, 이런. 자자, 우선 여기에 앉게나. 먼 길을 다녀왔으니 피곤할 것이 아닌가."

황제는 예를 취하는 우승상을 직접 일으켜 세우고는 자리에 앉혔다.

"그래, 갔었던 일에 대해 자세히 말해 주게."

"음… 예, 알겠습니다."

무언가를 생각하던 우승상은 황제의 말에 힘겹게 고개를 끄덕였다. 하지만 오 개월을 우승상만 기다리며 있던 황제와 중서성, 그들은 우승상의 미심쩍은 모습에 고개를 갸웃했다. 그러나 그에 대해 아무런 말도 하지 않고 우승상의 입이 떨어질 때까지 묵묵히 기다렸다.

"폐하, 소신이… 소신이 어리석었습니다. 소신의 잘못된 생각으로 폐하께 누를 끼치게 되었습니다. 죽여주십시오."

"우승상, 그 말이 무슨 뜻인가? 답답하니 소상히 말하라."

"그러시게, 우승상. 서안에서 무슨 일이 있었는지 알아야 할 것이 아닌가."

"예, 말씀드리겠습니다. 소신은 서안에, 서안에 진시황의 유물이 고스란히 남아 있는 줄 알았습니다. 그러나… 그러나 그곳엔 이미 누군가 들어갔다가 나간 것 같습니다. 소신이 찾던 무공기서들과 영약들은 하나도 없었습니다. 다만……."

우승상은 차마 황제와 중서성 앞에 고개를 들지 못했다. 오 개월 전만 하더라도 넘쳐흐르던 자신감을 보이며 서안으로 떠났었다. 당당히 진시황의 유물을 가져올 생각이었다. 하지만 진시황의 유물은 존재하지 않았다. 아니, 존재하긴 했지만 수백 년 전 누군가에 의해 도굴이 된 상태였다.

"다만? 다만 무엇인가? 어서 말해 보게!"

"예, 소신이 보았던 것은 무기였습니다. 비록 세월이 많이 흘러 녹이 쓴 것이 대부분이었지만, 그중에 몇몇은 기병이라 불릴 수 있을 정도의 신병이기였습니다. 그곳엔 그것들밖에는 없었습니다, 폐하……."

"허, 그럴 수가……."

"음……."

황제와 중서성은 우승상의 말에 할 말을 잃어버리고 말았다. 그와 함께 밀려오는 현기증에 한동안 의자에 몸을 의탁해야 했다.

타타르 국의 미래가 우승상에게 달려 있었다고 해도 과언이 아니었다. 서안으로 떠나기 전 우승상의 말대로 천 명의 젊은 인재들을 선발해 놓고 언제든지 훈련에 들어갈 수 있게 대기시켜 놓은 상태였던 것이다. 그런데 우승상이 가지고 온 것은 하나도 없었다. 아니, 있기는 있었다. 병사들을 무장시킬 수 있는 무기들을 구해온 것이다. 그러나 모두가 바라고 있던 것들은 구해오지 못했다. 그만큼 황제와 중서성에겐 타타르 국의 희망도 서서히 사라지는 것처럼 느껴진 것이다.

"……."

"휴… 이게 우리 타타르 국의 운명이라면 달게 받아야겠지. 우승상의 잘못이 무엇이 있겠는가. 짐의 부덕함을 탓해야지."

"폐하… 소신이, 소신이……."

"아무 말도 하지 말게. 우승상이 고생한 것을 짐도 알고 있네. 다만 앞으로 우리가 헤쳐 가야 할 밀림이 좀 더 거대해지고 울창해졌을 뿐이지. 안 그런가?"

"폐하……."

황제의 말을 들으며 우상상의 눈에선 눈물이 고이며 두 볼을 타고 바닥으로 떨어지고 있었다.

'허허, 그렇지요. 그렇습니다, 폐하. 우리에겐 폐하께서 계시는데 무엇인들 못하겠습니까! 또한 폐하를 곁에서 보좌할 우승상과 좌승상이 있는데요. 먼저 가신 선조들께서도 지금 폐하의 장부다움에 흡족해할

것입니다.'

중서성은 훌쩍 커버린 황제의 모습에 절로 고개가 끄덕여졌다. 또한 그동안 메말라 있던 두 노안에서도 뜨거운 눈물이 흘러내렸다.

"잘되었다. 우리에겐 성길사한님의 유물로도 충분하다. 비록 진시황의 유물은 얻지 못했지만 짐의 곁엔 우승상과 좌승상이 있지 않은가. 거기다 팔십만에 이르는 짐의 병사들이 짐을 위해 목숨도 아끼지 않는데 무엇이 두렵겠는가! 그러니 우승상은 그만 일어나 자리에 앉도록 하라."

"예, 폐하……."

"……."

우승상이 자리에 앉은 후 세 사람은 한동안 창밖으로 시선이 자연스럽게 옮겨졌다. 하늘에서 내리는 빗줄기가 타타르 국의 위대한 선조들이 안타까움에 흘리는 눈물처럼 애잔하게 보이고 있었다.

"우승상, 짐은 그대가 서안으로 떠난 다음 많은 생각을 하게 되었네. 그대가 짐에게 했던 말이었지. 이제 짐이 결단을 내려야만 할 것 같군."

"이 염상백, 이젠 폐하의 뜻에 목숨을 바쳐 따르겠습니다."

"고맙군. 우승상의 그런 마음이 내겐 진시황의 유물이나 천군만마보다 더욱 소중하다네. 알겠는가?"

"……."

"허허, 폐하. 좋은 말씀입니다. 우승상과 같은 충신을 얻은 것만으로도 폐하께선 덕이 넘치고도 남습니다."

중서성이 조용히 일어서며 황제의 곁으로 다가갔다. 황제도 중서성의 뜻을 알기에 천천히 고개를 끄덕였다.

"우승상, 짐은… 현원세가처럼 무림으로 진출할 생각이네. 대제국을 이룩하신 선조들께서 보고 계신다 하여도 짐의 뜻은 정해졌네. 우승상이 진시황의 유물을 가지고 왔다 하여도 마찬가지였을 거야. 사실 짐은 진시황의 유물을 찾게 되면 그 반을 병사들의 훈련에 쓰고, 나머지 반은 군자금으로 비축하려고 했었네. 우승상과의 약조를 어기려는 마음을 가지고 있었지. 알겠나? 짐이 그대와의 약조를 먼저 어기려 했었다는 말이네. 일국의 황제가 말이야. 황제로서 신하들 앞에 고개를 들 수 없는 짓을 꽤했던 것이지."

"아닙니다, 폐하. 결코 그렇지 않습니다. 폐하께선 최선의 방법을 생각해 내신 것입니다. 소신이라도 그렇게 했을 것입니다. 그때는 우선 진시황의 유물을 찾아 나서기 위해 그런 말씀을 했었던 것이옵니다. 그러니 너무 자학하지 마십시오."

우승상은 황제의 자학적인 말에 차마 고개를 들고 하늘을 우러러 볼 수가 없었다. 자신의 편협한 생각 때문에 황제의 상심이 크다고 생각한 것이다.

"하하, 아니네. 짐은 지금 자학을 하고 있는 것이 아니야. 현실을 얘기하고 있는 것이네. 현실을! 알겠는가?"

"……?"

"천 명의 병사들, 성길사한님의 모든 유물을 투입해서 그들을 훈련시키는 데 십 년 정도를 예상하고 있네. 어쩌면 십 년도 빠를지 모르지. 하지만 백성들의 안전과 타타르 국의 안위를 위해선 훈련 기간을 앞당겨야 할 것이네. 우승상이 말했듯 시간이 우리에겐 없다는 것이지. 우승상은 짐의 이런 심정을 헤아려 주기 바라네. 이젠 모든 것이 우승상의 두 어깨에 달려 있네."

"폐, 폐하! 어찌, 어찌 소신과 같은 미천한 자에게 그, 그런 일을⋯⋯."

우승상 염상백은 황제의 말에 떨리는 손을 간신히 진정시키려 애를 썼다. 하지만 그것이 잘 되지 않았다. 차가웠던 심장이 뜨거워져 도저히 자신의 의지로 감당할 수 없었던 것이다.

황제의 말에 응답을 하려고 해도, 아무리 마음을 다잡아도 뒷말을 이어 나갈 수가 없었다. 중원인인 자신에게 모든 것을 맡긴다는 황제의 말, 그것은 자신은 물론 백성과 나라의 안위까지 타민족 사람에게 맡긴다는 것이었다. 그것도 원수와 다름없는 중원인의 손에⋯⋯.

손이 떨려 주체할 수 없는 우승상의 곁으로 황제가 다가갔다. 냉철하기론 뱀보다 더하다던 우승상이 머리를 조아리며 한없이 눈물을 흘리는 모습에 황제도 가만히 있지 못하고 단상에서 내려와 우승상의 떨리는 두 손을 꽉 잡아주었다. 자신의 믿음이 두 손을 통해 우승상에게 전해졌으면 하는 바람을 전하듯 황제는 힘껏 두 손을 마주 잡아준 것이다.

"폐, 폐하. 소, 소신 염상백. 비록 대를 이어 추, 충성하라던 부친의 유지에 따라 폐하를 모시었지만, 그렇지만 거기엔 제 진심이 다 들어가 있지 않았습니다. 차마 제 자신이 중원인이란 생각에 그, 그렇게 하지 못한 것입니다. 그, 그러나 소신, 이젠 그 누가 뭐라 해도 폐하의 신하이옵니다. 폐하께서 소신을 내치신다고 해도 소신은 폐하의 검에 죽으면 죽었지 살아서 폐하의 곁을 떠나지는 않을 것입니다, 폐하⋯⋯."

"고맙네. 정말 고맙네⋯⋯."

황제와 우승상은 서로를 마주 보며 뜨거운 우정의 눈물을 흘렸다.

이 순간만은 황제도 아니었고 신하도 아닌 사나이였다. 주군과 신하로 맺어지기보다는 죽음도 불사할 우정으로 맺어지길 원하는 두 사람으로 인하여 타타르 국의 집무실 안엔 뜨거운 우정이 사방을 가득 채워졌다.

'허허, 신하를 진심으로 대할 수 있는 황제가 되셨습니다. 형님, 우리의 황손이 이제야 진정한 대원제국의 황제가 되셨단 말입니다. 들리십니까? 이 아우의 목소리가 들리십니까, 형님? 아……'

황제와 우승상의 모습을 옆에서 지켜보던 중서성 동평장사 토리스타르의 노안엔 타타르 국을 휘감고 있는 희망의 불꽃이 보이고 있었다. 푸른 늑대를 상징하는 붉은 깃발이 빗속에서도 그 빛을 잃지 않고 더욱 밝게 빛나고 있었던 것이다. 푸른 늑대의 전설을 상징하는 깃발이…….

*　　　*　　　*

남서쪽에서 불어오는 태풍으로 인해 삼 일째 폭우가 내리고 있었다. 또한 하늘을 가득 덮고 있는 검은색 융단은 태양이 언제 하늘에 있었나 싶을 정도로 틈이 없었다.

물의 신이 하늘에 오르려 하자 바람의 신이 노해 북을 치며 하늘에 경고성을 알리기라도 하듯, 황궁은 물론 황도인 금릉과 주변 일대를 가득 메우고 있는 시꺼먼 구름들 사이에선 천신들의 싸움이 일어나고 있었다. 하늘에선 번쩍이는 불빛과 함께 우렁찬 천둥 소리가 사방에서 울려 퍼졌으며, 그 여파가 땅끝까지 빛의 줄기로 연결되기도 했다.

대낮의 시간이었지만 황궁 안이나 궁성 밖에도 폭우로 인해 문밖 출입을 하는 사람들의 모습은 볼 수 없었다. 모두 문이란 문은 꼭꼭 걸어

잠그고선 집 안에서 한 발자국도 나오지 않고 있었다.

바람이 심해 잘못하면 날아갈 수도 있는 거친 바람이 사방에서 불고 있었다. 자칫 잘못되기라도 하면 하늘을 날아다니는 사람을 볼 수도 있을 정도였다. 마치 무림고수가 능공허도(凌空虛渡)를 펼치는 것보다 더욱 자연스러운 모습으로 하늘을 유영할 수도 있는 상황인 것이다. 그러나 거친 바람이 몰아치는 폭우에도 아랑곳하지 않고 열심히 자신들의 일에 몰두하고 있는 사람들이 있는 것이다. 세상엔 항상 예외라는 것이 존재하고 있듯이 세상의 이치가 먹히지 않는 사람들이 떡하니 살아 숨 쉬고 있는 것이다.

철혈금부의 패왕군과 군왕군 백 명.

자의가 아닌 타의에 의해 어쩔 수 없이 행하는 것이기는 하지만, 두 군부의 불타는 생존 경쟁은 거친 바람과 폭우 속에서도 용암의 불길마냥 활활 타오르는 화롯불보다 더욱 활활 타오르고 있었다.

"젠장, 저 자식들이 미쳤나? 오늘은 우리와 거의 비슷하게 돌고 있잖아?"

"아니야, 그래도 우리보다는 많이 처졌어. 하지만 오늘도 우리가 돌아야 할 것 같아. 뭐 저런 녀석들이 다 있냐? 저 녀석들 정말 책이나 읽던 서생들이 맞아?"

"맞는 말이다. 도독님의 명령으로 좋아했던 것이 이 주일도 안 됐는데 벌써 이러면 어떡하냐? 저 녀석들 정말 우리를 죽이려고 작정한 것 같아. 그렇지 않고선 저렇게 악으로 뛰지는 않을 거야."

"섭천오(葉闡俉), 조용히 하고 뛰기나 해라. 내가 알기론 저들과 경쟁하며 뛰는 것도 오늘이 마지막이니까."

"대장, 그게 무슨 말인가? 그럼 오늘로서 뛰는 것이 끝이라는 말이야?"

　"······?"

　빗속을 열심히 헤치며 달리던 패왕군들의 발걸음이 순식간에 뚝 멈추었다. 조대호의 단 한 마디의 말이 가지는 위력이었다. 아니, 말속에 내포되어 있는 불가항력적인 의미가 그들을 그렇게 만들었다.

　옆에서 달리던 대원들이 모두 멈추어 서서 자신들을 바라보자 조대호도 달리던 것을 멈추고는 천천히 대원들이 있는 곳으로 되돌아왔다.

　"후후, 그렇게 보지 마라. 나도 그랬으면 하는 바람이니까. 하지만 가능성은 있다. 단 너희가 생각하고 있는 것은 아니지만."

　"대장, 그게 무슨 말이야? 자세히 설명 좀 해봐."

　'후, 또 천오군. 항상 내가 하는 모든 일에는 천오가 나서고 있구나. 이젠 확실히 부대장의 지위를 굳혔어. 이젠 도독님이 인정하지 않는다고 해도 패왕군의 부대장은 섭천오다. 아니, 어쩌면 나는 껍데기 대장일 뿐 패왕군의 진정한 대장은 천오다. 후후후.'

　조대호는 씁쓸한 마음을 빗물에 묻혀 버리며 천천히 섭천오를 바라보았다. 패왕군 안에서 유일하게 대장인 조대호에게 질문할 수 있는 사람은 패왕군의 부대장을 맡고 있는 섭천오였다. 비록 그런 것은 섭천오가 동갑이란 이유나 병부상서(兵部尙書) 섭단영(葉端獰)의 장남이라는 이유 때문이 아니었다. 섭천오에겐 조대호에게 없는 덕이 있었다. 덕으로 사람들을 끌어들이는 지혜를 가지고 있기에 조대호도 함부로 대할 수 없었던 것이다.

　패왕군의 대장으로서 대원들에게 명령을 내릴 수는 있었지만, 조대호는 섭천오처럼 마음으로 대원들을 따르게 하지는 못했다. 노력을 해보았지만 천성이 그러한 것인지 뜻대로 몸과 마음이 움직여 주지 않았던 것이다.

"너희들도 알고 있을 것이다. 이 주 전이었지. 내 생각엔 오늘도 그 날과 같은 명령을 도독님이 내리셨을 거다."

"정말이냐? 정말 도독님께서 그런 명령을 내리실 거라는 것이?"

"대장, 정말입니까?"

"그렇다. 군왕군 대원들 모두 그러한 것을 이미 짐작하고 있다. 그렇기 때문에 오늘은 유난히 발악을 하는 것이다. 오기와 발악으로 우리들을 따라왔는데 저번처럼 된다는 것을 알고 있으니 오늘이라도 최선을 다해 우리를 고생시키자는 것이지. 이제 알겠나?"

"그, 그럼?"

"이제야 알겠군. 역시 대장은 머리도 좋단 말이야. 역시 우리 패왕군의 대장이야."

"음……"

조대호는 섭천오의 말을 들으면서 신음을 토했다. 하지만 섭천오의 말에 아무런 말을 할 수가 없었다. 자칫 잘못 들으면 비꼬는 듯한 어투로 들릴 수도 있는 상황이었지만 묵묵히 섭천오와 다른 대원들의 얼굴을 둘러보면서 조대호는 자신도 모르게 얼굴에 보일 듯 말 듯 웃음이 입가에 맺혔다.

"그러니 그렇게 있지 말고 좀 더 간격을 줄여야 할 거다. 아니면 오늘 밤새 폭우를 맞으며 달려야만 할 거니까. 하하하."

"음… 그렇겠군. 자, 모두 최선을 다해 뛰자고. 그래야 조금이라도 잠을 잘 것이 아닌가."

"하하, 그렇겠지. 어서 뛰자고."

조대호가 앞장을 서며 뛰기 시작하자 그 뒤를 따라 섭천오와 대원들`

이 잠시간의 휴식을 끝내고 무거운 다리를 움직이기 시작했다. 이미 빗물에 젖은 다리는 천 근보다 더 무거웠다. 하지만 패왕군은 달리고 또 달렸다. 군왕군의 속마음이 무엇인지 알게 됐으므로…….

"도독님, 이제 패왕군과 군왕군의 체력 차이가 크지 않습니다. 오늘은 거의 비슷한 횟수를 돌고 있습니다. 백이십 리에 육박하는 거리입니다. 두 달도 안 되는 짧은 시간에 비하면 놀라운 체력과 정신력입니다. 비록 패왕군의 체력을 따라잡기 위해 처절할 정도의 정신력과 오기로 버티며 달리는 것이지만, 그들의 체력은 도독님께서 바라시던 대로 급성장을 했습니다."

"그렇지, 내가 바라던 대로 급성장을 했지……."

'하지만 그건 내가 바라던 것이 아니라네. 정말 내가 바랐던 것은 이런 것이 아니었다고. 알겠나? 휴…….'

호열은 추 총관의 보고를 받으며 고개를 저었다. 믿을 수 없는 현실을 받아들여야 한다는 것이 너무나 힘들었던 것이다.

'빌어먹을, 이게 모두 황제 때문이야. 훈련이 끝나면 체력을 보충해 준다는 명목으로 몸에 좋다는 것은 다 먹이고 있으니. 그런 것은 자기나 먹을 것이지 왜 녀석들에게 주는 거야? 그렇게도 남아도나? 젠장!'

패왕군과 군왕군과의 차이는 체력이었다. 공력의 차이가 아니었던 것이다. 아무리 무관의 자제들이라 하더라도 체계적인 심공을 전수받은 적이 없기에 당연한 귀결이었다. 태어나면서 지금까지 나름대로 몸을 단련하였기에 나타났던 차이였다. 하지만 그것이 군왕군과의 차이를 벌이지는 못했다. 아니, 그 차이는 컸지만 군왕군이 극복하기엔 충분한 차이였던 것이다. 그것은 두 달도 안 되는 시간에 군왕군이 보여주는 모습이 증명해 주고 있었다.

"추 총관, 자네는 어떻게 했으면 좋겠나?"

"옛? 그게 무슨……?"

"확실히 달라지긴 했네. 멍청하고 어수룩했던 군왕군이 놀라울 정도로 변했지. 정신력뿐만 아니라 가장 취약했던 체력에서도 말이야. 이런 폭우에 하루 종일 진흙탕을 뛰어도 이젠 큰 무리가 없을 정도니까. 그것도 백이십 리를 달리는 데 말이야. 정말 좋은 일이지. 하지만 난 말이지, 내가 바라는 것은 이 정도가 아니야. 겨우 백이십 리나 달리는 것 따위가 아니라는 것이지. 내 말 알겠나?"

"……?"

"내일부터는 이백 리를 목표량으로 하게. 하루에 이백 리를 뛰게 하라는 말이네. 그 다음은 점점 시간을 줄여 나가도록 하고, 그것은 자네가 알아서 하게. 그렇게 해서 세 시진 안에 이백 리를 전원 완주하게 되면 이 훈련을 끝내면 되는 거야. 알겠나?"

"아, 알겠습니다. 그렇게 하겠습니다."

추 총관은 호열의 훈련 계획을 들으면서 식은땀이 났다. 호열이 추진하려는 계획은 현재의 철혈위사들에겐 쉽게 넘을 수 없는 벽과 같았기 때문이다. 어쩌면 영원히 넘을 수도 없는 계획이었다. 하지만 추 통관은 알고 있었다. 쉽진 않겠지만 경공을 익힌 무림의 고수라면 세 시진이 아니라 두 시진 안에 이백 리를 넘게 달릴 수 있다는 걸 표국에서 일하는 친우에게 들었던 적이 있었다.

추 총관은 호열의 명령에 불만을 표하지 않았다. 지금까지 해온 것처럼 자신은 충실하게 호열의 명령만을 수행하면 되는 것이기 때문이다. 이의를 제기할 마음도 없었고, 또한 하고 싶지도 않았다. 철혈위사들의 성장하는 모습을 보면서 호열에 대한 믿음이 자라나고 있었던 것이다.

"그럼 나가보도록. 오늘은 이만 쉬어야겠네."

"옛, 그럼 편히 쉬십시오."

추 총관이 밖으로 나가자 호열은 얼른 자리에서 일어나 창가로 갔다. 하늘을 시꺼멓게 뒤덮고 있는 구름으로 인해 사방이 어두웠지만 호열은 똑똑히 볼 수가 있었다. 군왕군과 패왕군이 서로 경쟁을 하듯 죽을힘을 다해 연무장을 돌고 있었던 것이다. 움직이지 않는 다리를 두 손으로 쥐어 잡고 쩔뚝거리며 도는 사람도 보였고, 이미 체력이 바닥난 사람들은 이를 악물고 정신력으로 버티는 사람들도 있었다.

'도저히 이해를 못하겠어. 저렇게까지 하면서 왜 버티고 있는지 알 수가 없단 말이야. 나 같으면 그냥 나갈 텐데. 나처럼 목숨이 걸려 있는 것도 아니고, 오로지 자신의 출세욕과 명예 때문에 저리한단 말인가? 그건 말이 안 돼. 이미 저들은 부친의 위세만으로 출세를 할 수 있는 녀석들이 아닌가. 그렇다면 무엇인가? 무엇이 저 녀석들을 지탱시키고 있는지 알 수가 없구나……'

호열은 고민에 휩싸였다. 원인과 결과를 알아야 그 해결책이 나온다는 것을 잘 알기에 고민을 하고 있는 것이다. 하지만 아무리 생각을 해도 해답을 찾을 수가 없었다. 처음엔 명예나 권력욕, 아니면 부친의 체면 때문일 것이라 생각했었다. 하지만 그런 것만으론 지금과 같은 행동을 보일 수 없다는 것을 잘 알고 있었다. 그래서 더욱 고민할 수밖에 없었다.

'젠장, 정말 열받네. 이것도 아니고 저것도 아니면, 그렇다면 오기란 말인가? 나에 대한 오기? 아니면 자신들에 대한 오기인가? 어쩜 그럴

지도… 후후, 그렇다면 재미있어지겠네. 이젠 오기의 원인이 자기에 대한 것이든, 아니면 나에 대한 것이든 그러한 것은 중요하지 않다. 이제부터는 내가 시작해 보지, 오기가 무엇인지 말이야. 난 너희들을 통해 내 오기가 무엇인지 보여주겠다. 난 너희들을 한계점에 이를 때까지 괴롭힐 것이니 말이다. 뭐, 그로 인해 너희들이 강해진다면 그것도 좋겠지. 어차피 황제로부터 벗어나려면 너희들이 강해져야 하니까.'

"후후, 이제부터는 재미있게 즐기겠다. 굳이 너희들이 떠나길 바라지도 않을 뿐더러 남는 것도 원하지 않는다. 다만 내일부터는 새로운 마음으로 시작해 보자고. 하하하……."

호열은 오랜만에 시원하게 웃을 수 있었다. 앞으로 진행될 훈련의 성과를 즐거운 마음으로 받아들이기로 한 것이다.

하지만 결과는 생각하지 않기로 했다. 결과가 좋게 나오면 황제도 웃을 수 있겠지만 그것은 어디까지나 추후의 문제였다. 지금 호열에게 중요한 것은 철혈위사들의 오기가 어디까지 갈 것인가를 지켜보는 것이었다.

일주일을 쉼없이 퍼붓던 빗줄기가 그쳤다. 언제 그랬냐는 듯 하늘엔 태양이 그 모습을 보이기 시작한 것이다.

빗줄기가 내릴 때는 문밖 출입이 용이하지 않아 불편한 마음으로 불평을 늘어놓던 사람들이, 갑자기 무더워지는 날씨에 시원함을 찾고 있었다. 불과 며칠 전의 일들을 까맣게 잊어버리고 더위에 짜증을 부리는 것이다.

그러한 것은 엄한 예절을 지켜야 하는 황궁 안이라고 해도 예외가 될 수 없었다.

화려한 꽃들이 즐비한 화원의 한곳.

주변엔 빽빽하게 늘어선 괴목(怪木)들과 기화이초(奇花異草)들로 인해 무릉도원에 들어와 있는 착각을 불러일으키는 곳, 바로 황제의 귀여움을 독차지하고 있는 선혜공주(璇暳公主) 주혜영(朱蕙永)의 처소가 있는 곳이었다.

선혜공주의 처소를 지키는 환관들은 오늘도 잘 가꾸어진 화원에 물을 주며 두런두런 얘기를 나누고 있었다. 평소 하던 일들 중 한 가지였지만 가장 중요한 일이기도 했다. 꽃들과 주변의 잘 다져져 있는 토양을 훼손하지 않고 물을 주기란 여간 쉽지 않은 일이기 때문이다. 그렇기 때문에 선혜공주의 총애를 받는 환관들이 주로 전담을 하고 있었다.

"이보게, 오늘도 또 돌고 있다며?"

"그렇다는군. 폐하께선 무슨 생각을 하시는지 모르겠네. 철혈패군 임 도독을 내치시지 않고 말이야."

"그런 소리 말게. 자칫 잘못하면 자네의 목이 달아나니까 말이야."

목소리를 낮추며 주변을 둘러보던 환관은 아무도 없다는 것을 확인하고는 한숨을 내쉬었다.

"알았네, 소심한 사람하고는. 내 일은 내가 알아서 하니까 걱정 말게. 그나저나 그런 비인간적인 훈련을 군소리없이 받는 위사들도 이해할 수가 없네. 나가라고 문을 열어두는데도 나갈 생각을 하지 않는다고 하더구먼. 이러한 것은 임 도독이 폐하께서 가르치라는 무예는 가르칠 생각도 않고 혹사만 시키고 있는 것이 아닌가? 자넨 어떻게 생각하는가?"

"휴… 그건 그렇지. 하지만 폐하께선 그 문제에 대해 아무런 말씀도 하지 않고 계시니……. 자네도 더 이상 그 문제를 거론하지 말게. 만약 실수라도 해서 황제 폐하와 임 도독과의 일을 공주님께서 아시기라도 하면 큰일이 날 것이네. 공주님의 성격을 잘 알지 않은가."

"흐흐, 난 차라리 공주님께서 아셨으면 하는데? 그렇게 되면 하늘 높은 줄 모르고 우리 환관들을 괄시하는 기세가 확 꺾이지 않겠는가!"

"음……."

자신의 속내를 있는 그대로 말해 버리는 동료를 보면서 고개가 절로 흔들어졌다. 도저히 말로는 방정맞은 입을 어찌하지 못한다는 것을 실감했던 것이다. 지금까지는 눈물겨운 노력으로 인하여 공주님과 접촉하는 일이 없었기에 무사히 넘어가고 있었지만, 자칫 한눈을 팔기라도 하면 무슨 사고를 칠지 모르는 애물덩어리였다.

"나도 자네와 같은 생각이네. 요즘 그 일 때문에 삼보태감님과 초제독께서 자주 접촉을 하신다고 들었네. 아마 조만간 좋은 일이 있을 거야. 그러니 우리는 조용히 있기만 하세. 알았나!"

"이것 참, 알았네. 자네하고는 더 이상 말을 못하겠구먼. 무슨 말만 하면 그만 하라고 하니, 에이!"

"감대우(甘坕藕), 네가 무슨 말을 했기에 하초(夏樵)가 그만 하라고 하지?"

"헉! 고, 공주님!"

"억! 음… 공주님께서 납시었습니까."

감대우와 하초는 얼른 자리에서 일어나 선혜공주를 향해 허리를 숙였다.

선혜공주 주혜영은 방년 이십 세가 넘은 나이에도 불구하고 아직까지 혼처를 정하지 못하고 있었다. 영락제가 제위에 등극한 지 얼마 되지 않아서 그러한 것도 있었지만, 이름에 맞지 않게 보통 남자들보다

화통한 성격을 가지고 있어 스스로 혼처를 정하려는 마음이 컸기 때문이었다.

영락제는 제위에 등극하자마자 선혜공주의 혼처를 물색했었다. 하지만 선혜공주는 번번이 회피를 하며 거절하였다. 평소 지혜롭고 당찬 선혜공주의 모습에 깊은 애정을 주고 있었기에 영락제는 자신이 정해준 혼처를 거절하더라도 크게 나무라지 않았던 것이다. 오히려 선혜공주의 당당함에 흐뭇하기만 했다. 화용월태(花容月態)의 용모에 월궁항아(月宮姮娥)보다 고귀한 선혜공주의 아름다움에 어느 누구라도 사내라면 흠뻑 취하고 싶은 자태를 지니고 있었을 뿐만 아니라, 그 지혜가 한림원의 석학들이 놀랄 정도로 깊어 영락제의 보물 중의 보물이었다.

'이거 큰일 났구나. 공주님께서 우리가 나눈 얘기를 들으셨나 보다. 왜 하필 이런 때에. 아이구!'

감대우는 슬쩍 고개를 옆으로 돌려 하초를 바라보았다. 하지만 하초는 아무 소리 없이 고개만 숙이고 있었다.

"……."

"왜 아무 말이 없는 거지? 내가 묻는 말에 어서 대답해 봐라."

"저… 공주님, 소신들은 다만 우스갯소리를 한 것뿐입니다."

감대우는 묵묵히 입을 다물고 있는 하초를 바라보며 얼른 변명을 했다.

"하초, 감대우의 말이 사실이냐? 만약 사실이 아닐 경우엔 입을 꼬매놓겠다."

'헉, 이, 입을? 아이고……!'

"저, 정말로 소신의 입을 꼬매신다는……?'

하초는 차마 다음 말을 이어 나갈 수가 없었다. 고개를 들어 올리자마자 자신을 바라보고 있던 선혜공주의 눈과 마주쳤기 때문이다. 그에 하초는 얼른 고개를 숙여야만 했다.

하초는 순간적으로 표독스럽게 변한 선혜공주의 시선을 정면으로 받지 못했다. 괜히 잘못 보였다간 어떤 봉변을 당할지 모른다는 불안감 때문이었다.

선혜공주는 평소 감대우와 하초에 대해 잘 알고 있었다. 평소에도 쓸데없는 말이 많고 생각없이 행동하는 하초보다 차분한 성격에 사리 분별이 밝아 스스로 알아서 자신의 일을 챙길 줄 아는 감대우를 총애하고 있었기에 더욱 그러했다. 자신이 총애하는 신하에 대해 알지 못한다면 군주로서의 자격이 없다고 생각하고 있었기 때문이다.

선혜공주의 성격과 습성을 파악하고 있는 감대우는 지금 선혜공주의 행동이 무엇을 뜻하는지 잘 알고 있었다. 그냥 조용히만 있으면 쉽게 넘어갈 문제를 하초가 어렵게 만들고 있는 것이었다. 담담하게 받아넘기면 될 일을 어느 누가 보아도 죄를 지었다는 것을 얼굴로 표현하고 있었기 때문이다.

'내 입이 꼬매지면 밥은 어떻게 먹는단 말인가? 말은 어떻게 하고? 어쩔 수 없다. 공주님께선 하시고도 남으실 분이니. 이보게, 어쩔 수 없네.'

하초는 곁눈으로 감대우의 표정을 살피며 고개를 저었다. 최대한 처연한 표정을 지으며……

"공, 공주님, 사실은 그, 그런 것이 아니옵고……."

"아니옵고? 그러면?"

'이런, 정말 말하다니. 어찌 저리도 생각이 없다는 말인가. 공주님

께선 그저 시험을 하신 것뿐인데, 앞으로 이 일을 어찌 수습하려고……'

선혜공주는 하초의 말을 들으며 감대우를 향해 살짝 눈웃음을 보였다. 자신이 이겼다는 것을 보여주는 것이었다.

'호호, 확실히 하초는 감대우보다 다루기 쉽다니까. 조금만 위협을 줘도 알아서 불어주니.'

선혜공주는 감대우와 하초의 표정을 보며 재미있다는 표정을 지었다. 감대우도 그런 선혜공주의 표정을 읽을 수 있었다.

"빨리 말해 봐."

"예, 말하겠습니다. 소, 소신과 감 환관은 처, 철혈금부의 일에 대해 말하고 있었습니다. 그, 그게 전부입니다. 그러니 제발 소신의 입만은 꼬매지 말아주십시오."

'철혈금부? 철혈금부가 뭐지? 처음 들어보는 이름인데? 내가 신경 쓰지 않고 있는 사이에 아바마마께서 새롭게 창설하셨나?'

하초의 눈물겨운 변명을 들으면서 선혜공주는 고개를 갸웃했다. 뒤에 금부라는 말이 붙은 것을 볼 때 황제의 친위군일 가능성이 농후하다는 것을 직감한 것이다. 호기심이 왕성한 선혜공주는 평소에 황실의 문제에 대해 영락제와 많은 얘기를 나누곤 했다.

황태자 주고치는 황제의 장남이기 때문에 추후 황실에 변괴가 없다면 차기 황제에 등극할 사람이었다. 평소 온화하고 다정다감하여 많은 사람들의 인정을 받고 있지만 영락제는 그런 황태자를 좋게 보고 있으면서도 많은 아쉬움도 함께 가지고 있었다. 황제라는 자리가 어질기만 해서는 안 된다는 생각을 가지고 있었기에 영락제의 눈에는 그런 황태자가 여리게만 보였던 것이다.

그리고 셋째인 한왕(漢王) 주고후(朱高煦)는 야심이 많은 사람이었다. 둘째인 주고명(朱高明)이 정변의 난이 있을 때 북경의 변괴로 인하여 실종이 된 상태였기에 주고후의 야심은 황태자에게 커다란 위협이 되고 있었다. 황제인 영락제는 물론 황태자도 동생인 주고후의 위협천만한 야심을 알고 있었다. 그러나 같은 부모를 모시는 형제였기에 되도록이면 어진 마음으로 이해하려고 노력하고 있었다. 하지만 주고후는 그렇지 않았다. 이십 세의 젊은 나이임에도 불구하고 대신들과 자주 회동을 하면서 자신의 세력을 넓혀가고 있었던 것이다.

거기에 비하면 공주라는 신분으로 인해 정쟁에 휘말리지 않는 선혜공주는 영락제의 귀여움을 독차지하고 있었다. 나약한 황태자나 위험한 도박을 준비 중인 주고후를 탐탁지 않게 여기는 영락제의 애정이 선혜공주에게 기우는 것이었다. 거기다 빼어난 외모와는 달리 호방한 성격이 영락제를 빼다 박은 듯하여 더욱더 깊은 애정을 주고 있었다.

그러나 근래 언니인 소호공주(素昊公主) 주기순(朱基淳)이 황궁에 입궁하게 되면서 선혜공주는 근 네 달 동안 부친인 영락제와 만나지 못했다.

소호공주는 친동생인 건문제 주윤문이 전란에 의해 선혜공주의 부친인 영락제에게 강제 폐위를 당하면서 궁궐 밖으로 피난을 했었는데, 얼마 전에 금의위에 발각이 되어 궁궐로 돌아오게 되었다. 선혜공주는 그런 언니의 처지가 안쓰러워 한동안 소호공주의 처소에 있으면서 마음으로나마 위로를 하며 함께 시간을 보내고 있던 차라 황실의 최근 사정을 모르고 있었다.

"철혈금부라고?"

"예, 공주마마. 황제 폐하의 명에 의해 새롭게 창설된 곳입니다. 거기가 어디인가 하면요, 거긴……."

하초는 선혜공주의 표정을 살피며 얼른 말을 이어 나갔다. 계기가 어찌 되었든 평소에 하고 싶었던 것을 말하는 것이기에 입이 가만히 있지를 못하고 있었다.

"하초! 그만 하게!"

"응? 감대우, 왜 그러나?"

"……."

선혜공주는 하초의 말에 귀를 기울이고 있었는데 갑자기 감대우가 끼어들면서 하초의 말을 잘랐던 것이다.

선혜공주는 무슨 일인지 말하라는 듯한 눈빛을 감대우에게 보냈다. 감대우도 공주의 눈빛이 전하는 의미를 알 수 있었다.

"자네 왜 그러는가? 공주님께서 아시고 싶어하시는데. 나는 지금 공주님의 신하 된 의무를 다하려고 하니 자네는 나를 막지 말게!"

"자네 정말! 음……."

하초는 공주의 표정을 본 후 평소 환관의 입지를 살릴 수 있는 기회가 왔다는 생각에 미안한 마음을 접고는 절친한 친우인 감대우에게 핀잔을 줬다. 감대우는 하초의 말을 들으며 순간 울화가 치밀었지만 다른 말을 할 수가 없었다.

선혜공주는 하초의 말에 감대우가 발끈하는 모습을 보이자 흥미가 일었다. 지금까지는 흥미라고 할 수 없을 정도로 말하려면 하고 하지 않으려면 말라는 마음이 절반 이상을 차지하고 있었는데, 감대우의 표정을 보고 난 후에는 꼭 알아야겠다는 마음이 든 것이다.

"하초, 감대우는 신경 쓰지 말고 어서 말하라. 그리고 감대우는 하초가 말하는 동안 조용히 있도록 하고. 알았어, 감대우!"

"흐흐, 거보라고. 공주님께서 아시고 싶어하잖아."

"휴… 알았습니다, 공주님."

감대우는 공주의 말에 의기양양해하는 하초의 모습을 보며 고개를 가로저었다. 하지만 이젠 아무런 말도 할 수 없었다. 그저 하초가 선혜 공주의 성질을 돋우게만 하지 말아주었으면 하는 바람뿐이었다. 자신 도 환관이지만 환관이 정쟁에 끼어들면 나라가 어지럽다는 것을 잘 알 고 있었기 때문이다. 그러나 그것이 쉽지 않은 일이었으니……

"이제 네 말을 끊을 사람은 없으니 어서 말해 봐. 도대체 무슨 말들 을 하고 있었어?"

"네, 사실 전 공주님께 이 말을 꼭 하고 싶었습니다. 그동안 공주님 께서 계시지 않아 하고 싶어도 못하고 있었는데 공주님께서 이렇게 오 셨으니 소신은 기쁘기 한량없습니다."

"알았어. 알았으니 그런 아첨은 나중에 하고 어서 말해 봐."

선혜공주는 하초의 아부가 듣기 거북하여 손으로 휘저으며 얼른 하 고 싶은 말이나 하라고 손짓했다.

"예, 알았습니다. 사실 철혈금부는 공주님께서 소호공주님의 처소에 가 계신 중에 폐하께서 새롭게 창설하신 군부입니다. 그러나 문제는 그곳의 책임자로 있는 임 도독이란 자입니다."

"……?"

선혜공주는 하초의 말을 들으며 순간 이해할 수 없다는 표정을 지었 다. 분명 도독이라면 하초 같은 환관은 함부로 입에 올리지도 못하는 신분이었다. 그런데 하초는 그런 자를 함부로 입에 담고 있었다. 그것 도 공주의 앞에서 대놓고 험담을 하고 있는 것이다. 하지만 선혜공주 는 하초의 말을 끝까지 듣기 위해 아무런 말을 하지 않았다. 다만 심기가 언짢아졌을 뿐이었다.

감대우도 선혜공주의 심기가 언짢아졌다는 것을 느낄 수 있었다. 그에 하초에게 눈치를 주었으나 하초는 그런 감대우를 쳐다보지도 않았다.

"철혈금부를 맡고 있는 임 도독은 조선인입니다. 바로 동이족인 것이죠. 그런데 그 동이족이 감히 황제 폐하께 제안을 했다 합니다."

"제안? 아바마마께 제안을 했다고?"

하초의 얘기를 들으면서 선혜공주는 깜짝 놀랐다. 감히 황제에게 주청을 들이는 것도 아닌 제안을 했다는 말에 어이가 없었던 것이다.

"예, 폐하께서는 철혈금부의 위사들을 무림의 고수들처럼 훈련시키려고 하셨습니다. 그런데 임 도독은 그런 폐하의 명에 따를 수 없다고 했습니다. 자신의 무공을 위사들에게 가르칠 수 없다고 말입니다. 그리고 한술 더 떠서는 임 도독이 폐하의 명에 따르기 위해선 텅텅 비어 있는 황궁 무고에 비급들과 영약들을 채우라고 했다 합니다."

"뭐? 하초! 정말 네가 한 말이 사실이냐!"

"예, 한 치도 거짓이 없는 사실이옵니다."

"허, 정말 기가 막히는군. 감히 그런 말도 안 되는 짓거리를 하다니……."

선혜공주는 하초의 확신이 담긴 대답을 들으면서 황당한 표정을 지었다. 도무지 믿을 수 없는 말을 들었기 때문이다. 그에 선혜공주는 옆에 조용히 서 있는 감대우를 향해 고개를 돌렸다. 하초의 말이 사실인지 아닌지 감대우를 통해 알아보고자 했던 것이다.

"휴… 그렇습니다, 공주님. 비록 하초의 말에 살이 많이 붙었지만 그런 일이 있기는 있었습니다."

"아니, 그런 것을 아바마마께선 듣고만 계셨단 말이냐? 평소 아바마마의 성정으로 보아서는 있을 수 없는 일인데?"

"음… 예, 평소의 폐하시라면 그렇지요. 그러나 폐하께서도 그런 어이없는 제안을 하는 임 도독을 어찌하지 못하셨다고 하옵니다."

"공주님, 거기다 임 도독은 철혈금부의 행정을 담당하고 있던 환관들을 내쳤습니다. 환관이란 이유로 부당한 대우를 받기까지 했다 합니다."

"어찌하지 못하셨다고? 아바마마께서?"

"예……"

감대우의 대답에서 선혜공주는 또 한 번 뒤통수를 강하게 강타당하는 느낌에 아찔한 현기증마저 들었다. 하초의 말이 뒤를 이었으나 선혜공주의 귀에는 그러한 것들은 들어오지 못했다.

'아바마마께서 어찌하지 못하셨다고? 어찌 그런 말도 안 되는 일이……?'

"그럼 대신들은 무엇을 하고 있었다는 말이냐! 아바마마께서 봉변을 당하시는 것을 보고만 있었다는 말이냐? 어서 대답해 봐라, 감대우!"

"음……"

"감대우! 어서 말하지 못할까!"

선혜공주는 자신의 명령에 묵묵부답으로 서 있는 감대우를 향해 고함을 질렀다. 그 모습이 어찌나 험악하게 보였는지 옆에 서 있던 하초가 깜짝 놀라 뒤로 한 걸음 물러날 정도였다.

"공, 공주님, 소신이 대신 말씀드리겠습니다."

"그래, 그럼 네가 어서 말해 봐라!"

"예, 사실은 그때 그곳에 있던 조 대도독과 초 제독께서 군대를 동원하려고 했다 합니다. 그런데 폐하께서 그것을 불허하시고는 임 도독의 청을 들어주셨다 합니다. 그리고… 이 얘기는 폐하께서 황궁에 있는 모든 환관들과 나인들은 물론, 대신들께도 함구령을 내리셨던 것입니다. 그에 감대우는 공주님께 말씀드리지 못한 것입니다."

"그것이 사실이냐?"

선혜공주는 하초의 말을 모두 들은 후 그 사실 여부를 하초가 아닌 감대우를 향해 물어보았다.

"예……."

감대우는 선혜공주의 날카로운 눈빛을 받으며 천천히 고개를 끄덕였다.

"흥! 감대우, 어차피 대답을 할 거면서 왜 직접 말하지 않은 거지? 내가 그렇게 하찮게 보였느냐?"

"아닙니다. 어찌 소신이 공주님께 무례를 범하겠습니까! 소신은 공주님께서 그 사실을 아시지 않는 것이 좋다고 생각했습니다. 공주님께서 그러한 사실을 알면 속상해하실 것이 아니옵니까?"

"흥, 네가 내 생각을 다 해주는구나. 그러나 나도 엄연히 황실 사람이다. 그런데 내가 그러한 일이 있었다는 것도 몰라서야 어찌 황족이라 할 수 있겠느냐! 너는 앞으로 이런 일이 있으면 누구보다 먼저 내게 알려야 할 것이다. 알겠느냐!"

"음… 알겠습니다, 공주님……."

"그럼 너는 얼른 철혈금부가 무엇을 하는 곳인지, 또한 그 임 도독이란 자는 누구인지 소상히 알아보고서 내게 보고하거라. 아주 세세한 것까지 살핀 후에 보고하란 말이다!"

"알겠습니다, 공주님……."

선혜공주는 감대우와 하초를 향해 한번 똑 쏘아보더니 이내 꽃밭을 지나쳐 자신의 처소로 향했다. 자신이 가장 아끼는 꽃밭에 흉측스러운 발자국을 스스럼없이 남기며 걸어가고 있는 것이다.

감대우와 하초는 선혜공주의 모습에서 심상치 않은 기류가 흐르고 있음을 직감했다.

"자네, 앞으로 오늘 일을 후회하게 될 거야. 자네의 방정맞은 입 때문에 큰 사단이 벌어질 것이야. 알겠나?

"음……."

하초는 감대우의 말을 들으며 신음 소리를 냈다. 하초도 선혜공주의 뒷모습에서 그러한 것을 알 수 있었기 때문이다.

*　　　*　　　*

"음… 정말 좋은 말이구나. 지식과 지혜라… 그 차이가 여기에 있구나."

호열은 깨끗이 정돈된 탁자에 앉아 열심히 서책을 읽고 있는 중이었다. 며칠 전에 황궁 서고에서 가지고 나온 수행설록집(修行說錄集)이란 빛 바랜 고서에 흠뻑 빠져 있었다.

"지식이란 무엇이고 지혜란 무엇인가? 또, 배웠다는 것은 무엇이고 무식하다는 것은 또 무엇일까? 아무래도 영악하거나 꾀가 많다는 것과는 다른 것 같기도 하고, 인생이 지식으로만 사는 것은 아닐 것 같고, 지혜롭다고 할 때는 무언가 고상한 느낌도 들고… 휴, 아무래도 헝클어진 생각들을 정리할 필요가 있을 것 같다."

어느새 호열의 손엔 사서삼경이 쥐어져 있지 않았다. 비록 사서삼경

중 삼경의 시경(詩經)과 서경(書經)은 어느 정도 이해를 할 수 있었는데, 주역(周易)은 아무리 읽어도 머리 속에 들어오지 않았다. 그에 편한 마음으로 접은 후 사서의 대학(大學)과 논어(論語), 맹자(孟子), 중용(中庸)도 함께 읽었다. 처음엔 너무 어려운 말들이 많아 이해하기 어려웠는데, 세 번 정도 정독을 하며 읽으니 완벽하지는 않았지만 이해하는 데는 큰 어려움이 없었다.

그에 호열은 다른 책들로 손이 가게 되었다. 그래서 가지고 나온 서책들 중의 한 가지가 바로 수행설록집이었다.

"대강 이런 생각이 드는구나. 지혜는 사실에 대한 현상적인 분석이 아니라 그 내면적 흐름과 본질은 물론, 전체적인 의미와 연관하여 보다 근원적으로 파악하고 판단하려는 능력일 것이다. 그리고 지식은 객관적이고 현상적인 분석과 종합을 통하여 체계화를 시킨 정신 활동의 총화가 아닐까? 맞다, 지식은 노력하면 할수록 나날이 증가하고 깊어지며 항상 새롭게 축적이 되지만, 지혜는 어느 누구에나 주어지는 것이 아니다. 그렇지, 지식이 있으면서도 지혜롭지 못한 경우가 허다하고, 지혜는 있으나 학문의 깊이가 낮은 경우도 있을 것이다. 후후, 그럼 지식을 잘못 사용하면 술책이 되고 꾀가 되어 영악해지는 것일까? 음……."

호열은 아무도 없는 집무실 안에서 스스로에게 묻고 답을 말하길 반복했다. 아무도 들어주는 사람이 없었지만 호열 스스로는 들을 수 있었기 때문이다.

호열이 누구를 탓하거나 혐오하는 마음으로 독백을 하는 것은 아니었다. 서책을 읽은 후 호열은 스스로의 인생에 비추어 생각하게 되었다. 그에 많은 일들이 주마등처럼 스쳐 지나갔고, 그에 때로는 아쉬운 마음과 후회의 마음이 들기도 하였다.

"후후, 내가 이런 생각을 할 수 있을 정도가 되었나? 겨우 서책 몇 권을 읽었을 뿐인데. 그나저나 책이란 정말 알 수 없는 것이구나. 겨우 몇 권의 책에 세상의 이치가 담겨져 있을 뿐만 아니라 나와 같은 문치를 일깨울 수 있다니. 하지만 이런 내 생각이 우물 안 개구리 짝일 것이다. 겨우 몇 권을 읽은 나와 비교할 때 한림원에 있는 문관들이나 다른 사람들은 수백 배는 더 읽었을 것이다. 그들과 나를 비교하는 것 자체가 어불성설(語不成說)일지도……."

호열은 책이 가져다 주는 지식의 무한한 세계를 경험한 후 그 매력에 푹 빠져들었다. 또한 앞으로 호열의 계획 하에 펼쳐질 역경을 헤쳐 나가는 데 지식의 힘이 필요했기에 황궁에 머무르는 동안 최대한으로 황궁 무고를 활용할 생각이었다.

비록 황제에게 무공비급과 영약들을 구해달라고는 했지만 그 상대가 무림이었기에 쉽지 않다는 것을 잘 알고 있었다. 그에 황제의 마음이 바뀌기라도 한다면 언제든지 호열의 신상에 위험이 다가올 수 있는 상황이었다. 호열도 그러한 것을 알고 있었기에 철혈위사들의 훈련 과정을 추 총관에게 일임하고 서책에 빠져든 것이다.

"그나저나 정말 대단하구나. 처음엔 고관들의 자제들이란 생각에 물러 터졌을지 모른다는 생각을 가지고 있었는데 오히려 그런 내 생각이 편협한 것일 줄이야. 후후, 세상이란 정말 재미있는 곳이구나. 아무도 몰라주던 내가 명나라에 와서 높은 관직에 오른 것도 그렇고, 편한 출셋길이 보장된 녀석들은 죽기 살기로 내게 매달리고, 세상의 지배자라 자청하는 황제는 항상 나를 죽일 생각을 하면서도 능력을 필요로 하니… 정말 알 수 없는 곳이 세상인가 보다."

"도독님, 소인 추 총관입니다. 잠시 들어가도 되겠습니까?"

'응? 추 총관이 이 시각에 무슨 일로?'

한참 자신의 일로 고민하던 호열의 정신을 일깨운 것은 추 총관의 목소리였다.

"들어오게."

"옛, 그럼 들어가겠습니다."

추 총관은 자신의 어깨 높이까지 쌓여져 있는 서류들을 두 손에 들고서 호열의 앞에 섰다. 그리고 난 후 서류들을 조심스럽게 호열이 앉아 있는 탁자에 올려놓았다.

"응? 추 총관, 이게 무엇인가?"

호열은 갑자기 자신의 앞에 쌓인 서류들을 보며 의아한 눈으로 추 총관을 올려다보았다.

"예, 이것은 지금까지 철혈위사들의 훈련을 기록한 것입니다. 오늘은 도독님께서 한번 보아주셨으면 하는 생각에 이렇게 가지고 온 것입니다."

"내가 보았으면 한다고? 왜 그런 생각을 한 거지? 위사들의 훈련은 그대가 관리하라고 했을 텐데?"

"그렇습니다. 그러나 요 며칠간의 훈련량을 지켜보면서 생각한 것이 있어 이렇게 왔습니다."

"……?"

호열은 추 총관의 말에 고개를 갸웃했다. 추 총관의 표정을 살펴보니 따지러 온 것 같아 보이지는 않았다. 하지만 이미 명을 내린 위사들의 훈련량에 대해 다시 언급하고자 하는 저의를 느낄 수 있었다.

호열은 속으로 불쾌했지만 겉으로는 표현하지 않았다. 두 달 정도 함께 얼굴을 대하면서 알게 된 초 총관의 됨됨이와 충직함이 마음에 들었던 것이다.

"말해 보게. 내게 하고 싶은 말이 무엇인가?"

"음… 제가 도독님께 이런 말씀을 드리면 안 된다는 것은 잘 알고 있습니다. 그러나 위사들이 훈련을 하는 모습과 도독님께서 말씀해 주셨던 훈련량을 검토해 본 결과, 지금의 위사들에겐 도저히 달성할 수 없는 것을 도독님께서 원하고 계시지 않은가 하는 생각이 들었습니다."

"음……."

'그걸 이제야 알았나? 이보게, 추 총관. 내가 원하는 것이 바로 그것이네.'

호열의 속마음이 어떻든 묵묵히 추 총관의 다음 말을 경청하고 있었다.

"소신이 판단하기론, 위사들이 무림의 고수들이 아닌 이상 하루에 이백 리는 뛴다는 것은 불가능한 일입니다. 거기다 도독님께선 그들에게 세 시진 안에 뛸 것을 명하셨습니다. 제 생각엔……."

"알았네, 자네가 무엇을 말하려는 것인지 짐작이 가는구먼. 위사들이 무림고수들처럼 경공을 익히지 않았기에 불가능한 일이라는 것이겠지? 차라리 추후 경공을 익히게 되면 그때 좀 더 훈련을 강화시키기로 하고 다른 훈련을 시키자는 것 아닌가?"

호열은 추 총관의 표정에서 위사들에게 불가능한 것을 시키지 말고 다른 것을 시켰으면 하는 생각을 읽을 수 있었다. 그러한 것은 추 총관이 아닌 다른 사람의 말이었다고 해도 충분히 짐작할 수 있는 것이었다.

'다른 것을 시킨다? 후후, 이런 말이 나올 것이라 짐작하고 있었지. 뭐, 그럼 다른 것을 시키도록 하지.'

"그럼 추 총관의 생각대로 그렇게 하게. 대신 오늘은 그대로 시키도록 하고 말이야. 그리고 훈련이 끝나는 대로 집무실로 오게. 그때 다음 훈련에 대한 것을 말해 주겠네."

"알겠습니다, 도독님. 제 청을 들어주셔서 감사합니다."

"감사는 무슨, 어차피 불가능할 것 같다는데 더 이상 무엇을 시키겠는가. 그 시간이면 자네의 말대로 다른 것을 시키는 것이 좋겠지. 그럼 이따 보세."

"예, 도독님."

추 총관은 어려울 것이라 생각했던 호열의 동의를 구하게 되자 어이가 없는 것은 둘째 치고 허탈하기까지 했다. 하지만 자신의 생각을 아무런 제지 없이 들어주는 호열의 호방함에 존경심마저 들었다.

십오 세에 군에 입대를 해서 이십오 년이 지난 지금까지 많은 상관들을 접해보았지만 호열처럼 부하의 생각을 사심없이 들어주는 상관은 보지 못한 것이다. 자신보다 밑에 있는 수하의 생각은 들어줄 가치도 없다는 것이 상관들이 보편적으로 가지고 있는 생각이었다.

'허, 역시 호방한 분이시구나. 그렇기에 폐하께서도 내치시지 않는 것이겠지. 만약 다른 사람이었다면 그 자리에서 극형에 처해졌을 일을 행하고서도 저렇게 살아 있는 것은 물론 태연하기까지 하다니……'

추 총관도 호열과 황제 사이에 벌어졌던 일을 알고 있었다. 몇 안 되는 사람들에 의해 주변으로 빠르게 퍼진 것을 우연히 주어들었던 것이다. 지금은 그 비밀이 비밀 아닌 비밀이 되어버린 지 오래되었지만……

처음으로 황제의 함구령을 겁도 없이 입에 올린 사람은 초 제독이었다. 하지만 그는 다른 사람에게 퍼뜨린 것이 아니라 자기 스스로에게 독백을 한 것이었다. 하지만 문밖에 대기 중이던 부하 환관이 읊조리는 초 제독의 독백을 듣고는 순식간에 황궁 전체로 퍼지게 된 것이다. 사실 이것은 호열을 궁지에 빠뜨리려는 초 제독의 고단수 술책의 하나였지만……

추 총관이 밖으로 나간 후, 호열은 일체의 움직임도 없이 다시 책에 몰입하기 시작했다.

"젠장, 오늘도 또 돌아야 하나? 도대체 도독님의 생각을 알 수가 없단 말이야. 하루에 이백 리를 돌라 하는 것이 말이 되는 일인가? 천오, 자네는 어떻게 생각하는가?"

"글쎄? 솔직히 우리에겐 무리라 할 수 있지. 하지만 도독님께선 우리를 무림고수로 만들어준다고 하지 않았는가. 폐하께서도 그러한 것을 원하시고. 그러니 우린 그에 따를 수밖에……"

오늘도 어김없이 하루 일과를 시작하기 전에 연무장 단상 앞에 철혈금부 위사들 전원이 정렬해 있었다. 비바람이 부는 날에도 어김없이 행해지던 일이라 오늘도 의례적으로 모두 모인 것이다.

패왕군과 군왕군 사이에는 예전처럼 경쟁 의식이 크지 않았다. 예전엔 패왕군이 군왕군을 무시하는 식이었는데 군왕군의 성장을 지켜보면서 그러한 마음이 싹 바뀐 것이다. 그러면서 두 군부 사이에는 조금씩 우정이 자라나고 있었다. 아무리 힘든 훈련이라도 함께 시작하고 함께 끝내기 시작하면서 서로에 대한 신뢰가 쌓인 것이다.

군왕군 안에도 이러한 기류가 흘렀다. 처음엔 무작정 살아야겠다는 생각과 자신들을 무시하는 패왕군에 대한 오기로 버티던 것이 이제는 서로 같은 길을 가게 되었다는 생각과 전우애로 새롭게 관계 정립이 되고 있는 것이다.

"어라? 오늘은 추 총관뿐만 아니라 도독님도 함께 나오시네?"

"그러게? 그럼 오늘 무슨 일이라도 있나?"

"……?"

멀리 추 총관과 호열의 모습이 보이자 금부의 위사들 사이에서 수군거리는 소리가 조용히 퍼졌다. 하지만 그런 소란도 호열이 단상에 오르자 씻은 듯 멎었다.

"전체 정렬! 모두 도독님께 주목하도록 하라!"

추 총관의 말에 철혈금부의 위사들은 한 명도 빠짐없이 호열을 향해 고개를 돌렸다. 이미 호열이 단상에 오르기 전부터 그 행동 하나하나에 주목하고 있었지만 추 총관의 명령에 한 번 더 집중한 것이다.

"그래, 모두들 잘 잤는가?"

"옛! 편안히 잘 잤습니다."

조용히 말하는데도 호열의 목소리가 사방에 울려 퍼지는 것처럼 위사들의 두 귀에 똑똑히 들렸다. 하지만 그것은 호열이 공력을 사용해 나타난 위력이 아니라 숨 소리조차 내쉬지 않는 위사들의 눈물나는 노력의 일환이 빚어낸 결과였다.

"그동안 추 총관을 통해 너희들의 성장에 대해 잘 들었다. 비록 내가 원하는 수준까지는 도달하지 못했지만 너희들의 능력이 예전보다 많이 향상된 것은 알게 되었다. 그에 오늘부터는 너희들에게 새로운 훈련을 시켜볼까 한다."

"아……."

"……."

호열의 마지막 말을 들은 금부의 위사들은 흥분된 마음을 감추지 못했다. 각 군부의 대장들은 물론, 지금까지 꿋꿋하게 대장부다운 기개를 보이던 다른 위사들의 얼굴이 상기되면서 몇몇은 눈물까지 흘리는 자들도 있었다.

호열은 조용히 위사들의 행동 하나하나를 살펴보면서 기분이 묘해졌다. 위사들의 모습을 보면서 즐거움과 함께 동정심이 생긴 것이다. 하지만 얼른 자신의 감정을 추스른 호열은 위사들을 보면서 입꼬리가 살짝 올라갔다.

"사실 내가 너희들에게 시킨 훈련의 결과는 이 정도가 아니었다. 내가 원하는 수준은 너희들이 세 시진 안에 모두 이백 리를 무리없이 돌파하는 것이었다."

'뭐? 세 시진 안에?'

'말도 안 돼! 어떻게?'

'헉! 그런 말도 안 되는 계획 하에 우리들을 훈련시켰다는 말인가?'

철혈위사들은 호열의 계획을 들으면서 온몸에 소름이 돋는 것을 느낄 수 있었다. 자신들이 얼마나 무모한 계획하게 훈련을 했는지, 그 실체를 알게 된 것이다.

"그러나 내 판단이 잘못되었다는 것을 알았다. 난 너희들이 두 달 안에 성공할 수 있을 거라 생각했는데 세 달이 지나도록 성공한 사람이 한 명도 없었던 것이다. 사실 그런 너희들을 보면서 실망도 컸다. 오죽하면 너희들 전원을 저 문밖으로 내쫓을 생각까지 했겠는가!"

호열은 위사들 뒤로 보이는 문을 향해 손으로 가리키며 음성에 힘을 실었다.

위사들은 호열의 질타 섞인 말에 차마 고개를 들 수가 없었다. 지금까지 훈련의 성과를 놓고 스스로 만족하고 있었는데, 호열의 말을 들어 보니 자신들이 한참 뒤떨어진다는 것으로 알게 된 것이다.

호열은 위사들의 반응을 천천히 살핀 후 입가에 웃음이 번지는 것을 간신히 참으며 힘들게 말을 이어 나갔다.

"하지만 실망하지 말도록. 난 이미 불가능하다고 판단한 것에 신경 쓰지 않으니까. 알겠나?"

"……."

"알겠냐고 물었다. 모두들, 내 말 알겠나?"

"옛, 도독님! 잘 알았습니다!"

호열이 재차 물어보자 숨소리 하나 제대로 내지 못했던 위사들이 합창을 하듯 함성을 질렀다. 자신들의 부끄러운 마음을 고함으로 해소하려는 듯 크게 소리쳤다.

"좋다. 그럼 잘 듣도록 해라. 난 사람이 가장 힘들어하는 것을 두 가지로 보고 있다. 한 가지는 너희들이 지겹게 생각하고 있는 움직이는 것이고, 다른 하나는 그와 반대로 일체의 움직임이 없는 것이다. 너희들이 지금까지 한 것은 움직이는 것이었으니 오늘부터는 하루 세 시진씩 부동의 자세를 훈련하도록 하라. 단, 그 자세는 마보(馬步)를 시작으로 해서 부보(仆步) 등 다른 자세를 취하며 하게 될 것이다."

"헉! 세 시진이나?"

"음……."

호열의 다음 훈련 계획을 설명받으면서 위사들의 표정은 하나같이 모두 일그러졌다. 스스로도 지금 호열이 말하는 것이 얼마나 힘든 일인지 알고 있었기 때문이다. 하루 종일 움직이는 것도 힘든 일이지만 그와 비슷하게 부동의 자세를 취하는 것도 힘든 일이기 때문이다. 거기다 그냥 서 있는 자세도 아닌, 어릴 적 몇 번 해본 적이 있는 자세를 취하라는 말에 할 말조차 잊어버린 것이다.

"아무 말 없는 것을 보니 마음에 드는가 보군. 그럼 이후의 얘기는 추 총관에게 듣도록 하라. 추 총관, 그럼 난 이만 들어가 보겠다. 이후 자네가 알아서 하도록."

"옛, 도독님."

호열이 뒷짐을 지고 안으로 걸어가자 추 총관은 그에 단상으로 천천히 발걸음을 옮겼다. 그러면서 어제 호열과 나눈 대화를 떠올려 보면서 자신을 멍한 얼굴로 주시하고 있는 위사들과 눈이 마주치게 되었다.

추 총관은 호열이 다른 훈련을 시키겠다는 말에 한껏 기대를 가지고 있었다. 그러한 것은 다른 위사들도 마찬가지이리라. 호열에게 황당한 훈련 계획을 들었을 때 짓던 자신의 표정과 지금 위사들이 보이고 있는 표정이 같았을 것이란 생각에 자신도 모르게 웃음이 나왔다.

그러나 추 총관의 웃음을 보면서 위사들이 느낀 감정을 그런 것이 아니었다. 앞으로 있을 가혹한 훈련에 머리털마저 곤두서는 오싹한 느낌이 온몸을 휘감은 기분이 든 것이다. 가뜩이나 냉철한 훈련으로 명성이 자자한 추 총관은 철혈위사들 사이에서 호혈교두(虎血敎頭)라는 별호로 암암리에 불려지고 있었다.

"너희들도 도독님의 말씀 잘 들었으리라 본다. 그럼 난 여러 말 하지 않고 본론만 말하겠다. 오늘부터 너희들의 훈련은 바뀌었다. 그러나 크게 바뀐 것은 아니다. 오전에 세 시진은 부동의 자세를 유지하며 하체의 근력을 단련하는 것이고, 그 다음엔 백 리를 달리는 것이다. 앞으로 이것은 계속될 것이다. 그러나 너희들이 오후에 하는 훈련은 빨리 끝날 수도 있다. 단, 너희들이 훈련량을 빨리 끝냈을 때에 한해서다. 그럼 각 군부의 대장들은 각자의 대원들을 이끌고 좌우로 이동하도록 하라.”

“예, 알겠습니다!”

“알겠습니다. 군왕군은 나를 따라오도록 하라.”

추 총관의 설명을 들은 후 위사들은 곧바로 훈련에 임해야만 했다. 아무런 준비도 없이 새로운 훈련이 시작된 것이다.

앞으로 이 연꽃을 몇 사람이나 사랑할까? 모란만을 사랑하는 이 세상에……

◆ 제10장 앞으로 이 연꽃을 몇 사람이나 사랑할까?
       모란만을 사랑하는 이 세상에…….

온고지신(溫故知新)이란 옛것을 익혀 새것을 안다는 의미다. 선현들의 무궁한 지혜의 샘에서 한 바가지의 물을 떠 마시며 자신이 앞으로 어떻게 살아가야 되는가의 목마른 질문에 대한 해답을 찾아가는 작업이다.

그런 의미에서 호열은 자신의 인생 목표가 확실하게 정해졌다.

"음… 이 구절이 마음에 드는구나. 정말 좋은 말이다."

인생 그 자체는 기둥과 계단이며, 자기 자신을 건축하며 올라가려고 한다.

아득히 먼 곳에 눈을 부릅뜨고 이 세상 것이 아닌 미를 보려고 한다.

때문에 인생은 높이가 필요하다.

높이가 필요하기 때문에 계단이 필요한 것이며, 계단과 그것을 올라가는 사람들의 상극이 필요한 것이다.

인생은 올라가려고 한다.
그렇게 올라가면서 자기 자신을 극복하는 것이다.

　호열은 이 구절이 자신의 얘기를 함축해 놓은 것처럼 마음에 와 닿았다. 그래서 읽고 읽으며 가슴속에 깊이 새겼다.

　"후후, 이 구절은 나에게만 해당되는 것이 아니구나. 저 녀석들도 그렇고 날 험담하는 대신들도 그렇고, 이 세상 모든 사람들이 그렇구나. 정말로 이것이 세상을 사는 사람들의 전형적인 욕구를 나타내는 것인가?"

　호열은 창밖을 통해 석상처럼 굳어 있는 위사들을 보며 혀를 찼다. 철혈위사들의 힘겨운 사투가 자신의 명예와 권위를 좀 더 높은 곳에 올려놓기 위한 애처로운 몸부림으로 보이는 것이다.

　"하지만 저 녀석들이 나보다 나을지도 모르지. 내가 비록 생명의 위협과 앞으로의 일들에 대한 대처 방안으로 지식을 쌓기 위해 서책을 읽고 있지만, 이것은 저 녀석들에 비하면 너무도 쉽게 얻어지는 것이 아닌가. 음⋯⋯."

　호열은 요즘 들어 자신이 하는 일이 과연 잘하고 있는 것인지에 대한 의구심이 들었다. 옛말처럼 쉽게 온 것은 쉽게 가고, 어렵게 얻은 복이 오래간다라는 고금의 진리를 되새기고 있었던 것이다.

　"앞으론 좀 더 깊이있게 몰입해야겠다. 조금 시간이 걸리더라도 그렇게 하는 것이 좋을 것 같다."

　호열은 서책이란 문자로부터 얻은 지식보다 자신이 직접 실험과 스스로의 연구에 의한 지식이나 헤아림 끝에 얻은 지식이 참된 지식이란 것을 깨닫게 된 것이다.

호열의 생각이 어떠하든, 아니면 어떤 행동을 하든 철혈금부 안은 조용했다. 하지만 철혈금부 문밖의 황궁에선 호열에 대한 말들이 많았다. 황제의 함구령에도 불구하고 황궁 안에 있는 모든 대신들과 환관들은 물론 황족이라 이름 붙여진 모든 사람들의 귀에 호열이란 이름이 들어간 것이다.

당연히 황족들은 분노했으며, 연일 영락제에게 호열을 벌하라는 상소를 올리고 있었다. 처음 영락제는 이런 상소문을 보고 웃음을 보였지만 매일 같은 상소문이 올라오고 태후(太后)와 선혜공주의 압력에 시달리며 그 한계점에 이르고 있었다.

"휴… 도대체 너는 누구에게 무슨 소리를 들었기에 이러는 것이냐?"

"아바마마, 저도 그자에 대해 알건 다 알아보았습니다. 정말로 들리는 소문처럼 안하무인에 형편없는 자였습니다. 아바마마의 기대에 부응하기는커녕 한가하게 황궁 서고에 들락거리며 서책이나 읽고 있다 합니다. 그러니 아바마마께선 그자에 대한 미련을 버리시고 하루라도 빨리 내치십시오. 그 길만이 바닥에 떨어진 아바마마의 권위를 높이 세우는 것입니다."

선혜공주는 황제가 머무르는 처소까지 와서 영락제를 괴롭히고 있었다.

사실 요즘 호열에 대한 상소문이 빗발치는 것은 모두 선혜공주의 계략과 주동에 의해 벌어진 일이었다. 평소 영락제의 귀여움을 독차지하고 있었기에 그녀를 따르는 대신들과 황족이 많았다. 비록 정난의 변에 의해 많은 황족들이 죽거나 다쳤지만, 그때 살아남은 황족들 중 십중 구 이상이 선혜공주와 연이 닿아 있었던 것이다.

영락제도 이 모든 일의 배후 주동자가 선혜공주라는 것은 잘 알고 있었다. 황제인 자신의 함구령에도 버젓이 상소문이 들어온다는 것은 그 일을 주동하고 있는 배후의 인물이 누구인지 알 수 있게 해준 것이다.

"공주야, 너는 임 도독의 무서움을 모른다. 사실 임 도독에 관한 것은 이 아비의 부덕함이 몰고 온 것이다. 이 아비가 황제로서 덕을 지니고 있다면 임 도독과 같은 사람이 어찌 고개를 숙이지 않겠느냐. 그리고 지금은 이 아비에게 임 도독이 꼭 필요하단다. 그러니 네가 양보하거라."

"아바마마, 어찌 그런 자를 필요로 하신단 말씀입니까? 아바마마껜 제가 있고 황태자 오라버니도 있지 않습니까? 거기다 금의위 손 도독도 있는데 어찌 동이족의 고약한 자를 신하로 두려 하십니까? 아바마마……."

'이해할 수 없다. 어찌 아바마마께서 그런 자를 내치시지 않는단 말인가! 그자가 손 도독과 비무를 해서 우세를 보였기 때문인가? 그러나 그 정도로 아바마마께서 저런 행동을 하시진 않을 것이다. 그럼 여기엔 내가 모르는 무언가가 있다는 말인가? 분명 하초가 보고한 것에는 그런 것이 없었는데?

선혜공주는 영락제를 향해 재차 호열의 숙청을 주장했다. 그러면서도 영락제의 표정에 아무런 변화가 없다는 것을 알고는 이해할 수 없는 행동에 대한 의구심이 들었다. 선혜공주가 호열에 대해 알고 있는 것은 손 도독과 비무를 해서 약간의 우세를 보였다는 것과 환관들을 대단히 싫어한다는 것 정도였다. 그러하기에 선혜공주는 더욱더 영락제의 행동을 이해할 수 없었다.

사실 호열에 대한 조사는 감대우가 아닌 하초가 일임했다. 선혜공주가 감대우를 시키지 않았던 것은 하초의 과한 충성심을 활용해 보자는 생각에서였다. 모든 환관들이 다 그렇겠지만 특히 호열에 대해 불만을 가지고 있는 사람이 하초였다. 그렇기 때문에 하초를 시키면 호열에 대한 조사에 죽을힘을 다해 매달릴 것이라 판단한 것이다.

선혜공주의 판단은 적중했다. 하초는 정말로 일주일가량을 호열의 조사에 매달린 것이다. 그것도 철혈금부가 내려다보이는 지붕에 올라간 후 일주일 동안 단 한 시진도 내려오지 않고 관찰을 했다. 그렇게 해서 얻어진 성과물은 당연 선혜공주의 수중에 들어갔다. 그러나 선혜공주가 미처 예상하지 못한 것이 있었다. 그것은 하초가 호열을 미워하고 불쾌하게 생각하는 만큼 호열에 대한 모든 것을 축소시켰다는 것이다.

"공주야, 임 도독은 지금 철혈위사들을 훈련시키는 데 여념이 없다. 비록 네 말대로 짐과의 불미스러운 일과 짐의 명령이 아닌 계약에 의한 것이지만 그것은 어쩔 수 없는 일이다. 짐이 그를 내 사람으로 만들지 못했기에 빚어진 결과이니라. 처음부터 임 도독에게 충성을 강요하지 말고 덕으로 받아들였어야 했는데, 짐은 그만 그를 강제로 내 곁에 묶어둔 것이다. 이제 알겠느냐? 짐은 그가 필요하다. 아니, 이 황실이 그를 필요로 하고 있다는 말이다. 그의 실력을 말이다."

"음……."

선혜공주는 영락제의 말을 들으며 호열에 대한 생각을 다시 하게 되었다. 또한 자신의 실수도 깨닫게 되었다.

'하초에게 시키는 것이 아니었어. 왜 그 생각을 못했을까? 내가 생각해도 뻔한 일을. 휴…….'

"공주야, 임 도독은 무예 실력이 뛰어난 사람이다. 비록 그가 짐에게

앞으로 이 연꽃을 몇 사람이나 사랑할까? 모란만을 사랑하는 이 세상에……. 253

욕을 보였다고 하지만 진정한 남아라 할 수 있다. 감히 황제인 짐에게 충성이 아닌 제안을 한 용기는 가히 천하제일이라 할 만하다는 말이다. 짐은 당시 임 도독에 대한 감정으로 그러한 것을 느끼지 못했었다. 그러나 시간이 지나면서 그러한 것을 깨닫게 되었지. 이 아비는 그러한 사나이를 죽이고 싶지 않구나. 이제 이 아비를 그만 놓아주거라."

"휴… 알겠습니다. 이젠 더 이상 그자에 대한 일로 아바마마의 심기를 어지럽히지 않겠습니다."

"역시 우리 공주로구나. 허허… 무릇 물러갈 때와 나아갈 때를 구별할 줄 아는 것은 쉽지 않은 일이지. 네가 사내로 태어났어야 하는 것인데……."

영락제는 선혜공주를 보며 아쉬움을 감추지 못했다. 아무리 생각해 보아도 첫째인 황태자는 너무 유약하고, 셋째는 야심이 많아 자신을 보는 것 같아 마음이 아팠다. 영락제는 알고 있었다. 자신이 죽은 사후에는 난세가 찾아오지 않을 것이다. 결국 셋째 황자인 주고후의 불타는 야심은 그 자신을 죽음으로 내모는 독약에 불과했다. 그리고 가장 안타까운 것은 첫째와 셋째의 장점만을 모아놓은 둘째 황자 주고명의 실종이었다.

"아바마마, 여자로 태어난 것도 좋은 일이라 생각합니다. 여자면 어때요? 이렇게 아바마마의 총애를 독차지하고 있는데. 호호호……."

"허허허……."

*   *   *

황궁의 후원 깊숙한 곳.

주변의 울창한 수목들에 의해 이루어진 녹음(綠陰)이 깊은 수렁처럼 얽히고 얽혀 창살없는 감옥을 연상하게 만들고 있었다. 그러나 그런 곳에도 생명이 살아 숨 쉬고 있었다.

황궁 내에 있다고는 생각하지 못할 조그마한 가옥 앞에는 긴 초승달 모양의 연못이 자리하고 있었다.

처소의 중간엔 낮은 탁자를 중심으로 원을 그리며 네 개의 의자가 있었다. 그리고 그 의자 하나엔 검은 머리를 산뜻하게 정리하여 내린 하얀 옷의 여인이 앉아 있었다.

"아… 저 연꽃을 보니 송나라의 주무숙(周茂叔)이 지은 애련설(愛蓮 說)이 생각나는구나."

'그 사람의 사정이 어떠했는지 모르지만 아마 내 심정하고 비슷했을 것이다.'

"아마 이거겠죠? 꽃에는 사랑스러운 것이 많다. 그러나 진(晉)나라 때 도연명(陶淵明)은 국화만을 사랑하였다. 당나라 이후에는 많은 사람 들이 모란을 사랑한다. 모란은 부귀를 상징하는 꽃이다. 그러나 나는 연꽃을 사랑한다. 그것은 연꽃이 진흙 속에서 나와 아름다운 꽃을 피 우기 때문에 더러움 속에서도 물들지 않고 의지를 고치지 않는 것을 사랑하는 것이다. 이거 아닌가요, 언니?"

처연하게 앉아 있던 여인의 말에 어디서 나타났는지 선혜공주가 끼 어들며 마치 시를 낭송하듯 멋들어지게 읊조렸다.

'맞는 말이다. 어릴 적 모란이 부귀를 상징한다는 말에 나도 한때 모란을 사랑한 적도 있었지. 그러나 지금은 저 연못의 연꽃을 사랑한 다. 연꽃… 더러움 속에서도 물들지 않고 고고한 의지를 고치지 않는 것을 사랑하는 것이다. 사심(私心)이 없고 가지가 뻗지 않아 흔들리지

앞으로 이 연꽃을 몇 사람이나 사랑할까? 모란만을 사랑하는 이 세상에……. 255

않을 뿐만 아니라, 그 그윽한 향기는 멀리 퍼져 더욱 청정(淸淨)하고 그의 높은 자세를 누구도 업신여기지 못하는 것을 사랑한다. 그러나 앞으로 이 연꽃을 몇 사람이나 사랑할까? 모란만을 사랑하는 이 세상에……'

"선혜가 왔구나. 오늘은 좀 늦었구나."

"예, 소호 언니. 좀 늦었네요."

소호공주는 선혜공주의 말에 고개도 돌리지 않고 연못의 연꽃만을 바라보았다. 볼모로 감금되어 있는 처지였기에 옆에서 시중을 들어줄 나인 한 명만이 곁에서 지키고 있었다. 하지만 그 나인도 소호공주에게 말을 걸지 않았다. 아니, 황제의 명에 의해 아무도 소호공주에게 말을 걸지 못하고 있었다. 하지만 예외가 존재했다. 바로 어릴 적부터 친하게 지내오던 선혜공주가 그 예외였다.

'언니의 심정을 충분히 알지만 예전에 그 곧았던 심성이 점점 흔들리는 것 같구나. 아……'

선혜공주는 소호공주의 처량한 모습을 보면서 안타까움이 들었다. 하지만 쉽게 말을 꺼낼 수가 없었다. 예전엔 같은 황족이었는지 모르지만 지금은 이미 승자와 패자로 나누어진 상태였기 때문이다. 그에 한마디 위로도 할 수 없는 자신의 처지를 잘 알기에 선혜공주가 해줄 수 있는 것은 소호공주의 모습을 곁에서 보아주는 것이 전부였다.

"오늘은 무슨 일 때문에 왔니? 오늘도 여느 날처럼 날 바라보다 갈 거라면 그냥 가거라."

"언니?"

"괜찮다. 이미 네 마음을 알고 있으니 난 신경 쓰지 말고 네 일이나 보렴. 그게 서로를 위하는 길이란다."

"하지만, 음… 아니에요, 언니. 전 오늘 할 말이 있어서 왔어요."

선혜공주는 침울해 있는 소호공주를 위해 그동안 자신이 벌였던 일에 대해 말을 할 생각이 들었다. 처음엔 아무런 생각이 없었으나 너무나 처연한 모습을 하고 있는 소호공주를 위로해 주기 위해 하려는 것이었다.

선혜공주는 알고 있었다. 소호공주를 위로하기 위한 백 마디의 말보다는 오히려 황궁에서 벌어지는 얘기를 하면서 시간을 보내다 보면 조금이나마 시름을 덜 수 있을 것이라는 것을.

"응? 내게 할 말이 있다고?"

"예, 언니."

처음으로 자신의 말에 흥미를 보이는 소호공주의 모습을 보며, 선혜공주는 속으로 안도의 마음이 들었다.

"……?"

"호호, 그런 얼굴로 보지 말아요. 정말로 언니에게 할 말이 있어서 온 것이니까요."

선혜공주는 자신을 빤히 쳐다보는 소호공주를 보며 미소를 지어 보였다.

"그래, 내게 할 말이 무엇이니?"

소호공주는 선혜공주에게 주었던 시선을 다시 연못으로 옮겼다. 그러면서 무뚝뚝함이 깊이 배어 있는 무심한 어조로 물었다.

"언니, 요즘 왜 제가 하루 걸러 한 번씩 뜸하게 왔는지 아세요?"

"……."

"글쎄, 황궁에 아바마마에게 반기를 드는 사람이 있어서 그랬어요."

"……?"

앞으로 이 연꽃을 몇 사람이나 사랑할까? 모란만을 사랑하는 이 세상에……. 257

선혜공주의 말에 처음엔 아무런 반응을 보이지 않던 소호공주는 두 번째의 말에 고개가 획 돌아갔다. 숙부인 황제에게 반기를 드는 사람이 있다는 말에 무사히 황궁을 빠져나간 동생이 떠오른 것이다.

선혜공주는 소호공주의 표정에서 그러한 것을 읽을 수 있었다. 동생의 안위를 살피는 소호공주가 더욱 안쓰럽게 여겨졌다.

"아니에요. 그러니 언니는 안심해도 돼요. 제가 말하려는 사람은 철혈금부의 임 도독이란 사람이에요. 언니도 처음 들어보는 이름이지요? 사실 저도 며칠 전만 해도 그랬어요. 언니가 궁에 들어오고 난 후 제가 계속 옆에 있었잖아요. 그때 아바마마께서 새롭게 등용한 인물이라 하는데, 글쎄 그 사람이 대담하게 아바마마께 주청을 드린 것도 아닌 제안을 했어요."

"제안이라고? 숙부에게 제안을 했단 말이냐?"

평소 선혜공주가 말하면 듣기만 하던 소호공주가 처음으로 되물었다. 궁에 들어와서 처음 있는 일이었다.

"예, 아바마마는 그 사람의 능력을 높이 평가해서 새롭게 창설한 철혈금부의 도독에 임명했는데, 글쎄 그 사람은 아바마마께 텅 빈 황궁무고에 비급과 영약이 채워지지 않는 한 위사들을 훈련시키지 않겠다고 했답니다."

"뭐라고? 그게 정말이냐? 음… 안됐구나, 스스로 죽음을 자초하다니……."

소호공주는 선혜공주의 말을 들으면서 고개를 저었다. 얼굴 한번 보지 못한 사람의 무모함에 절로 고개가 저어진 것이다.

"아니에요. 그 사람은 멀쩡하게 살아 있고, 지금도 철혈금부에서 편안하게 서책이나 읽고 있어요. 다만 위사들을 훈련시킨다는 명분을 내

세워 혹사시키고 있지만요."

선혜공주는 몰래 담장 너머를 통해 본 철혈위사들의 훈련 장면을 목격하고는 아무런 말도 못하고 명령에 따라야만 하는 위사들이 불쌍하게 여겨졌다. 또한 그와 더불어 부당한 명령을 내려 고관대작들의 자제들을 혹사시키고 있는 호열에 대한 분노도 일었던 것이다.

"정말이냐? 어찌 숙부께서 그런 사람을 살려두고 있는 거지?"

"그게… 정말 저도 그에 대한 사실을 알았을 때 순간적으로 할 말을 잃었을 정도였어요. 도저히 믿어지지 않는 말을 들었기 때문인데 아마 언니도 제 말을 들으면 입이 다물어지지 않을 거예요."

"……?"

"그 임 도독이란 사람은 아바마마도 쉽게 내칠 수 없는 사람이라고 해요. 그건 저도 확실하지 않지만, 제가 감대우를 통해 조사를 시키니 이런 말을 하더라고요. 아바마마께서 대신들에게 임 도독이란 자에게 어떤 무력도 사용하지 말라고 했다고요. 그런데 그 이유가 더욱 웃겨요. 아바마마께서 군대를 동원해 임 도독이란 자를 잡아들이려 했다면 어쩌면 그날 아바마마의 신상에 큰 봉변이 있었을 거래요. 이건 아바마마가 직접 대신들에게 한 말이라 하는데 솔직히 전 아직까지 이해가 안 가요. 어떻게 한 사람이 황제의 명을 받은 군대를 이길 수 있냐는 말이에요."

'선혜의 말이 사실인가? 어떻게 그럴 수가 있지?'

선혜공주는 소호공주가 자신의 말에 귀를 기울이자 흥이 나서는 빠르게 말을 이어 나갔다.

"그런데 알고 보니 그 사람은 무림고수라고 해요. 그것도 동이족의 나라인 조선에서 건너온 자랍니다. 어때요, 재미있지요?"

"조선에서? 어떻게 조선에 그런 사람이 있지? 무림이란 곳은 중원에만 있는 곳이 아니더냐?"

"그건 언니 말이 맞아요. 원래 그 임 도독이란 사람은 조선에서 고명과 인장을 받아가기 위해 건너온 사신이었대요. 그런데 아바마마께서 그 사신들 중에 그와 같은 사람이 있었다는 것을 모르고 비무를 통해 이기면 넘겨주기로 약조를 하시고 금의위 손 도독과 대련을 시켰다는군요. 글쎄, 그 사람은 아무런 힘도 들이지 않고 이겼고, 그에 아바마마께서 그 사람을 잡아둔 것이고요."

"음……."

'놀라운 일이구나. 조선에 손 도독을 이길 수 있는 고수가 있었다니. 내가 알기론 손 도독은 무림에 나가도 절정고수로 불릴 정도라 들었는데…….'

소호공주는 선혜공주의 말을 들으며 놀람을 감추지 못했다. 또한 무예를 좋아하는 영락제의 성품을 잘 알기에 잡아두었다는 말이 이해가 되었다. 황실 최고의 고수를 힘들이지 않고 이겼다는 말에 절로 고개가 끄덕여진 것이다.

선혜공주는 아직도 할 말이 남았는지 소호공주가 얼른 생각을 정리하고 고개를 들기만을 기다렸다.

"언니, 언니도 무림과 황실에 대한 것을 아시죠?"

"그래, 알고 있단다. 그런데 왜 그러니?"

"아바마마는 황실에도 무림의 고수들과 같은 군대가 있었으면 해요. 그래서 임 도독에게 그런 군대를 만들라 하셨답니다. 그런데 임 도독이 철혈위사들에게 시킨 그 훈련이란 것이……."

"……."

선혜공주는 하초와 감대우를 통해 알게 된 호열의 훈련 방법에 대해 소호공주에게 하나도 빼시 않고 설명해 주었다. 얼마나 자세하게 설명을 하는지, 직접 훈련을 받는 당사자인 절혈위사들보다 더욱 세세하게 알고 있었던 것이다.

선혜공주의 설명을 들으면서 소호공주의 굳었던 표정들이 조금씩 환하게 밝아지고 있었다. 직접 경험하는 당사자들은 죽을 맛이겠지만 듣는 소호공주는 그것이 너무나 재미있게 들렸던 것이다.

"언니, 어때요? 듣고 보니 너무 황당하지요? 고작 훈련이란 것이 하루 종일 뜀박질이나 시키질 않나, 아니면 꼼짝 못하게 하질 않나… 이건 훈련이 아니라 고통을 주자는 것 같아요. 일종의 체벌 말이에요. 언니도 그렇게 생각하지요?"

"글쎄… 하지만 네 말을 들어보니 그들의 체력이 놀라울 정도로 급성장했다는 것을 알 수 있구나. 그렇다면 체벌이라고는 할 수 없지."

"하긴 그 말도 맞긴 하네요. 호호호."

마지막 말을 할 때 소호공주는 그동안 보여주지 않았던 웃음이 입가에 머물렀다. 선혜공주는 그런 소호공주의 모습을 보면서 자신이 얘기를 잘했다는 것을 알 수 있었다.

'잘됐구나. 언니의 얼굴에 웃음이 보이다니… 언니, 미안해요.'

아무리 살기 위한 권력 다툼이라고 해도 같은 가족끼리의 다툼에 희생된 소호공주의 모습에서 선혜공주는 안타까움과 미안함이 함께 공존했다.

"언니, 제가 내일은 좀 더 많은 것을 알려 드릴게요. 요즘 저는 그 사람을 조사하는 데 시간을 투자하고 있어요. 생각할수록 재미있거든요."

"그래, 알았다."

선혜공주가 돌아가자 소호공주는 천천히 일어나 자신의 처소를 향해 걸어갔다. 이미 해가 지고 있었기에 처소로 들어가야 할 시간이 된 것이다. 아직 해가 완전히 넘어가지 않아 여유가 있었지만, 소호공주는 스스로 알아서 들어가는 것이다. 조금만 늦게 들어가면 숙부가 보낸 보기 싫은 장수와 얼굴을 마주해야 하기 때문이다.

소호공주의 활동은 한낮에만 가능했다. 해가 뜨는 시각부터 지는 시각까지인 것이다. 그 이후엔 처소에서 한 발자국도 나오지 못했다. 만약 밤중에 피치 못할 사정에 의해 처소에서 나오게 된다 해도 항상 주변에서 지키고 있는 병사들에 의해 강제로 들어가야만 했다. 그렇게 소호공주의 행동은 철저하게 감시와 통제를 당하고 있었다.

'재미있는 사람이구나, 임 도독이란 사람은…… . 황제도 어찌할 수 없는 사람이라니… 만약 내가 그 사람처럼 능력이 있다면 얼마나 좋겠는가…… .'

소호공주는 낮에 선혜공주가 들려준 것에 대해 생각하느라고 밤잠을 설쳤다. 오랜만에 동생의 안위 때문에 잠을 못 잔 것이 아니라 다른 사람을 생각하느라 눈을 붙일 수 없었던 것이다.

그렇게 팔월의 깊은 밤은 조금씩 지나가고 있었다.

내 친구를 하기 위해, 승리하기 위해, 그리고 장벽의 양편을 위해……

◆제11장 대결을 하기 위해, 승리하기 위해,
그리고 장백의 영광을 위해…….

고루거각(高樓巨閣)들이 촘촘히 세워져 있는 송도(松都), 조선의 왕
성이 자리한 곳이다.

고려가 개국한 초기에 축조된 개성의 수창궁(壽昌宮)은 현재 조선의
임금인 태종(太宗)이 머무는 곳으로, 그 안에는 관인전(寬仁殿)과 화평전
(和平殿), 그리고 만수정(萬壽亭) 등이 있었다. 수창궁은 옛날 원나라와의
전쟁으로 훼손되었지만 그때 이후로 고려의 왕들은 수창궁의 복원을 위
해 많은 노력을 했다. 그러나 고려의 공민왕 때 시작한 수창궁 중영이 왕
의 죽음으로 일시적으로 중단되었던 적도 있었다. 그러다가 이십이 년
전 수창궁조성도감(壽昌宮造成都監)을 설치하여 최영(崔瑩), 이성림(李成
林) 등에게 공사를 계속 담당하게 하여 십구 년 전에 완성할 수 있었다.

수창궁은 고려의 마지막 왕이었던 공양왕이 즉위한 곳이었고 고려
를 계승한 조선의 첫 국왕인 태조 이성계가 즉위한 곳이기도 했다. 또

대결을 하기 위해, 승리하기 위해, 그리고 장백의 영광을 위해……. 265

한 현 임금인 태종 이방원의 즉위식이 삼 년 전에 거행되기도 했다.

관인전 안의 큰 대청 안, 조선의 국사를 논하는 대신들과 중신들이 모두 한자리에 모여 있었다. 그리고 제일 상석엔 홍복(洪福)을 상징하는 붉은색의 황금색 용이 위엄있는 자태를 뽐내는 용포(龍袍)를 걸친 임금이 자리해 있었다.

"전하, 소신 우의정(右議政) 성석린(成石璘) 아뢰옵니다."

임금의 용안을 마주 볼 수 없는지 백발이 성성한 신하 한 명이 머리를 조아렸다.

"우의정은 기탄없이 말하라."

"예, 소신의 생각으론 이번이 좋은 기회라 생각되옵니다. 지난 사월에 의정부좌정승판이조사(議政府左政丞判吏曹事) 하륜이 명나라에서 고명과 인장을 받아온 것은, 앞으로 명나라와 우리 조선과의 사이에 있었던 다년간의 분쟁을 해결하는 것은 물론 대명 관계를 정상화하는 계기가 되었습니다. 그에 명나라에서 고명과 인장을 보내준 것에 대한 감사의 뜻을 표명하기 위해, 이번엔 소신이 직접 사은사(謝恩使)로 가겠습니다."

"아니, 우의정이 직접 가겠다는 말인가? 거긴 수천 리나 떨어진 곳인데 어찌 노후한 그대가 가려고 하는 것인가?"

태종은 우의정의 말을 듣고는 깜짝 놀랐다. 우의정 성석린은 이미 육십오 세로 직접 움직이며 외교 정치를 하기엔 너무 많은 나이였던 것이다. 비록 그 연륜이 깊어 정치를 하는 데 꼭 필요한 사람이었지만 몇 달이 소요되는 거리를 갔다가 오기엔 무리가 많았던 것이다.

거기다 태종이 그를 더욱 아끼는 이유는 바로 함흥차사라는 말이 나온 아버지 태조와의 껄끄러운 관계를 종결시킨 사람이었기 때문이다.

태종이 왕위에 즉위할 수 있었던 왕자의 난이 있은 뒤에 태조가 함홍으로 행차하여 머무르게 되었다. 태종은 그런 태조에게 여러 사자를 보냈으나 감히 문안을 전달하지 못하고 있었다. 그런데 성석린이 자청하여 가겠다고 한 것이다. 이미 중신들 사이에선 함흥으로 가는 문안사(問安使)의 길은 죽음으로 가는 길이란 말이 돌고 있을 때였다. 태종은 쉽게 성석린의 주청을 허락할 수가 없었다. 하지만 간곡한 성석린의 주청에 어쩔 수 없이 윤허를 하였다.

성석린은 태조의 옛 친구로서 조용히 인륜의 변고를 처리하는 도리를 진술하게 되었고, 비로소 태조의 마음을 돌려서 태종과 화합하게 만든 사람이었다.

"전하, 소신이 이번에 사은사를 자청하는 것은 우리 조선을 인정한 명나라의 뜻에 감사를 표하는 것에 그 목적이 있지만, 그것보다 명나라에 억류되어 있는 정총과 김약항 등 십이 인의 송환을 촉구하려는 것입니다."

"십이 인의 송환이라고? 음……."

태종은 성석린의 주청을 들으며 고민하지 않을 수 없었다. 조선이 개국한 이래 십일 년 만에 국교 정상화가 된 명나라와 또다시 분쟁의 씨앗을 만들 수가 없었기 때문이다. 하지만 태종은 곧 생각을 정리했다. 하나를 생각하면 나아가야 할 것과 물러나야 할 것에 대해 빠른 판단과 결단을 내리는 명석함을 지닌 태종이기에, 성석린의 주청에 대해 앞으로 조선과 자신이 취해야 할 방안에 대해 결단히 선 것이다.

"짐은 우의정 성석린을 명나라로 떠나는 사은사에 봉한다. 우의정 성석린은 짐의 뜻을 명 황제에게 전함은 물론, 명나라와의 관계 개선에 차질이 없도록 하고 돌아오라."

태종은 성석린에게 하는 말 중 특히 돌아오라는 말에 힘을 주었다. 그것은 자신의 일을 행함에 있어 꼭 조선으로 살아서 돌아오라는 뜻을 강하게 전한 것이다. 성석린은 태종의 마음을 충분히 헤아릴 수 있었다.

"전하… 소신 성석린, 전하의 뜻을 받들어 무사히 성사시키고 귀환하겠사옵니다."

"성은이 망극하옵니다, 전하."

성석린과 뜻을 같이하던 대신들은 태종의 과감한 결단에 감복하여 크게 예를 올렸다.

'아, 짐이 부덕하여 아직까지 명의 그늘을 다 지우지 못하고 있었구나. 내가 왕위에 있는 동안 다시는 그러한 일이 일어나지 않도록 하겠다.'

태종은 머리를 읊조리고 있는 대신들을 보며 착잡한 마음을 달랬다.

"예조판서, 한성(漢城)으로 천도하는 문제는 어떻게 되었는가?"

"예, 전하… 거의 공사가 마무리에 이르러 있사옵니다. 내년 봄에는 한성으로 천도하실 수 있을 것이옵니다."

"오, 그러한가? 정말 잘되었군. 예조판서는 한성으로 천도하는 것에 대해 더욱 박차를 가하도록 하라."

"알겠사옵니다, 전하……."

조선이 개국한 이래 십 년이 넘게 지난 지금에서야 수도 이전에 관한 것이 완성되어 가고 있는 것이다. 송도에서 한성으로 이전하게 되면 그때부터는 고려의 그늘에서 완전한 독립을 하게 되는 것이다.

'이제 우리 조선은 천년반석에 오르게 될 것이다. 앞으론 백성들의 안녕을 위한 정치를 해야 한다. 그래야 더욱더 백성들이 나라를 따르고, 나를 따를 것이 아닌가. 좀 더 정진해야 돼, 백성들을 위해…….'

태조는 왕위에 등극하기까지 많은 피를 흘려야 했던 자신의 과거를 회상하며 깊은 사심에 빠져들었다. 피치 못할 사정에 의한 것이었지만 손에 피를 묻힌다는 것은 그리 좋은 일만은 아니었다. 그에 태종은 자신의 죄업을 백성들의 평안에서 위안받고 싶었던 것이다. 자신의 죄과가 후대에까지 물려지지 않기를 바라는 마음으로…….

*　　　*　　　*

무더웠던 여름의 하늘이 태풍의 흔적을 남기고 서서히 기울고 있었지만, 폭우에도 더위가 가시지 않았는지 군웅대회가 열리는 숭산의 소림엔 아직까지도 무더위가 꺾이지 않고 숭산의 산자락을 매만지고 있었다.

숭산의 산기슭은 후끈한 열기로 부산한 하루하루를 보내고 있었다. 매일같이 화려하게 펼쳐지는 고수들의 대련은 참가자들의 승패를 떠나 많은 사람들의 흥미를 유발시켰으며, 군중들이 도저히 보지 않으면 안 될 것 같은 관심을 불러일으키고 있었다. 그러다 보니 숭산에 자리 잡고 있는 등봉현은 밤이면 밤마다 불야성을 이루었다. 낮에 있었던 치열한 대련에 대해 삼삼오오 짝을 이루며 많은 얘기들이 오갔기 때문이다. 비록 자신들이 직접 참가하지는 않았지만, 승패를 떠나 사나이다운 모습을 보여준 참가자가 있으면 그 사람과 아무런 연관이나 친분이 없어도 그에 대해 침을 튀기며 칭찬을 아끼지 않는 사람도 있었고, 비겁하다고 생각되는 사람이 대련에 나가는 것을 보면 쌍심지를 켜고 험담을 하는 사람들도 있었다.

중원무림은 근 한 달 동안 축제의 연속이었다. 그것은 그 누구도 부인하지 못했다.

"자, 이제 오늘의 열두 번째 시합입니다. 오늘은 멀리 남해에서 오신 해남검파의 남해신룡(南海神龍) 위천필(魏擅畢) 소협과 운남에서 오신 귀도사인(鬼刀死印) 도형곡(韜洞鵠) 대협입니다. 두 분께선 앞으로 나

대결을 하기 위해, 승리하기 위해, 그리고 장백의 영광을 위해……. 269

오시지요."

　각원의 입에서 해남검파라는 말이 나오자 이번엔 누가 호명이 될까 기대하던 많은 사람들은 눈을 크게 뜰 수밖에 없었다. 해남검파라고 한다면 복건성의 끝 자락에 위치한 곳으로 무림에 미치는 영향력이 엄청난 대문파였다.

　각원의 호명 하에 대기하고 있던 두 사람이 천천히 단상에 올랐다.

　군중들은 단상 위에 오른 두 사람의 모습만 보아도 누가 남해신룡이고 누가 귀도사인지 분간할 수 있었다. 남해신룡 위천필은 출중한 외모에 맑고 깊은 눈빛을 가지고 있었으며 대문파의 기대를 한 몸에 받고 있는 기재답게 위엄과 귀티가 철철 흘러넘치고 있었다. 하지만 그런 분위기와는 다르게 순수한 겉모습 또한 수중에 검이 쥐어져 있지 않다면 명문대관의 자제로 과거를 준비하는 서생으로 보일 정도로 호리호리했다.

　그에 반하여 귀도사인 도형곡은 전형적인 낭인으로 보였다. 딱 벌어진 어깨에 온몸을 감싸고 있는 근육들은 마치 철갑을 걸치고 있는 형상으로 보는 이로 하여금 절로 감탄을 하게 만들었다. 또한 얼굴 한쪽에 길게 나 있는 흉터는 그가 편한 생활을 하지 않았다는 것을 암시하고 있었다. 거기다 크게 원을 그리는 것처럼 생긴 칼은 언제 어디서나 빠르게 휘두를 수 있는 장점을 가지고 있는 형상을 하고 있었으며, 그 모양이 마치 구환도와 비슷한 모양을 가지고 있었다.

　"헉! 귀도사인이다. 운남의 사신(死神), 그 귀도사인이라구!"

　군중들 중 아무런 생각 없이 단상에 오른 두 사람을 바라보던 한 사람이 갑자기 자리에서 일어나서는 손가락으로 귀도사인을 가리키며 목청을 높였다.

　"어? 귀도사인?"

"귀, 귀도사인? 정말 그 귀도사인?"

한 사람이 목청을 높여 부르짖자 그 주위에 앉아 있던 사람들이 하나둘씩 흥미를 보이며 단상을 쳐다보았다.

"정말? 포형도천(怖刑刀天) 악남수(岳男帥)와 싸워 비겼다는 그 사람이란 말인가?"

"포형도천 악남수라면……?"

"맞아, 녹림의 절정고수라던 녹림삼천(綠林三天) 중 셋째인 그 포형도천!"

"맞았네, 바로 그 사람!"

"그렇지, 녹림을 움직이는 세 명 중 한 사람과 대등하게 싸운 사람이 바로 저 귀도사인이라구."

군중들 속에서 퍼지기 시작한 소란에 점점 단상으로 향하는 눈길이 많아졌다. 비록 일류고수들의 대결을 볼 수 있다는 것에 흥분들이 좀처럼 가시질 않고 있었지만, 첫 시합을 제외하고는 요 며칠 동안은 제대로 된 싸움다운 싸움이 없었다. 모두 실력 차이가 많이 나는 상대와 싸웠기에 대부분 싱겁게 결말이 나곤 했던 것이다. 그러나 사람들이 대련에 흥미가 가시질 않았던 것은 조금만 더 기다리면 실력자끼리의 대련을 볼 수 있다는 기대 심리의 영향이었다.

그러나 최소한 삼차전까지는 올라가야 대련다운 대련을 기대할 수 있다는 것을 알기에 군중들의 관심은 별반 없었다. 하지만 이번의 대련은 그렇지 않은 것이다. 한 명은 중원에 큰 위협이 되고 있는 해남검파의 다음 대를 이어 나갈 장문 제자였고, 다른 한 명은 악평으로 위명이 쟁쟁한 녹림삼천 중 일인과 대등하게 싸운 경험이 있는 노련한 절정고수였다.

'음… 처음 볼 때부터 심상치 않았는데 이런 고수와 첫 시합을 하게 되다니, 역시 사부님의 말씀처럼 구파일방이 우리의 실력을 가늠하기 위해 일부러 계획한 것인가? 그렇다면 쉽지 않겠어…….'

주변의 소란에도 당당히 서 있는 귀도사인을 보면서 남해신룡은 착잡한 마음을 가라앉혔다. 하지만 두렵거나 떨리지는 않았다. 그저 경각심이 들었을 뿐이었다.

"저는 해남검파의 위천필이라 합니다. 많은 지도를 부탁드립니다."

"나는 도형곡이라 하네. 소협의 기도를 보니 오히려 그런 부탁은 내가 청해야 할 것 같구면."

위천필의 기도를 면밀히 살펴본 도형곡은 천천히 고개를 끄덕였다. 어릴 적부터 평탄한 삶을 살지 못한 도형곡에게 있어 죽음과 승패는 크게 중요하지 않았다. 다만 군웅대회에 참가하게 된 것은 자신의 실력이 어느 정도가 되는지 확실하게 확인하기 위함이었다. 지금까지 많은 싸움을 하며 어려운 고비도 많았지만, 도형곡이 가장 큰 부상을 당했던 것은 녹림의 포형도천 악남수와의 결투였다. 그 싸움에서 얻은 상처가 얼굴에 아직까지 남아 있었으며, 그 자국은 그가 죽을 때까지 지녀야 할 판이었다.

'악남수를 이기기 위해서는 더 강해져야 한다. 그래야 가족의 복수를 할 수 있다. 녹림삼천! 내가 갈 동안 기다리거라.'

자신도 모르게 상념 속에 빠져들었던 도형곡은 손에 힘이 가해졌다.

"감사합니다, 그럼……."

"알았네, 시작해 보세."

서로의 수인사가 끝난 후 눈길로 대련을 시작하자는 의사 전달을 주고받았다. 위천필과 도형곡은 서로 궁보의 자세를 취하며 자신의 검과 도의 자루로 손을 서서히 움직이기 시작했다. 서로 한 치의 양보없는 싸움의 자세였다.

변검과 놀라운 빠르기를 위주로 검날을 기울여서 검을 휘두르는 것은 해남검파의 독특한 검법이다. 중원무림에서 본다면 이것은 완전히 정도에서 어긋나는 것이었다.

그 기세가 번개같이 빠르며 지극히 날카로웠고, 한 번 검식을 펼쳤다 하면 반드시 상대에게 상처를 입히고야 마는 패도적인 검법이 바로 해남검파의 남해삼십육검(南海三十六劍)이었다. 지금 남해신룡 위천필의 자세는 그 남해삼십육검을 펼치기 위한 기수식이었다.

그에 반하여 도형곡은 체계적인 훈련을 받지 못한 것에 비하여 실전에서 얻은 수많은 경험으로 이루어진 자세를 취하고 있었다. 자신의 몸에 원을 그리며 상대에게 압박을 가하는 그의 도법은 괴이독랄(怪異毒辣)하여 사공으로 오인받기에 충분했다. 하지만 무공이 사공이라고 해도 익히는 사람이 흑도가 아닌 다음에야 그를 사파의 인물로 치부하지는 않았다. 예전엔 사공을 익히면 심성을 악화시킨다는 이유로 그 무공을 익히는 것만으로도 사파의 인물로 낙인찍혀 공적이 되곤 하는 일이 많았다. 하지만 지금은 몇몇 사악한 무공들을 제외하고는 그런 일들은 벌어지지 않았다. 그만큼 정도무림과 사파무림 간의 간격이 원나라의 압력에 많이 허물어진 것이다.

그러나 그 원인은 바로 원나라였다. 한인들이 주축인 무림, 그 무림이 원나라의 압력과 핍박을 받으며 서로 협력하게 되었고, 그로 인해 서로 힘을 합쳐 항전하면서 천 년을 이어온 흑도와 정도의 깊고도 높은 벽에 틈이 생기고 공극이 생기면서 많이 허물어진 것이다.

위천필과 도형곡의 대치 상태는 한 치의 흔들림없이 계속되었다. 서로 자세를 취한 상태로 일각이 흐르는 동안 아무런 움직임도 보이지 않고 있었던 것이다. 하지만 단상 밑에서 대련을 보고 있는 사람들은 두 사람에게 아무런 말도 할 수가 없었다. 아니, 아무도 쉽게 입을 열지 못했다. 그만큼 두 사람 간의 대치 상황은 한순간에 끝이 날 것처럼 보였기 때문이다.

'음… 정말 대단한 사람이다. 역시 자신의 명성값을 하는구나.'

위천필은 자신의 이마에 흐르는 땀을 의식했다. 아무리 날씨가 무더워도 흘리지 않던 땀이 송골송골 이마에 맺힌 것이다. 그만큼 생전 처음으로 긴장을 하고 있는 것이다.

'역시 명문의 대제자구나. 파고들어 갈 틈이 보이지 않다니……. 하지만 아직까지는 생사를 건 싸움을 하지 않았다는 것을 느낄 수 있다. 그 틈을 찾아야 한다. 그래야 이길 수 있다. 그 찰나의 순간을. 음…….'

두 사람의 대치 상태를 멀리서 바라보는 사람들이 있었다. 일부러 두 사람이 대련하게끔 손을 쓴 장본인들이었다.

"방장께선 저들을 어찌 보십니까?"

"음… 허허, 글쎄요. 솔직히 놀랐습니다. 해남검파의 숨은 실력을 가늠하기 위해 그를 붙이기는 했지만 귀도사인이 저 정도의 인물인지는 오늘 처음 보았습니다."

"예, 저도 그렇습니다. 포형도천 악남수와 대등하게 싸웠다는 말을 쉽게 믿지 못했는데 이제는 그 말을 실감합니다. 허허허……."

"그렇습니다. 악남수는 저희들과 겨루어도 크게 뒤지지 않는 실력자입니다. 정말 놀랐습니다. 저런 고수가 운남성의 한 귀퉁이에 있었다니 말입니다."

도형곡의 자세를 면밀히 살피던 팽덕호의 고개가 절로 흔들어졌다. 같은 무기를 사용하는 무인이었기에 도형곡의 자세만 보아도 쉽게 그 무위를 짐작할 수 있었던 것이다.

"그래서 강호가 아니겠습니까? 기인이사들이 모래알보다 많고, 어디를 가도 숨은 고수들이 즐비한 곳이 바로 무림이지요. 허허허……."

"예, 현청 장문인의 말씀이 맞습니다. 하하하……."

옆에 있던 현검선생 제갈현이 크게 고개를 끄덕이며 현청 장문인의 말에 공감을 했다.

"이제 움직이려나 봅니다. 역시 도형곡이 먼저 움직이는군요. 도형곡으로 인해 정말 생각지도 않게 해남검파의 실력을 알 수 있는 좋은 기회를 얻었습니다. 제자의 실력을 알면 장문인과 문파의 힘을 파악할 수 있으니까요. 그렇지 않습니까?"

"예, 그렇습니다. 그래서 우리가 그렇게 한 것이 아니겠습니까."

"……."

막 움직이기 시작한 도형곡의 빠른 움직임에 구파일방의 장문인들과 오대세가의 가주들은 숨을 죽이고 시선을 단상으로 옮겼다.

도형곡은 위천필의 자세에서 순간적으로 생긴 틈을 볼 수 있었다. 아니, 웬만한 고수는 볼 수 없는 그 틈이 보인 것이다. 평소에는 발휘할 수 없었던 집중력에 의해 동물적인 직감으로 그 틈새를 본 것이다.

고수들 간의 결투에선 한순간의 방심도 있어서는 안 되었다. 그런데 위천필은 그 틈을 보인 것이다. 아직 생사 대련을 한 경험이 없기에 일어난 아주 작은 틈이다.

'젠장, 눈에 땀이 들어가다니!'

위천필은 목으로 파고들어 오는 도형곡의 기형도를 피하기 위해 뒤로 물러나지 않고 칼과 함께 빠르게 쇄도하는 도형곡의 몸을 향해 검을 일직선으로 찔러갔다. 직접적으로 생사 대련을 한 경험은 없었지만 명문의 대제자답게 위기의 상황에 부딪친 후 뒤로 물러서면 더 큰 위기가 온다는 것을 직감하고 맞상대를 하려는 것이었다.

'허, 대단한 젊은이로군.'

도형곡은 뒤로 피할 줄 알았던 위천필이 몸을 피하는 대신 검을 찔러오자 깜짝 놀라며 도와 함께 몸을 회전시켰다. 그러나 쇄도하던 상태였기에 검과 도가 빠르게 마주치며 요란하게 쇠와 쇠가 부딪치는 소리가 숭산에 울려 퍼졌으며 그와 동시에 서로의 몸을 지나쳐 갔다.

그러나 위천필의 반격은 생각보다 빨랐다. 도형곡의 몸이 회전을 하며 옆을 지나쳐 가자, 순간적으로 몸을 뒤집으며 도형곡의 등을 향해 해저발침의 검형으로 일직선으로 찔러가던 검을 밑으로 내린 후 날카롭게 하늘로 검을 그어 올린 것이다.

'헉!'

이미 서로가 등을 보이고 있었기에 돌아서는 즉시 반격이 있었다는 것을 알고 있었다. 그렇기에 도형곡은 위천필의 반격을 예상하고 있었다. 하지만 도형곡은 밑에서 올라오는 위천필의 검에 깜짝 놀라며 회전하기 위해 일자로 붙였던 양다리를 크게 벌리며 쇄도하는 검날을 간신히 피했다.

"와……."

"아! 저, 저럴 수가……."

"음……."

두 사람의 순간적인 움직임을 볼 수 있었던 관전자들은 터져 나오는 함성을 참을 수가 없었다. 두 사람의 놀라운 반격과 빠른 임기응변에 절로 감탄이 섞인 비음이 나온 것이다.

도형곡과 위천필의 대련은 그 후로도 백여 초가 지나가고 있었다. 둘 다 빠르기를 위주로 하기 때문에 순식간에 이루어진 것이다. 서로 붙었다가 떨어지기를 반복하며 요란하게 울려 퍼지는 검과 도의 용트림에 군중들은 손에 땀을 쥐며 숨소리도 내지 못했다.

'정말 대단하다. 내가 펼칠 수 있는 검식을 다 퍼부었는데도 옷깃 하나 건드리지 못하다니……'

위천필은 중원의 저력에 절로 위축이 되는 기분이 들었다. 생전 처음 들어보는 사람에게서 승기를 잡을 수 없다는 것에 자괴심마저 들었던 것이다.

'어쩔 수 없다. 우선은 이 싸움에서 이겨야 한다. 그러기 위해선 그것을 사용할 수밖에……'

위천필은 문중의 비전으로 전해지는 검식을 구사할 생각이었다. 아직 완전하게 익히지는 못했지만 세상에 한 번도 나오지 않았던 해남검파의 조사지공(祖師之功)을 펼치려고 하는 것이다.

'해룡번천(海龍翻天)!'

온몸을 회전하며 그 속력을 배가하고 있던 도형곡에게 위천필은 검과 몸을 일직선으로 세우고는 도형곡과 같이 회전을 하기 시작했다. 서로의 검과 도는 물론 몸도 같은 방향으로 돌았기 때문에 간헐적으로 끊겨서 들리던 쇳소리가 마치 여인이 악기를 연주하는 것처럼 끊임없이 이어져 나왔다.

챙! 챙! 챙! 챙……!

그렇게 두 개로 보이는 회전체가 서로 같은 방향을 돌며 서로의 몸을 훑고 지나가기를 반복하고 있는 것이다. 하지만 모든 일에 그 결과가 있고 쌍방의 대결에는 그 승패에 따른 결과가 있듯, 쉽게 승패가 가려지지 않을 것 같던 대련에도 그 종착점이 보이고 있었다. 도형곡의 회전체가 서서히 줄어드는 것에 비하여 위천필의 회전체는 그 빛을 더욱 발하고 있었던 것이다. 영원히 돌기만 할 것 같던 도형곡이 점점 기력이 달리는지 회전에 의해 보이지 않던 모습을 천천히 드러내고 있었다. 그러던 한 순간, 도형곡의 회전과 함께 위천필의 회전도 멈추었다.

"헉, 크윽! 음……."

"음……."

도형곡과 위천필의 의복은 많이 상해 있었다. 검과 도에 의해 잘려 나가거나 찢겨진 것이다. 그러나 위천필의 의복은 도형곡에 비하면 깨끗했다. 회전을 멈춘 후 오른손으로 잡고 있던 칼을 도집에 넣고는 자신의 왼쪽 어깨를 부여잡았다. 그러나 숨 가쁜 대련을 마친 도형곡의 의복은 개방도의 의복보다 더욱더 낡아 있었다.

"아……!"

두 사람의 모습에서 좌중은 누가 승자인지 패자인지를 알 수 있었다. 강호에 명성이 자자한 도형곡에게 해남검파의 위천필이 승리한 것이다.

두 사람의 대결을 관전한 군웅들은 자리에서 일어날 줄을 몰랐다. 한 달 동안 치러진 대련에서 오늘처럼 손에 땀을 쥐게 하는 것은 본 적이 없었기 때문이다.

멍하니 바라보고만 있던 각원이 정신을 수습하고는 얼른 단상에 뛰어올랐다.

"흠흠, 도형곡 대협의 어깨 부상으로 인해 이번 대련의 승자는 해남검파의 남해일룡 위천필 소협입니다."

"와! 대단하다……!"

"정말 대단했어! 내 생전에 이런 대결을 보게 될 줄이야. 와……!"

각원의 끝맺는 말에 사람들은 크게 함성을 질렀다. 비록 피를 보며 승패를 가리기는 했지만 지금까지 보지 못했던 박진감 넘치는 대결을 보았다는 생각에 자신들도 모르게 함성을 내지른 것이다.

"정말 대단했네. 벌써 검과 몸이 하나가 되는 신검합일(身劍合一)의 단계에 들어 있을 줄이야……."

"아닙니다. 하지만 대협께서도 대단하십니다. 솔직히 첫 시합부터 대협과 같은 강자를 만나게 될 줄은 몰랐습니다. 양보해 주셔서 감사합니다."

위천필은 수중의 검을 집어넣으며 도형곡을 향해 크게 예를 취했다. 같은 무인으로서 존경한다는 표시였다.

"하하, 고맙네. 그럼 앞으로 남은 시합 열심히 하게."

"옛, 알겠습니다."

위천필과 도형곡이 단상에서 내려간 후 각원의 지시에 의해 결투의 흔적이 남아 있는 단상은 깨끗이 정리되었다.

"흠흠, 여러분들께서 이렇게 흥이 나실 줄은 몰랐습니다. 하지만 아직 마지막 시합이 남았으니 모두들 자리를 뜨지 마시고 관전해 주십시오."

각원은 신검합일의 무공을 펼친 두 고수의 시합에 의해 일어나는 소란을 잠재우며 다음 대련에 대해 설명을 하였다.

"이번에 대련하실 분들을 소개하겠습니다. 흠흠, 이번엔 멀리 장백에서 오신 유운검(流雲劍) 정운영 소협과 산서에서 오신 광풍섬도(狂風纖刀) 호대령(琥大鈴) 대협입니다. 두 분께선 단상으로 올라와 주십시오."

각원의 입에서 운영에게 단상으로 올라오라는 말이 떨어졌다.

"장문인, 그럼 가보겠습니다."

운영은 현운 장문인과 현검 사형에게 인사를 한 후, 천천히 단상을 향해 걸음을 옮겼다.

"정 사제, 몸조심하게."

단상을 향해 걸어가던 운영은 현검의 말에 고개를 돌렸다. 자신을 염려하는 마음이 담겨져 있음을 볼 수 있었다. 마치 호열의 얼굴처럼 안위를 걱정하는 표정이 담겨 있었던 것이다.

운영은 자신을 바라보는 장백의 사람들을 향해 웃음을 보인 후, 다시 단상으로 올라갔다.

'이제 시작이다. 나를 믿어주는 장백을 위해서라도 이 대결은 꼭 이겨야만 한다. 꼭!'

운영은 단상에 오르며 떨리는 마음을 가다듬었다. 무림고수와 목숨을 건 생사 대련은 처음이기에 떨리는 가슴이 진정되지 않고 있었지만, 그러한 것은 크게 부담이 되지 않았다. 잔잔한 떨림은 운영에게 신선한 흥분으로 다가오기 시작한 것이다.

'아버님, 어머님, 그리고 호열 형님… 이제 시작입니다. 전 이 대결에서 꼭 이길 것입니다. 그러니 지켜봐 주십시오.'

단상의 끝에 오른 운영은 조용히 맑고 푸른 하늘을 바라보았다. 끝도 없이 펼쳐진 하늘의 어딘가에서 아른아른하게 떠오르는 얼굴들이 나타났다 사라졌다를 반복하고 있었다. 하지만 곧 생각을 정리한 운영은 이미 올라와 있는 상대를 향해 걸음을 옮겼다. 각원과 이번에 상대하게 될 광풍섬도 호대령이 있는 단상의 중간을 향해 걸었다. 대결을 하기 위해, 승리하기 위해, 그리고 장백의 영광을 위해……!

『호열지도』 6권으로…